KB131199

키요이&히라

얄미운 그

"……신이시여."
키요이를 보자마자 히라가 갈라진 목소리로 중얼거렸다.
첫마디가 그거냐.
어떤 일을 당해도 역시 변함없이 기분 나쁜 남자다.
"신이 아니야. 나야." (『얄미운 그』 284쪽)

아름다운 그

2

憎らしい彼

얄미운 그

나기라 유 지음 — 메이 옮김 — 일러스트 · 가사이 리카코

포레
forêt

차례

일러스트 가사이 리카코

일러두기

1. 외래어 표기는 국립국어원 외래어 표기법에 따랐으나, 일부 인명은 현지 발음대로 표기하는 예외를 두었다.
2. 본문의 주석은 모두 옮긴이주다.

프롤로그

좋지 않은 일을 말할 때 사람들은 자연스러운 척 연기하는 경향이 있다. 사무실에서 스케줄을 확인하는데, 매니저가 방금 떠올랐다는 듯이 중얼거렸다.

"아, 그러고 보니, 키요이."

필요 이상으로 태평스러운 말투여서 키요이는 좋지 않은 예감이 들었다.

"요전의 오바씨 일 말인데."

그것만으로 다음 말을 예측할 수 있었다.

"이번에는 이미지가 좀 안 맞았나봐."

역시 그렇구나. 전부터 몇 번이나 그의 연극을 보고, 매니저를 통해 다음 작품에 출연할 수 있을지 슬며시 타진하고 있었는데,

이것으로 두 번이나 같은 연출가에게 차였다.

"키요이라서 안 된다는 게 아니라, 이번에는 나이가 안 맞아서 그렇대."

"그럼, 우에다씨는요?"

위로의 말을 잘라버린 뒤, 잡지 진열대에서 연극 잡지를 꺼내 자신이 원하는 연출가의 인터뷰 페이지를 펼쳤다.

"여기 좀 봐요. 내년 연극은 신선한 얼굴들과 하고 싶다고 했잖아요. 이건 외부에서 배우를 부를 생각도 있다는 거 아니에요? 인맥 좀 뒤져서 인사라도 시켜줘요."

매니저가 안도와 감탄이 섞인 눈으로 키요이를 바라보았다.

"키요이 멘탈 강하네. 믿음직하다고 해야 하나, 손이 안 간다고 해야 하나."

고개를 끄덕이는 매니저를 곁눈으로 보고 키요이는 발걸음을 돌렸다. 진심을 말하자면, 우울했다. 동경하는 연출가에게 필요 없다는 소리를 들은 것이다. 실연과 똑같다. 그것도 두 번이나 차였다. 하지만 침울한 모습은 보이고 싶지 않다.

"키요이는 왜 그렇게 연극이 좋아?"

사무실 스태프가 아이스커피를 타주며 물었다.

"TV보다 힘들잖아. 연극배우나 연출가 중에는 고집 센 사람도 많고, 연습도 훨씬 오래 해야 하고, 출연료도 높지 않고. 드라마가 이름 알리기에는 훨씬 좋지 않아?"

"그럴지도 모르죠."

키요이는 적당히 대답하고 빨대 비닐을 벗겨 아이스커피에 꽂았다.

드라마가 싫은 건 아니다. 하지만 '봐야 한다'는 의지가 담긴 시선들이 실시간으로 잔뜩 꽂혀드는 연극 무대 특유의 긴장감과 고양감이 좋다. 즐거움과는 조금 다르다. 공포나 불쾌와 종이 한 장 차이 같은 흥분.

아마도 어린 시절 환경의 영향일 것이다.

지금도 기억하고 있다. 하교할 때 교정에 흐르던 〈꿈속의 고향〉이라는 노래. 묘하게 마음을 불안하게 만드는 멜로디가 정말 싫었다. 괜히 쓸쓸한 기분이 들어 빨리 집에 돌아가고 싶게 만들었다.

그 노래를 들으면 그런 수법에는 넘어가지 않겠다고 오히려 오기를 부리게 되었다. 친구들과 운동장에서 피구를 하거나, 친구 집에서 게임을 하거나 만화를 보며 놀았다. 그래도 돌아갈 시간은 어김없이 다가왔다. 그럼 안녕, 인사하고 등을 돌리는 순간부터 시무룩해졌다.

부모님은 키요이가 어릴 때 이혼했다. 엄마는 야간 근무를 하는 회사에 다녔고, 키요이는 밤에 혼자 지내는 날이 많았다. 혼자 열쇠로 문을 열고 들어가는 집은 싫었다. 차가운 음식을 전자레인지로 데워서 혼자 먹는 것도 싫었다. 벽 너머 양 옆집에서 가족들의 단란한 목소리가 들려오면, 꽉꽉 눌려 찌부러진 샌드위치 속이 된 것 같았다.

매일 밤 TV 앞에서 살았다. 버라이어티 방송을 주로 봤던 건 웃음소리가 끊임없이 울렸기 때문이다. 외롭다는 감정이 들어오지 못하게, 무서운 귀신이 가까이 다가오지 못하게.

초등학교 3학년 때 엄마가 재혼했고, 그후로는 더이상 열쇠를 가지고 다니지 않아도 되었다. 새아버지는 자상한 사람이었고, 이사간 단독주택 이층에 키요이의 방이 있었다. 학교에서 돌아오면 매일 엄마가 집에 있었다. 이제 TV는 필요 없었다. 그것보다 부모님과 오늘 있었던 일들을 이야기하는 것이 즐거웠다.

하지만 키요이의 세상은 짧았다. 새아버지와 엄마 사이에 연달아 남동생과 여동생이 태어났고, 부모님의 관심은 동생들에게 집중되었다. 작고, 빨갛고, 늘 침을 흘리는 원숭이 같은 갓난아기는 키요이의 자리를 빼앗고 부모님의 애정도 가져가버렸다.

나도 챙겨줘.

다시 무릎을 끌어안고 TV를 보게 되었다. 겨우 차지했던 자리를 빼앗기고, 바로 옆에서 빼앗긴 자리를 보고 있어야 하는 불만. 불만의 이유가 되는 존재들에게 다정해야 한다는 스트레스로 폭발할 것 같았을 때, TV에서 아이돌 콘서트를 보았다.

뭔가 무서워.

공포였다. 무대에 선 아이돌을 향해 객석에 있는 팬들이 손을 뻗는다. 닿을 리가 없잖아. 초등학생인 자신도 알 수 있는 것을 저 어른들은 모른다.

얼굴이 새빨개지고, 눈이 빛나고, 눈물을 흘리는 사람까지 있다. 어른도 우는구나. 아이였던 키요이는 점점 더 공포를 느꼈다. 동시에 정반대의 선망이 피어났다.

누가 저렇게 나를 필사적으로 원한다면 어떤 기분이 들까.

당연히 기분좋겠지.

흘깃 쳐다본 부모님은, 역시 원숭이 같은 갓난아기를 흡족한 듯 달래주고 있다. 흥 콧방귀를 뀌고 다시 TV로 시선을 돌렸다. 울면서 필사적으로 손을 뻗는, 정상 궤도를 벗어난 듯한 팬들과, 수많은 시선들이 모이는 곳에 선 아이돌. 소파 위에서 몸을 작게 말아 무릎을 끌어안고, 좋겠네 하고 생각했다.

나도 저렇게 나만 바라봐주면 좋겠어.

다른 사람에게는 눈길도 주지 않고 나만 바라봐주면 좋겠어.

그러면 나도 누구보다 잘 부르고 잘 출 수 있어.

현재 키요이는 학생과 배우, 두 가지 일을 겸하고 있다. 세 살 버릇 여든까지 간다는 속담처럼 어릴 적 경험이 관련이 없진 않겠지만, 과거의 트라우마가 이렇고 저렇고 하는 축축한 감정은 없다. 아이스커피를 마시는데, 매니저가 으악 소리치더니 중얼거렸다.

"드론으로 몰래 찍었대."

매니저가 휴대폰을 보며 얼굴을 찌푸렸다. 공연이 끝나고 무대를 내려온 아이돌을 집까지 드론으로 추적해 창문에서 몰래 영상을 찍었다는 듯했다.

"그건 이미 팬도 뭣도 아니잖아요."

키요이가 말했다. 응원해주는 건 고맙지만 애정이 지나쳐서 선을 넘어버리는 바보들이 있다. 연예인 출퇴근길에서 기다리는 건 시작일 뿐이고, 결국은 드론까지 가는 건가.

"요즘 팬들은 무서워. SNS 탓에 거리감이 이상해졌다고 할까."

"키요이 팬 중에도 위험한 애 있잖아요. 젊은 남자애."

"아, 그 수상한 애?"

그래, 그래 하면서 모두가 말을 보태자, 키요이는 울컥해서 찡그렸다.

모두가 '수상한 애'라고 말한 남자는 키요이의 열렬한 팬으로, 출퇴근길에서 기다리고 연극이든 영화든 TV든 라디오든 잡지든 키요이가 아무리 작은 역할로 나와도 반드시 장문의 감상을 담은 팬레터를 보내온다. 물론 각종 설문에는 언제나 '키요이 소'에게 한 표를 던진다.

"뭐, 쫓아다니는 것만 가지고 칭찬할 순 없지만, 수상한 애는 팬으로서 모범적이야. 출퇴근길에도 방해되는 곳에는 서지 않고 언제나 일정한 거리에 떨어져서 지켜보기만 하니까."

"늘 지켜본다는 게 상당히 기분 나쁜데요."

사무실 스태프가 "무서워" 하며 자기 어깨를 끌어안는다.

"상부상조하는 관계라니까. 아무리 바쁘게 활동해도 아무도 주목하지 않는 연예인이라면 얼마나 슬프겠어. 출퇴근길에서 기다리는 건 민폐지만 좋은 평가의 일종이기도 해."

"그건 그렇죠. 하지만 그렇게 좋은 팬인데 왜 '수상한 애'라고 해요?"

최근 들어온 아르바이트 직원이 고개를 갸웃거리자, 매니저가 대답했다.

"그건 말이지, 눈까지 푹 눌러쓴 모자, 선글라스에 마스크까지 수상한 인간의 3종 세트를 모두 갖춰서 그래. 360도 어느 방향에서 보아도 수상함이 만점이라서. 보이는 그대로 붙인 별명이지. 곧바로 수상한 애라는 별명이 붙고, 위험한 애가 분명하다고 다 함께 머리를 맞대고 대책을 고민했을 정도였거든."

"요즘 같은 때 모자에 선글라스에 마스크면 좀 위험하긴 하네요. 그런 사람이 뒤에 있으면 난 아마도 전력질주해서 달아날 거예요."

"물을 필요도 없이 방범벨 누를 수준이지."

기분 나빠— 웃는 스태프들 옆에서 키요이의 표정이 굳었다.

기분 나빠서 미안하네. 근데 그 녀석은 내 남자친구야.

말하고 싶어도 할 수가 없어 빨대만 잘근잘근 씹었다.

그렇다. 지금 이 기획사에서 '수상한 애'라고 불리는 기분 나쁜 남자는 바로 키요이의 남자친구 히라 카즈나리다. 고등학교 2학년 반 배정 날 키요이는 처음 그의 존재를 알았다. 어두움과 괴로움이 섞인 듯한 빈틈투성이 남자, 곧바로 빵셔틀로 이용된 존재다.

히라는 좋은 녀석이었다. 애들이 못되게 괴롭혀도 항상 기쁜 듯 키요이를 위해 빵이며 아이스크림 같은 걸 충직한 강아지처럼 달려가서 사 왔다. 사실 키요이는 고마워하지도 않았다. 짓밟혀도 기뻐하는 것 같은 남자에게 기분 나빠, 짜증나, 그 말만 줄곧 내뱉었을 뿐이다.

그런데 왜 그런 남자와 연인 사이가 되었는가.

스스로도 정말로 바라지 않았고, 아무리 생각해도 너무너무 이상한 일이다. 무슨 저주에라도 걸린 것처럼 우여곡절을 거쳐 정신을 차리고 보니 사랑에 빠져 있었다. 그리고 키요이의 첫 키스와 첫 경험을 전부 가져갔으면서도 히라는 어째선지 예전 노예 시절과 다를 바 없이 계속해서 키요이 뒤를 쫓아다니고 있다.

사귀는 사이인데 이제 그만해.

그렇게 말했을 때는 이례적으로 반항까지 했다.

이, 이건 미래의 희망이니까, 빼, 빼앗지 말아줘.

성대하게 말을 더듬으면서 의미도 알 수 없는 말을 내뱉었다.

연인 사이가 되었지만, 히라의 기분 나쁨은 조금도 변하지 않았다. 아니, 나날이 더 중증이 되고 있다.

히라는 고등학교 때부터 키요이에게 푹 빠져서 자신은 키요이라는 왕에게 충성을 바치는 일개 병사라고 말했다. 최후의 일병이 되어도 왕을 지킬 거라느니 황금빛 강을 흘러내려가는 명예로운 오리대장이 어쩌고저쩌고했지만, 무슨 의미인지 도통 알 수 없었다. 히라의 머릿속은 일반인과 다른 것들로 채워져 있고, 반쯤 망가진 듯한 회로로 흘러가는 사고는 키요이로선 이해할 수 없다.

절대 폐를 끼치진 않겠다고 부탁해서 어쩔 수 없이 스케줄을 쫓아다니는 일을 허락해주었지만, 설마 별명이 붙을 수준에 이를 거라고는 생각지 못했다. 회사에 자신이 게이라는 건 미리 알려두었지만, 이제 와서 그애가 남자친구라고는 입이 찢어져도 말할 수 없다.

"그래도 말이야, 그 수상한 애 의외로 잘생기지 않았을까."

지금까지 조용히 듣고만 있던 사장이 말하자, 스태프 중 하나가 그럴 리 없다며 인상을 찌푸렸다.

"차림은 좀 그렇지만 키도 훤칠하고 전체적으로 밸런스가 좋아. 멀리서 봐도 수상한 애라는 걸 한눈에 알아볼 수 있잖아. 한마디로 독특한 분위기가 있단 말이지. 한번 말이라도 걸어볼까 하는데."

"하지만 사장님, 잘생겼으면 왜 그러고 다니겠어요?"

만의 하나라도 내 남자친구란 걸 들키지 않으려고.

"동성을 쫓아다니는 게 부끄러워서?"

그 녀석은 그런 걸 부끄러워하는 영혼이 아니야.

"선글라스 벗으면 눈이 작은 광어 같지 않을까."

으하하 하며 다들 웃었다.

"누가 광어래?"

키요이가 반사적으로 날카로워진 눈을 치뜨며 말하자, 모두의 웃음이 뚝 멎었다.

"키요이 말하는 거 아니거든?"

매니저가 고개를 갸웃해서, 키요이는 정신을 차렸다.

"……아, 응. 그럼 전 이만. 먼저 갈게요."

허둥지둥 사무실을 나서는 등뒤에서 "자기 팬 나쁘게 말해서 화난 건가" "키요이가 팬을 엄청 생각하네" "의외인데" 하는 목소리들이 들렸다.

의외여서 미안하게 됐네. 속으로 독설을 내뱉으며 계단을 내려갔다. 화가 나는 한편으로 사장의 심미안에 감탄했다. 역시 오랫동안 연예계라는 거친 파도 속을 헤엄쳐왔던 만큼 보는 눈이 있다.

확실히 히라는 기분 나쁘다. 수상한 사람처럼 변장하지 않아도, 평소에도 기분 나쁘다. 단정한 이목구비에 180센티미터를 훌쩍 넘는 큰 키인데도 히라는 자기 외모를 전혀 활용하지 않는다. 초등학교 때부터 다니던 동네 이발소에서 머리를 자르고, 옷은 일 년 내내 체크무늬 셔츠에 면바지나 청바지를 입는다. 사람 눈을 똑바로 보지 못하고 고개 숙인 채 웅얼웅얼 말하고, 그런 꼴을 하고 긴 앞머리 사이로 흘깃흘깃 훔쳐보는 음침한 눈은 기묘할 만큼 강렬해 그 불균형이 불안을 부추긴다. 만화가에게 스토커를 그려달라고 하면, 아마도 히라의 모습을 그릴 것 같은 외모다.

하지만 히라를 비웃어도 되는 건 키요이뿐이다.

다른 사람들이 히라를 무시하는 건 용납할 수 없다.

애초에 그 녀석들은 모른다. 히라는 꾸밀 마음이 없을 뿐이지 제대로 스타일링만 한다면 모델 따위가 발밑에도 미치지 못할 정도로 남자답게 변신한다. 언젠가 연예인 동료들 술자리에 데리고 갔을 때, 히라는 본인이 겁을 먹을 정도로 인기를 끌었다. 잘생긴 버전의 히라를 본다면, 분명 소속사 여자 스태프들도 넋을 잃고 바라볼 것이다.

뭐, 내 남자지만.

키요이는 코웃음을 치고 서둘러 집에 돌아갔다.

모처럼 히라를 감싸주는 마음으로 돌아왔는데, 집안이 어두컴컴했다. 아직 안 돌아왔나 싶어 거실에 불을 켠 순간 반사적으로 한 걸음 물러섰다. 거실 러그 위에 태아처럼 무릎을 끌어안고 몸을 둥글게 만 히라가 있었다. 고마워, 안녕, 중얼거리고 있다. 무섭다. 무슨 일이냐.

"뭐하는 거냐?"

선뜻 만지기가 꺼림칙해 발로 툭 찼지만, 히라는 몸을 둥글게 만 채 꿈쩍도 하지 않았다.

"……키요이가 없는 세상에선 살고 싶지 않아."

또 어딘가에 있는 히라 월드에 들어간 듯하다. 안색이 너무 안 좋다. 하지만 이런 게 남자친구니 어쩔 수 없다. 키요이는 히라 옆에 앉아 발로 휙 굴려서 올려다보게 했다.

"누가 없다고?"

위에서 시선을 마주치자, 겨우 히라의 눈빛이 정상으로 돌아왔다.

"……아, 키, 키요이, 왔구나. 미안해, 맞아주지 못해서."

"그건 됐으니까 그냥 평범하게만 기다려줘. 너무 기분 나쁘거든."

전에 언젠가는 키요이가 드라마에서 죽는 장면을 보고 절망해서 따라 죽기 위해 자살 예행연습을 하다가 정말 죽을 뻔했다. 이런 기분 나쁨에 비하면 수상한 애라는 별명은 귀여울 정도다.

"이번엔 뭔데? 망상 속에서 내 장례식이라도 했어?"

히라는 고개를 저으며 키요이를 올려다보았다.

"……키요이와 내가 이달 말에 헤어지게 됐어."

무슨 소리인가 싶어 키요이는 눈을 가늘게 떴다.

"뭐야, 헤어진다니."

"……이혼할지도 몰라."

"이혼?"

더욱더 의미를 모르겠다. 이혼? 이혼? 이혼? 몇 번이나 단어를 반복한 후에야 겨우 이해할 수 있었다. 어이, 잠깐 기다려봐. 이 녀석이 지금 나한테 헤어지자고 말하는 건가? 이해한 순간 분노가 치밀었다. 히라 주제에 나한테 헤어지자니.

"웃기지 마!"

생각보다 말이 먼저 튀어나왔다.

"내 허락도 없이 뭘 멋대로 정한 거야? 뭐가 불만인데?"

"키, 키요이한테 불만 같은 게 있을 리가."

"그럼 왜? 이유를 말해."

"나호 누나가 결정한 일이야."

"여자냐!"

멱살을 잡자, 히라의 얼굴이 굳어졌다.

"미, 미안. 알겠어. 나호 누나한테 남편하고 별거하지 말라고 얘기해볼게."

"남편?"

"남편이 계속 바람을 피워서 나호 누나가 더이상 못 참겠다고 별거하겠대. 남편하고 계속 이야기하는 중인데, 진짜 이혼할지는 아직 모르겠지만 어쨌든 아이 데리고 다음달에 이 집으로 온다고 했어."

키요이는 미간을 좁혔다.

"………………나호 누나가 누군데?"

"사촌누나, 이 집에 살다가 시집간 누나."

상황이 정확히 파악되는 순간 온몸의 힘이 빠졌다.

히라와 키요이가 살고 있는 이 집은 시부야까지 전철로 한번에 갈 수 있는 좋은 위치인데다 넓은 정원이 있고 딸들이 쓰던 방음 설비된 피아노방도 있어서 늦은 밤 대본 읽기에 아주 좋다. 숙부가 해외에 파견 근무를 나가며 집을 비우게 되었고, 관리할 겸 들어와 살게 된 히라 덕분에 키요이는 부족함 없는 동거 생활을 해오고 있었다.

남편과 싸운 이 집 장녀가 다시 들어오기로 해서 비워줘야 한다는 단순한 이야기였지만, 거기까지 도달하며 겪은 정신적 피로에 키요이는 터지려는 한숨을 간신히 참았다.

"이번 달을 끝으로 곧 키요이와 헤어진다고 생각하니까 살아갈 기력이 사라져서……"

너무 슬퍼서 거실에 웅크리고 있었던 거냐.

"사정은 알겠어. 하지만 그렇다고 우리가 헤어질 필요는 없잖아."

"엉?"

"새집을 구하면 되는 이야기잖아."

히라가 눈을 깜박였다.

"새, 새집이라니, 설마……"

"나랑 네가 살 새집."

히라는 눈을 번쩍 떴다. 자, 마음껏 기뻐해, 후후. 키요이는 한껏 턱을 치켜들었다.

"그거, 진심이야?"

믿을 수 없다는 얼굴을 한다. 게다가 바보 같은 상대에게 충고라도 하듯 그게 말이나 되느냐고 묻는 표정이다. 왜? 갑작스럽게 동거가 끝난다는 예감에 박살이 나 있었던 주제에, 이 상황에서는 고맙습니다 하는 선택지 하나뿐이잖아. 왜 그런 반응이냐.

"키, 키요이. 잘 생각해보는 게 좋을 거야. 새집을 구하면 키요이가 원래 빌린 원룸은 정리해야 하잖아. 그러면 혼자 있고 싶을 때 어떡하려고 그래? 물론 그런 때는 내가 나가면 되지만 아무래도 기분 문제가 있으니까—"

히라는 고개를 숙이고 중얼중얼 부정적인 말들을 내뱉었다.

"나랑 살기 싫어?"

물어본 순간 후회했다. 젠장, 이러면 내가 히라와 같이 살고 싶어 목매는 것 같잖아.

히라가 튕기듯이 고개를 들었다.

"사, 살고 싶어. 살고 싶어. 믿기지 않을 정도로 기뻐."

겨우 바라던 대답이 나왔지만, 타이밍이 늦어 만족과는 한참 멀었다.

"그럼 쓸데없는 말 주절거리지 마."

"미안, 음, 그럼, 아, 집은 어느 지역이 좋을까? 키요이가 다니기 편한 동네가 좋겠지? 집세랑 생활비는 내가 아르바이트해서 벌게. 키요이에게 신세 질 순 없어."

흥분한 히라의 눈가가 짙은 주황색으로 물들었다. 기쁨이 찡 번진다. 하지만 아직은 부족하다. 히라, 나를 더 기분좋게 만들어. 안 그러면 웃는 얼굴 보여줄 수 없어.

"커뮤니케이션이 힘든 네가 아르바이트를 할 수 있겠어?"

"할 수 있어. 꼭 할 거야."

단단히 벼르더니 이내 정신을 차린 듯 고개를 숙이고는 아마도…… 하고 덧붙였다.

흘음이란 병이 있다는 걸 히라를 만나고 나서야 처음 알았다. 히라는 긴장하면 말을 더듬는다. 고등학교 2학년 신학기 첫날 자기소개를 할 때도 그랬다.

히, 히, 히, 히, 히, 히히.

히라 카즈나리입니다. 고작 이름을 말하려는데도 말이 나오지 않았다. 어릴 때부터 험난한 인생이었으리란 걸 그 자리에 있던 모두가 알아버렸다. 동시에 이런 녀석은 짓밟아도 괜찮다는 근거 없는 인식이 교실에 퍼졌다. 키요이도 그 가해자들 중 하나였다.

“키요이, 나 정말 열심히 할게.”

히라는 반복해서 말했지만, 아마 첫 면접부터 고생할 것이다. 더듬지 않고 제대로 말할 수 있을까. 바보 취급을 당하지는 않을까. 상상한 순간, 불쑥 말이 흘러나왔다.

“무리하진 마. 만일의 경우 생활비 정도는 내가 낼 수 있어.”

히라는 그 말에 흠칫했다. 어, 어, 그렇지만 하며 무척 당황스러워한다.

“나도 학생이긴 하지만 수입이 있고, 솔직히 한두 명 먹여 살릴 만큼은 여유 있어. 이번에 꽤 큰 배역도 맡을 것 같고.”

“그래?”

“응, 드라마야. 아마 준주연급.”

“굉장해.”

히라가 눈을 반짝였다. 키요이는 연극을 더 하고 싶지만 회사에서는 돈이 되는 TV 일을 따 온다. 강요받는 것도 아니고, 배우 평판을 생각해서 하는 일이니 불쾌하지는 않다.

“언제부터 방송인데?”

“가을인데, 내 역할은 아직 확정된 건 아니야.”

“꼭 될 거야. 준주연이라니 굉장해. 엄청 기대돼.”

뭐 그렇지 하고 고개를 끄덕였다. 좋아하는 연출가의 연극 오디션에서 떨어진 이야기는 하지 않았다. 허세를 떠는 것 같지만, 약한 모습은 보이고 싶지 않다. 상대가 남자친구라도 마찬가지다.

"나도 열심히 아르바이트 구할게."

"그러니까 무리하지 말라는 소리잖아."

"생활비를 키요이에게 내게 할 순 없어."

워낙 진지한 얼굴이라서, 그건 그렇지 하고 납득해버리고 말았다. 어째서 자신이 동갑내기 남자를 돌봐야 하는가. 호스트에게 돈을 바치는 멍청한 여자냐. 스스로가 한없이 기분 나빴다.

말하기 좀 그렇지만, 키요이는 스스로도 자신의 성격이 상당히 제멋대로라고 생각한다. 다정하지도 않고, 배려도 서툴고, 기본적으로 타인에게 관심이 없다. 멘탈이 강하다는 말을 지겹도록 들어왔다.

하지만 히라와 이야기하다보면 이따금 자신에게 배신당한다.

왜지? 언제부터 이렇게 됐지?

활활 탈 것 같은 시선이 볼에 닿는다. 히라가 쳐다보고 있다. 처음 만났을 때부터 그랬다. 정신을 차려보면, 타오를 듯 뜨거운 눈으로 가만히 키요이를 훔쳐보고 있었다.

처음에는 기분이 나빴다. 상당히 불쾌했다. 짜증이 나서 히라를 바보 취급하고, 편리하게 이용하던 사이, 어느새 히라의 시선은 키요이에게 없어서는 안 될 것이 되어 있었다.

나도 저렇게 나만 바라봐주면 좋겠어.

다른 사람에게는 눈길도 주지 않고 나만 바라봐주면 좋겠어.

그러면 나도 누구보다 잘 부르고 잘 출 수 있어.

히라의 시선은 잊고 있었던 어린 시절의 기억을 완벽히 다시 떠올리게 했다. 울면서 아이돌에게 열광하던 팬. 두려움과 비슷한 흥분. 불쾌감과 종이 한 장 차이의 고양감. 연극을 할 때 느끼는 감각과 비슷하다. 다른 게 있다면, 수백 개의 시선을 히라 혼자서 담당한다는 것이다.

히라는 저 하나의 시선만으로 키요이를 흐물흐물하게 만들어 버린다.

신에게 일생을 바치는 비구니처럼 키요이 앞에 무릎을 꿇은 채 일정한 거리에서 더이상 거리를 좁히지 않는 남자에게 키요이는 몇 번이나 호되게 뒤통수를 맞았다. 사랑이 하고 싶은 키요이와, 키요이를 숭배의 대상으로만 보는 히라의 어긋나기만 하는 관계에, 결국 키요이는 사랑해주지 않을 거면 내버려두라며 도리어 히라 앞에서 울어버렸다.

즉, 키요이가 먼저 고백 같은 걸 한 것이다.

그렇게 기분 나쁘고 짜증나는 녀석에게 자신이 먼저 사랑을 구걸하고 말았다.

그때의 기억을 떠올리자, 부끄러워서 죽을 것 같은 수치심에 몸이 오그라들었다.

"……화났어?"

키요이는 주뼛주뼛 묻는 히라를 노려보았다.

한 번도 염색한 적 없는 새까만 머리. 감고 말리기만 하는 부스스한 앞머리가 두 눈을 가리고 있다. 표정이 부족해서 속을 도통 알 수 없다. 옷차림도 촌스럽다.

찬찬히 뜯어볼수록, 대체 왜 이 녀석이지 하고 화가 치밀어오른다.

최악에 가까운 판정을 내렸던 남자를 좋아하게 됐을 뿐 아니라, 심지어 앞으로 그와 함께 살기까지 바라고 있다. 히라 스스로는 결코 거리를 좁혀오지 않을 테니까. 멀어지면 멀어진 대로, 자기 안에서 이미 결론을 낸 자기만의 세상에서 히라는 그저 키요이를 신처럼 추앙하는 것으로 만족해버릴 테니까. 그 간격을 다시 좁히기 위해 해야 할 노력을 상상하는 것만으로도 키요이는 이가 갈릴 지경이다.

"……히라 주제에 우쭐대지 마."

"어?"

"씻을 거야. 너는 밥 차려."

키요이는 갑자기 욱해서 말을 내뱉고는 당황해하는 히라를 내버려두고 난폭한 남편처럼 쿵쿵 걸어 욕실로 들어가버렸다. 영

락없는 화풀이다. 하지만 화풀이라도 해야 한다. 믿을 수 없지만, 자신은 그만큼 히라에게 빠져 있는 것이다. 아, 진짜 믿고 싶지 않다.

신의
잘못된 판단

남편과 별거하게 되어 아이를 데리고 친정집으로 돌아오겠다고 나호가 연락했을 때, 히라는 눈앞이 뿌예지고 캄캄해져 러그에 무릎을 꿇었다. 틀림없이 빈혈이었다.

드디어 신의 수정 작업이 시작된 것이다.

키요이와 사귄 지 반년쯤 지났지만, 두려움은 여전하다. 흘음 때문에 기묘한 눈길을 받고, 아래 계급 외톨이에 아웃사이더였던 초중고 시절. 대학에 들어와 겨우 회복이 되었지만, 밤하늘에 반짝이는 별과 같은 존재인 키요이와 사귀게 될 줄은 정말 꿈에도 생각하지 못했다.

신이 방심해서 실수한 게 틀림없다. 언제 그 실수를 알아채고 수정할까. 드디어 그 시간이 온 거라고 생각하며 히라는 포기의 경지에서 조용히 러그에 쓰러졌다. 손가락 하나 까딱할 힘조차 없어 부드러운 러그 위에서 그저 태아처럼 몸을 둥글게 말고 슬픔을 견뎠다.

신을 원망할 생각은 없다.

반년이라도 꿈을 꾸게 해주었으니까.

이 아름다운 추억을 가슴에 품고 조용히 여생을 살아가자.

고마워. 안녕. 고마워. 안녕.

조금씩 밤이 스며드는 어두운 방안에서 러그에 쓰러진 채 감사와 작별 인사를 반복했다. 이번에 이사하고 나면 거센 파도와 같은 기세로 끝이 몰아칠 것이다. 부정적인 감정에 갈가리 찢겨나갈 것이다. 고마워. 안녕. 고마워. 안녕.

하지만 지옥을 한 바퀴 돌아 빠져나왔다. 키요이가 동거를 계속하자고 말해줘서 제7천국•까지 밀려올라갔다. 신은 대체 뭘 하고 있는 걸까. 방심이 낳은 실수가 점점 더 거대해지고 있는데 낮잠이라도 자는 걸까. 어쨌든 자신의 생명이 다할 때까지, 그동안은 계속 잠들어 있어달라고 히라는 마음속 깊이 기도했다.

물론 시련은 있다. 키요이와 살아가기 위해 필요한 경제력. 나호 누나의 별거는 이미 부모님 귀에도 들어갔고 엄마는 당연히 히라가 본가로 다시 들어올 거라 생각하고 있다. 흘음이라는 병

• 하느님과 천사만 사는 최고의 하늘.

때문에 대학생이 된 지금까지 엄마는 외동아들을 과보호한다.

부모님에게는 죄송하지만, 키요이와의 생활은 히라가 최우선으로 생각하는 것이다. 아르바이트를 하려니 불안하고, 모르는 사람과 이야기하려니 긴장된다. 가능하면 피하고 싶지만 아무리 피해도 어차피 내년부터는 취업이라는 폭풍의 바다에 던져질 운명이다.

정장이나 면접은 히라에게 절망의 상징일 뿐이다. 분명 긴장해서 말을 더듬을 것이다. 분명 '앞으로의 활동을 진심으로 응원한다'는 불합격 통보 메일의 산이 쌓여갈 것이다. 그것에 숨통이 끊어질 듯 파묻힌 자신의 모습을 쉽사리 상상할 수 있다. 무섭다.

아마도 취업 활동을 하며 좌절하겠지. 대학 졸업 후 이 이층 방에서 몇 년에 걸쳐 썩어갈 자신의 모습을 상상하며 떨고 있었다. 하지만 이제 그런 미래는 있을 수 없다. 키요이와 살기 위해, 두려운 일을 마냥 회피하려는 자세에서 벗어나야 한다.

"음, 히라 카즈나리군. 곧 스무 살 되는 학생이네."

가슴에 점장 명찰을 단 작고 통통한 남자가 앞에서 히라의 이력서를 들고 중얼거린다. 지금 히라는 편의점 면접을 보고 있다.

"지금까지 어떤 아르바이트를 했지?"

괜찮다, 예상했던 질문이다. 더러운 물위를 태평하게 흘러가는 오리대장을 떠올리며 천천히 심호흡했다. 초등학생 때 집으로 돌아가는 길에 만난 인생의 스승. 원래 따뜻한 욕조 물에 둥둥 떠 있어야 하건만 더러운 용수로를 흘러가고 있던 오리대장에게 히라는 자신의 모습을 겹쳐 보았고, 그후로 오리대장의 무념무상을 가슴에 새기며 어떤 위기도 뛰어넘어왔다.

가능한 한 편하게 마음먹자. 자극에 민감하지 말자.

더러운 인공의 강을 흘러내려가던 잘 말려올라간 속눈썹의 오리대장처럼 있자.

이미 몇천 번이나 외운 주문이다. 한 번, 두 번, 세 번. 당황해서 흘음이 나오지 않도록, 아랫배에 공기를 모아 심호흡하며 떨림을 제어한다. 점장이 구둣발로 바닥을 탕탕 찼다.

"아르바이트는 한 적 없습니다."

한참 기다리게 하더니 고작 그런 대답이냐는 표정이었다.

"요즘 같은 때의 대학생이 그랬단 말이군. 그럼, 왜 갑자기 아르바이트를 하려고 생각했는데?"

히라는 당황했다. 그런 개인적인 걸 물어보리라곤 생각지 못했다.

연인과 함께 살기 위해 생활비를 벌어야 하기 때문입니다.

이유는 단순했다. 하지만 말하고 싶지 않다. 보물 같은 비밀을 왜 이런 먼지투성이 장소에서, 바닥이나 탕탕 차는 작고 통통한 남자에게 말해야 하지?

"편의점 일이 편할 거라고 생각했나?"

생각지도 못한 질문이었다.

"네?"

점장은 히라가 자기도 모르게 되물은 것이 거슬렸나보다. 눈에 띄게 불쾌한 기색을 드러내더니 요즘 그런 애들이 많다며 이력서를 팔랑팔랑 흔들었다.

"편의점 일이 쉬울 거라고 생각할지도 모르지만 이래봬도 꽤 힘들어."

점장이 못마땅한 듯이 실눈을 뜨고 웃었다.

"봐, 편의점은 편리한 곳이잖아? 고객이 편할수록, 서비스를 제공하는 쪽 부담은 크다는 거 아나? 외워야 할 것들이 수도 없이 많아. 할 수 있겠어? 아까부터 한 마디도 안 하네. 대답하기 싫어? 지루한가? 여유 있는 세대를 뛰어넘어 득도한 세대라고 불린다지? 〈니체 선생〉이란 만화, 그런 느낌이야?"

이 사람, 대체 무슨 말을 하는 거지?

속사포 같은 질문에 넋을 놓고 있자, "듣고 있어?" 하고 그가 큰 소리로 물었다. 듣고 있다고 말하려고 입을 연 순간 혀를 차게 돼 흠칫했다. 아, 위험해, 왔다.

"드, 드, 드, 드, 드, 드듣, 듣."

말이 막힌다. 아, 진정해. 마음을 편하게. 자극에 민감하지 마. 오리대장을 떠올려. 하지만 이렇게 되면 이미 틀렸다. 경직된 얼굴로 단음을 속사포처럼 연사하는 히라에게 점장은 겁을 먹고 당황한 듯 짐짓 웃어 보였다.

"아, 미안해요, 처음부터 너무 많은 걸 말해서 어려웠죠? 음, 그럼 이상으로 면접을 끝내겠습니다. 수고하셨고, 결과는 삼일 안에 통보하겠습니다."

마지막만 정중한 말투로 쫓겨났다.

120퍼센트 탈락이구나 생각하며 어깨를 축 늘어뜨리고 학교로 돌아갔다. 수업까지 빼먹으며 갔던 면접은 최악의 제곱이었고, 밑바닥에 처박힌 기분으로 사진 동아리실로 갔다.

"면접은 어땠어?"

히라가 동아리실에 들어가자마자 동아리장이 묻더니 "아, 뭐, 그렇지. 신경쓰지 마" 하고 바로 시선을 피했다. 히라는 표정만으로 좋지 않은 결과를 들켜버리는 자신이 한심했다.

"혹시 흘음이 나와버린 거야?"

평소 앉는 자리에 가서 앉자 코야마가 물었다. 히라는 작게 끄덕였다.

"그런 걸로 떨어뜨리는 곳이면 먼저 거절하는 게 좋아."

"그럴까."

"그래, 그래."

모두가 끄덕인다. 동아리 사람들은 모두 히라의 흘음을 알고 있다. 그래서 편하지만, 편한 데서 응석을 부리고 있으니까 안 되는 건가, 라는 생각도 든다.

코야마가 위로하듯 포키를 건네주었다. 한 번도 못 봤던 옅은 갈색 크림 포키다.

"거봉 포도맛 한정판이야. 요전에 집에서 보내줬어."

베어 물자 포도맛이 났다. 굳이 이런 막대과자로 만들지 않아도 괜찮을 맛이었다.

코야마와는 한때 친구 이상 연인 미만 관계였다. 키요이가 등장하면서 정식으로 사귀는 데까지 가지는 않았고 서로 어색해하던 시기가 있었지만, 지금은 어찌어찌 친구로 돌아갔다.

"괜찮아. 우리 형도 흘음이 있었지만 잘만 취직했잖아."

코야마의 말에 히라는 고개를 끄덕였지만, 기분은 별로 나아지지 않았다.

흘음이 나오지 않게 하려고 심호흡으로 시간을 너무 지체한 시점에서 실패했다. 점장의 태도가 별로라고 생각했지만 첫 면접이어서 몰랐을 뿐 대부분 그럴지도 모른다. 세상은 엄격하다고 모두가 말한다. 그렇다면 나도 견뎌내야 한다.

"등록제 아르바이트는 어때?"

코야마가 말했다. 처음에 면접을 겸해 등록하고 아르바이트 일자리를 소개받는 시스템 같다. 싫으면 거절할 수도 있어 좋을 것 같았다. 인터넷을 뒤져 학생에게 일자리를 추천해주는 에이

전시를 찾았고, 일단 내일 등록하러 가기로 예약했다.

"히라, 행동력이 엄청나네."

"스스로도 놀라고 있어. 사실, 침울해할 시간도 없어서."

다음달 나호가 돌아오기 전에 새집을 구하기로 키요이와 이야기했다.

"키요이를 위해서라면 다른 사람이 되는구나."

코야마가 놀리듯 웃었지만, 히라는 마음이 딴 데 있어 적당히 대답했다.

다음날 약속한 시간에 에이전시에 갔다. 정장 차림의 직원들 틈에서 홀로 위화감이 들자 마음이 진정되지 않았다. 필요한 사항을 적은 서류를 내밀면서, 이번에는 처음부터 흘음이 있다고 담당자에게 밝혔다. 무슨 질문을 받든 얼지 말고 척척 대답해야지. 책상 아래서 주먹을 꾹 쥐고 있는데, 직원이 괜찮다고 말해주었다.

"많은 사람과 많은 회사가 등록되어 있고 직종도 아주 다양해요. 각자에게 맞는 일을 소개해드리니까 신경쓰이거나 원하는 게 있으면 전부 이야기해주세요."

직원의 훈련된 듯한 미소가 어릴 때 흘음을 치료하러 다녔던 병원의 의사를 떠올리게 했다. 싫지는 않았다. 오히려 매칭 전문가일 것 같아 안심되었다.

"지금 바로 소개할 수 있는 아르바이트도 있어요."

예를 들면…… 하고 직원이 컴퓨터를 만지더니 히라가 희망한 직종에 맞는 아르바이트를 몇 개 골라냈다. 면접도 없는 곳이라는 말에 히라는 그 자리에서 결정했다.

히라가 아르바이트 자리를 구했다고 보고하자, 키요이는 눈을 크게 떴다.

"말한 지 얼마나 됐다고 벌써 구했어? 제대로 된 곳이야?"

키요이는 저녁 대신 못마땅한 얼굴로 프로틴 음료를 마시고 있다. 지금도 완벽하지만 일을 위해 몸을 좀더 탄탄하게 만든다고 한다. 배우란 힘든 직업이다.

"서두르다 이상한 아르바이트 잡은 건 아니겠지? 참치잡이 어선 같은."

"아니야."

"임상실험 같은 아르바이트도 하지 마. 돈도 많이 주고 편하다지만 어떻게 될지 모르니까. 분홍색 전단• 붙이는 거나 티슈 나눠주는 것도 돈 떼일 확률이 높다니까 하지 마. 그리고 쓸데없이 여자들 많은 데도 안 돼. 너는 잘 꾸미면 그럭저럭 봐줄…… 아니, 아무튼, 그런 데 말고도 많으니까."

"인력 에이전시에 등록해서 소개받았는데, 안 될까?"

• 주로 유흥업소에서 만든다.

회사 이름을 말하자, 키요이가 휴대폰으로 검색해보더니 "유명한 곳이네" 하고 중얼거렸다.

"그래서, 어떤 일인데?"

"제과 공장 라인 작업. 말 안 해도 할 수 있어."

키요이는 겨우 납득한 듯 고개를 끄덕였다.

"젊음이라곤 한 조각도 찾아볼 수 없는 수수한 아르바이트지만, 너는 혼자 있어도 괜찮은 기질이라 잘 맞을 것 같기도 하네. 항상 포토샵으로 끈질기게 내 사진 편집하니까, 컨베이어 작업도 견딜 수 있을 거야."

"야간 근무라 시급도 좋은 것 같아."

"야간 근무?"

"주 삼일. 밤 열시부터 다음날 새벽 다섯시까지."

"일주일에 삼일이나 밤에 안 들어온다고?"

생각지도 못했는데 키요이는 못마땅한 얼굴을 했다.

"낮에는 학교에 가야 하고, 여기저기 짧게 다니는 것보다 한 곳에서 진득하게 일하는 게 좋을 거 같거든. 그래도 키요이가 싫다면 다른 데 알아볼게."

"……별로 싫은 건 아니지만."

그렇게 말하지만 얇고 보기 좋은 입술이 살짝 튀어나와 있다.

"그래, 내일 다시 한번 담당자 만나서 상담해볼게. 밤에 집에 있을 수 있고, 학업과 병행할 수 있는 시간대이고, 단기간에 많이 벌 수 있는 아르바이트 찾아올 거야."

"그렇게 조건이 좋은 데는 있어도 너한테는 안 돌아올 거야."

키요이의 직설은 아름다운 칼 같다. 자신에게는 없는 잘 벼려진 날카로움에 다시 한번 홀딱 반한다.

"그래도 찾아볼게. 키요이가 싫어하는 일은 하고 싶지 않아."

히라의 말에 키요이가 눈을 조금 치떠 흘깃 바라보았다.

"너무 신경쓰지 마. 학교도 다녀야 하는데 방금은 내가 억지를 부렸어. 평범한 녀석들에게는 힘든 컨베이어 작업도 너한테는 맞을 거 같지만, 그래도 무리하지는 마. 안 되겠다 싶으면 바로 그만둬."

우러러보기만 하던 왕의 말에 히라의 가슴이 크게 요동쳤다.

"키, 키요이, 나, 나, 열심히 할게. 키요이한테 짐이 되지 않도록, 절대로 기둥서방이나 방에 틀어박힌 백수는 안 될 거야. 죽을 만큼 열심히 할게. 설령 몸이 부서진다고 해도."

"컨베이어 작업이 그렇게까지 위험한 일은 아니잖아."

"무슨 일이 있어도 끝까지 할게. 설령 피를 토하는 한이 있어도……"

"그러니까 컨베이어 작업으로 피 토하고 그러지 않는다고. 그렇게 부담 갖지 마. 나는 지금도 하고 싶은 일을 하면서 어느 정도 버니까 너 같은 애 하나둘쯤 먹여 살리는 건……"

키요이가 아차 싶었는지 굳은 표정으로 고쳐 말했다.

"방금 말은 잘못 나왔어. 그냥 소처럼 일해. 나한테 짐이 되면 그 자리에서 버릴 거야."

키요이는 고개를 홱 돌렸고, 히라는 진심을 다해 고개를 끄덕였다.

높디높은 왕이 나 같은 것과 사귀고 정식으로 동거까지 해주고 있다.

이보다 더 큰 행복은 없다. 위대한 신의 방심과 실수에 감사할 따름이다.

하지만 실수는 언젠가 바로잡힐 것이다. 그것이 세상의 섭리니까.

그날이 올까봐 너무 두렵다. 하지만 언젠가 끝나리라는 것을 알기에 지금 눈에 비치는 키요이는 더더욱 찰나의 아름다움으로 가득하다. 언젠가는 지기에 꽃이 아름다운 것과 똑같다.

히라는 테이블에 둔 카메라를 들고 아주 자연스럽게 자세를 잡았다. 파인더를 들여다보자, 사각으로 잘린 공간에 키요이가 들어온다.

사진은 히라의 유일한 취미다. 흘음 때문에 반에서 외톨이였던 외동아들을 걱정해 부모님이 어떻게든 다른 곳으로 눈을 돌려주길 바라며 카메라를 사준 것이 계기였다. 하지만 사람을 싫어하는 히라는 오로지 풍경만 찍고, 찍은 풍경에서 사람을 지워가는 작업을 좋아했다. 즉, 부모님의 기대에 어긋나게 사진은 현실도피의 수단이 되었다.

그런 히라가 처음으로 찍고 싶다고 생각한 사람이 키요이였다. 실제로 가족 외에 찍은 사람은 키요이뿐이다. 찰칵, 셔터 소리가 울린다. 렌즈가 향해도 키요이는 웃어주지 않는다.

히라가 사진을 찍을 때 키요이는 대부분 좋아하는 일을 하고 있다. TV를 보거나, 만화를 읽거나, 지금은 턱을 괴고 휴대폰을 만지고 있다. 고개를 숙이고 있어서 아름답게 치켜올라간 눈꼬리에 옅은 갈색 앞머리가 흘러내려와 있다. 쭉 뻗은 콧대, 차가운 말투가 어울리는 얇은 입술.

고등학교 때부터 방과후의 음악실이나 교실에서 아이들 눈을 피해 계속 키요이를 찍어왔다. 그렇게 모인 사진이 수천 장이다. 계속해서 더 늘면 좋겠지만 언젠가는 한 장도 늘지 않는 날이 올 것이다. 생각만으로도 괴로워진다.

"그래서, 아르바이트는 언제부터야?"

휴대폰을 만지면서 묻는 키요이에게 히라는 금요일부터라고 대답했다.

"어? 내일모레잖아."

놀란 듯이 바라본다. 그 얼굴도 찍었다.

"열시부터니까 저녁밥은 할 수 있어."

"누가 그게 궁금하대?"

키요이는 여전히 뚱한 표정으로 테이블을 돌아 다가왔다. 점점 가까이 다가오는 키요이도 찍는다. 이 데이터들은 연속으로 배열해둬야지. 파인더 너머로 불쑥 손이 뻗어왔다. 그대로 카메라를 빼앗기자 시야가 트이며 찌푸린 키요이와 눈이 마주쳤다.

"뭘 느긋하게 사진이야?"

"느긋하지 않아. 키요이 사진 찍을 때는 늘 진지해."

"그런 말이 아니잖아."

키요이는 뺏어든 카메라를 테이블에 내려놓더니 마주보며 히라의 무릎에 올라앉았다.

"응?"

키요이가 목에 팔을 감아오자, 히라의 심장 박동이 불규칙해진다.

"오늘, 할래."

히라를 내려다보며 한껏 기분이 상한 표정으로 키요이가 입술을 붙여온다.

입술이 닿은 순간, 히라는 아찔하게 행복한 현기증이 일었다.

금요일 밤, 공장이라는 장소에 태어나서 처음 발을 들였다.

반질반질하고 하얀 위생복으로 갈아입자 소독가스가 전신에 뿌려졌고, 식품이 운반되는 컨베이어 앞으로 인도돼 작업 설명을 들었다. 전날부터 몹시 긴장하고 있었지만, 컨베이어 벨트를 타고 앞으로 실려오는 노란색 몽블랑 컵케이크에 노란색 밤을

하나씩 올리는 일은 오 분 만에 익숙해졌다.

흘음을 걱정했지만, 식품을 취급하니 대화 금지인 것도, 마스크와 모자와 장갑을 쓰고 모두가 위생복을 입고 있어 누가 누군지 모르는 것도 다행이었다. 타인과의 관계 맺기가 서툰 히라는 마치 로봇이라도 된 듯 담담하게 같은 작업을 반복했다.

인생의 첫 아르바이트는 수많은 우울한 요인들 중 하나에서 히라를 자유롭게 해주었다. 내년으로 다가온 취업 활동에 계속 겁을 집어먹고 있었는데, 적어도 몽블랑에 밤을 올리는 일 정도는 할 수 있다는 것이 증명되었다. 우스울 정도로 사소한 일이지만 확실히 안심이 되었다.

세상에는 짓밟는 쪽과 짓밟히는 쪽이 있다는 것을 알게 된 게 언제였을까. 긴장하면 말을 더듬는 히라는 분명 후자였고, 히라를 둘러싼 세계는 조금도 밝지 않고 아름답지도 않고 다정하지도 않아서 점점 좁아지는 길을 비틀거리면서 나아가다가 언젠가 균형을 잃고 나락으로 떨어지지 않을까 겁을 내던 나날이 이어져왔다.

회색 세계가 뒤집힌 건 고등학교 2학년 봄이었다.

키요이는 아름다웠다. 둔중한 회색을 날카롭게 가르고 들어온 빛이었다.

그날 히라의 이마에 찍힌 키요이의 각인은 사 년이 지난 지금 한층 더 진해졌고, 쓰레기처럼 더러운 물을 흘러갈 뿐이던 히라는 이제 기품 있고 아름다운 왕이 지배하는 왕국에서 황금빛 강을 한들한들 흘러가고 있다. 키요이가 비춰주는 세계는 괴로울 정도로 아름답다.

레일 위로 계속해서 노란색 몽블랑이 열을 지어 다가온다. 공장 안은 달콤하고 저렴한 케이크 냄새로 가득하고 모두가 그 냄새에 질린 표정으로 작업하고 있다. 하지만 히라는 즐거웠다.

이 밤 한 알이 키요이와 지낼 집이 된다.

이 밤 한 알이 키요이와 잠을 잘 더블베드가 된다.

이 밤 한 알이 키요이와 먹을 밥이 된다.

이 밤 한 알이 키요이와 들어갈 욕조의 따뜻한 물이 된다.

느릿하게 흘러오는 레일이 빛나는 황금빛 강 같아 보여서 히라는 참지 못하고 우후훗 웃음을 흘렸다. 그 소리에 맞은편에서 작업하던 아저씨가 움찔했다. 망했다. 하지만 제어할 수 없었다. 마스크 아래서 싱글싱글 웃으며, 묘하게 자유로운 기분으로 아르바이트 첫날을 보냈다.

라커룸에서 옷을 갈아입을 때, 낯익은 얼굴을 발견했다. 키요이의 출퇴근길에서 가끔 보는 남자인데, 키요이가 아니라 안나를 기다리는 팬이다.

안나는 키요이와 같은 소속사에 있는 간판 여배우로, 최근 키요이와 함께 출연하는 일이 많아졌다. 키요이가 인기를 끌리라 예상한 소속사에서 안나가 출연하는 곳에 키요이를 끼워팔고 있다고, 출퇴근길에서 기다리는 안나의 팬들이 수군대는 소리를 들었다. 사실인지 아닌지는 알 수 없다. 키요이는 자기 일에 대해서는 잘 이야기하지 않는 타입이고, 히라도 키요이가 이야기하지 않는 것은 구태여 묻지 않는다.

공장에서 나와 셔틀버스를 타고 역까지 가서 새벽 첫차를 타고 집에 돌아온다. 모두가 나른한 상태로 계단을 내려와 가장 가까운 칸에 오른다. 히라는 무리에서 떨어져 플랫폼 끝까지 가서 가장 마지막 칸에 탔다. 아무도 없다.

덜컹하고 차량이 흔들리며 창문 너머로 풍경이 스쳐지나간다. 날이 밝기 전 가장 어두운 세상을 가르듯 동쪽에서 서서히 비쳐 들어오는 강렬한 오렌지빛을 멍하니 바라보았다. 일곱 시간 동안 계속 서 있었던 몸에 전철 레일을 타고 올라오는 진동이 스며든다. 상쾌한 기분이었다.

전철역 편의점에 들러 샌드위치와 커피를 샀다. 이른 아침인데도 사람이 많았다. 강아지와 산책하는 할아버지도 보였다. 너무 이르지 않나 싶지만, 할아버지도 살아생전 늘 일찍 일어났었다. 나이들면 잠을 오래 잘 수 없다고 말했던 것도 기억난다.

이른 아침의 거리가 좋은 것도 같네.

돌아온 집은 무척 조용했다. 키요이가 깨지 않게 조용히 샤워하고, 먹을 것을 들고 살며시 계단을 올라가는데 삐걱거리는 소리가 나서 멈칫했다. 키요이의 방 앞에 멈춰 섰다.

이 문 너머에 키요이가 잠들어 있다.

문을 열고 잠든 얼굴을 보고 싶다. 하지만 열지 않는다.

언제까지나 우러러보고 싶은 아름다운 세계에 불쑥불쑥 들어가버리는 짓은 하고 싶지 않다.

문에 기댄 채 깊은 바다 밑바닥 같은 복도에 무릎을 세우고 앉았다. 샌드위치 포장을 벗기고 커피를 마시며 간단하게 배를 채웠다.

한 번 숨을 내쉬고, 눈을 감는다. 이 문 너머에 키요이의 세상이 있다. 왕의 잠자리를 지키는 문지기. 아무도 이 기쁨을 이해해주지 않아도 상관없다.

아무도 닿지 않게 지키고 싶다. 히라만의 낙원이다.

오랜만에 부모님이 불러서 간 본가의 식탁에는 히라가 좋아하는 음식들이 가득 차려져 있었다. 나호가 별거하기로 해서 지금 사는 집을 나와야 한다는 소식이 부모님에게도 전해졌고, 당연히 부모님은 아들이 집으로 돌아오리라 생각하고 있다.

"어, 그럼 어디서 살려고?"

엄마가 눈썹을 찌푸렸다. 아빠도 뜻밖이라는 표정이었다.

"친구랑 살 거야."

두 사람은 놀랐다가 기쁜 듯이 서로 마주보았다. 흘음 때문에 어릴 적부터 괴롭힘을 당했던 히라도 힘들었지만, 지켜볼 수밖에 없었던 부모님도 힘들었을 것이다. 그런 아들에게 같이 살 수 있을 정도로 가까운 친구가 있다는 사실이 부모님은 그저 기쁜 듯했다.

"대학 친구?"

엄마가 몸을 내밀며 물었다.

"전에 한번 봤었잖아. 키요이라고. 지금도 거의 같이 사는 거랑 비슷해."

"아, 고등학교 때 친구잖아. 굉장히 예쁜 아이였어."

짜릿한 기쁨이 몸을 휘감았다. 키요이가 칭찬받는 건 언제 어디서나 기쁘다.

"고등학교 때부터 아주 인기가 많았어. 지금은 배우이고."

"배우라고?"

두 사람의 놀란 모습에 히라의 팬심이 급가동되기 시작했다.

"작년 여름에 청량음료 광고에도 나왔어. 바닷가에서 젊은 사람 네다섯이 달려가던 거."

"기억나. 그 안에 키요이가 있었어?"

"봄 시즌 스페셜 드라마에도 나왔었어. 사카이 히로후미가 의사로 나왔던 거. 키요이는 아들 역할이었어."

"어머, 그것도 봤어. 아들 역 배우를 어디서 봤나 했는데 그게 키요이였다니. 아, 지난주에 미용실에서 봤던 잡지에도 있었어. 인기 급상승중인 젊은 배우라고 두 페이지 전면에 컬러로 나왔던데. 요즘 애들은 예쁘구나 생각하며 봤었어."

굉장하다고 연거푸 말하는 엄마 때문에 결국 히라 안의 스위치가 켜졌다.

"응, 키요이는 정말 굉장해. 고등학생 때부터 모델을 했고, 소속사에서는 키요이가 아직 대학생이지만 앞으로 더 인기를 끌 거라고 확신하고 밀어주는 것 같아. 곧 연속극에서 준주연을 맡을 것 같다고 했어. 이번주에는 후지코디럭스 방송에도 나올 거고. 다음달에는 잡지 두 곳에 나오는데, 하나는 긴 인터뷰도 있어. 음, 그리고……"

휴대폰을 꺼냈다. 캘린더에 키요이의 스케줄이 입력되어 있다. 인터넷과 팬 사이트에서 알아본 TV 방영일, 라디오 방송일, 잡지 발매일. 아무리 작은 기사라도 모아둔다. 시간이 맞으면 출퇴근길에서 기다린다. 지금 가장 기대하는 것은 스타라이트 시리즈의 이미지 DVD다. 메이킹 영상이 특별 수록되고 친필 사인이 들어간 포토카드도 준다, 세 종류나 된다, 포토카드를 고를 순 없기 때문에 모두 모으려면 조금 고생할 것 같다 등등 히라는 휴대폰을 손에 든 채 중얼거렸다.

"……카즈."

나지막하게 부르는 엄마의 목소리에 히라는 고개를 들었다.

"친구라기보다 팬 같은데?"

"팬이야."

"팬이면서 친구인 거지?"

"그냥 친구 같은 게 아니야."

반사적으로 부루퉁해졌다. 키요이와 자신이 '친구'라니. 그런 황송하기 그지없는 일을.

"하지만 조금 전에는 친구라고 했잖아."

거기서 정신을 차렸다. 망했다. 그렇다. 이 자리에서는 키요이가 '친구'여야 한다. 하지만 팬이란 좋아하는 대상이 칭찬을 받으면 무조건적으로 기뻐하게 되는 생물이다. 그리고 그가 얼마나 굉장한지 열정적으로 더욱 자세히 말하고 싶어진다. 그래서 분위기를 이상하게 만들어버렸다.

"응, 친구야."

더이상 말하지 않는 편이 좋을 것 같아 고개를 숙인 채 새우 크로켓을 베어 물었다. 엄마는 뭔가 더 묻고 싶은 듯했지만, 히라는 절대 눈을 마주치면 안 된다고 생각했다. 서둘러 식사를 마치고서 잘 먹었습니다 인사하고 자리에서 일어났다. 그럼, 그렇게 하는 걸로 아세요 하고 히라는 가방으로 손을 뻗었다.

"잠깐만."

엄마의 말에 히라는 머뭇거리며 돌아보았다.

"오랜만인데 오늘은 자고 가."

"아니. 외박한다고 키요이한테 말 안 했어. 빨리 가서 저녁 해야 하는데."

"친구인데 카즈가 밥도 해줘?"

엄마가 울 것 같은 얼굴로 묻자, 히라는 뭔가 위험한 분위기를 감지했다.

"……아, 그럼, 자고 갈까."

일단 엄마의 제안대로 하는 게 좋을 것 같아 히라는 도망치듯 이층으로 올라갔다. 집을 나온 후로도 엄마가 청소를 거르지 않은 방은 달라진 것이 아무것도 없었다.

어쩌지. 완전히 실패한 느낌인데.

침대에 앉아 몸을 숙인 채 턱을 괴고 생각했다. 자기도 모르게 이성을 잃고 팬의 입장에서 잔뜩 떠들어버렸다. 히라에게는 '가벼운' 정도지만, 부모님에게는 기이하게 비쳤을 것이다.

만약 '사귀는 거니?'라고 물으면 어떡하지?

물론 부정할 것이다. 키요이와의 교제는 신의 실수 같은 것이고, 실수가 바로잡히는 날에 자신은 재빨리 키요이 앞에서 퇴장해야 한다. 빛나기만 하는 키요이의 인생에 오점을 남기지 않기 위해서라도 지금의 관계는 비밀로 해둬야 한다.

입이 찢어져도 잡아떼야지.

삼십 분 정도 생각하고 답을 내놓은 뒤 키요이에게 오늘밤은 본가에서 잘 거고, 저녁을 하지 못하게 됐다고 문자를 보냈다. 돌아온 답은 알겠다는 한마디였다.

키요이는 현실에서도 인터넷에서도 다르지 않다. 잘 보이려고 자신을 꾸미지 않고, 무뚝뚝하고 냉정하다. 한겨울의 냉수와 닮은 그의 차가움에 히라는 셀 수도 없을 만큼 구원받아왔다.

키요이는 키요이 그 자체로 있는 것만으로도 가치가 있다.

그날 밤, 한밤중에 목이 말라 주방으로 내려가보니 거실에 불이 켜져 있었다. 소곤대는 부모님 목소리가 들려왔다. 몰래 귀를 쫑긋 세웠다.

"친구 사이가 아닌 것 같아."

"친구 아니면 뭔데?"

두근거렸다. 역시 키요이와의 관계를 들킨 건가. 하지만 괜찮다. 어떤 질문이 들어와도 반드시 잘 속여넘길 생각이다. 살금살금 엿들었다.

"카즈가 괴롭힘 당하고 있는 거 아닐까?"

뭐?

"설마, 대학생이나 되어서 괴롭힘을 당하다니."

"그렇게 생각하고 싶지 않지만, 연예계라는 화려한 세계에 있는 아이가 어째서 카즈랑 같이 살겠어?"

"친구니까 그렇겠지."

"친구인데 그애 저녁을 해준다고? 집에서 살 때는 요리 같은 거 전혀 안 했던 애인데? 그렇게 생각하고 싶지 않지만, 이용당하는 거라면."

완전한 기우다. 애초에 요리를 잘하는 엄마가 있으니 주방에 들어가보려는 발상 자체를 하지 않았을 뿐이고, 키요이와 지내면서 히라는 처음으로 집안일의 즐거움을 알게 되었다. 키요이가 쾌적하게 지낼 수 있게 집안을 언제나 청결하게 하고 싶었고, 요리는 더욱 직접적인 기쁨으로 가득한 일이었다. 키요이의 입에 들어가 키요이의 피와 살이 되는 것을 내 손으로 만드는 일. 숭고한 사명감마저 깃들었다. 혼자라면 날달걀을 올린 밥으로 충분하지만.

"너무 넘겨짚는 거 아냐? 그애 얘기할 때 즐거워 보였잖아."

"하지만 그냥 친구는 아니라고 강하게 부정했어."

엄마의 걱정스러운 목소리에, 생각에 잠긴 아빠의 목소리가 겹쳤다.

"그래도 이젠 카즈나리도 애가 아니니까 부모가 함부로 행동을 구속하는 건 좋지 않아. 일단 하고 싶은 대로 하게 둬보고 가끔 우리가 가서 살펴보면 될 거야. 문제가 있다면 알 수 있겠지."

"사실 그것보다는," 아빠의 말투가 바뀌었다. "나는 카즈나리에게 독립심이 생긴 게 기뻐. 흘음 때문에 우리는 카즈나리를 예전부터 너무 과보호해왔어. 하지만 그 녀석도 내년부터는 취업을 준비해야 해."

현실적인 아빠의 말에 안심했다. 분명 엄마의 불안을 달래줄 것이다.

발소리를 죽여 방으로 돌아오면서, 아무리 그렇다고 해도 대학생이나 된 지금까지 부모님을 걱정시키는 자신에게 한숨이 나왔다. 예나 지금이나 걱정만 끼치고 있다.

흘음, 괴롭힘, 학교 폭력. 대학에 들어가 겨우 밑바닥 루프에서 빠져나올 수 있었지만 부모님에게, 특히 엄마에게 자식은 아무리 시간이 흘러도 언제나 걱정의 불씨인 듯하다. 미안한 마음과 자괴감이 섞이며 치미는 자기혐오에 사로잡혔다. 정말 죄송하다고 생각하면서도 한편으로는 앞으로 이어질 키요이와의 동거 시즌 2에 두근두근 설레고 있으니, 불효도 정말 어지간하다.

나 같은 인간이 이렇게 행복해도 되는 걸까.

행복과 불행은 총량이 정해져 있다고 한다. 행복 수치가 평생 올라갔다 내려갔다 하다가 결국 플러스마이너스 제로가 된다는 게 정말일까. 지금까지의 밑바닥 인생을 고려하면, 지금 이 정도의 행복은 누릴 만한 걸까? 아니다. 키요이와 나의 동거라는 행복은 지금까지 쌓인 불행을 가뿐히 능가할 만큼이다. 그렇다면 앞으로는 다시 내려갈 일밖에 없는 인생으로 돌아가게 될까. 그 정도라면 아직 괜찮지만, 이제 언제 죽어도 이상하지 않을 영역에 돌입했는지도 모른다.

이대로 잠들어 내일 아침이면 더이상 눈을 뜰 수 없을지도 모른다.

이불 속에 있는데도 몸이 오싹오싹 떨렸다. 생명도, 키요이와의 시간도 끝이 정해져 있다.

그렇다면 언제 죽어도 상관없을 정도로, 후회되지 않게 살아가야 한다.

이렇게 긍정적인 기분이 든 건 난생처음이었다.

"그게 어디가 긍정적인데?"

다음날, 만나기로 한 역 앞 카페에서 키요이가 눈썹을 찌푸리며 말했다.

"어떻게 들어도 부정적이잖아."

"그런가? 내 경험상 좋은 일이 있으면 다음에는 분명 나쁜 일이 생겨. 그러니까 좋은 일과 비교했을 때 그 제곱 정도 되는 불행이 와주면 안심이 될 것도 같지만—"

"왜 제곱이야? 좋은 일과 같은 크기의 불행이 와야 상쇄되는 거지."

"하지만 비슷한 정도의 불행이면 빚이 남는 것 같아 불안해. 빚은 이자가 붙잖아? 그런 감각이야, 갚아야 할 게 남은 듯한. 그래서 지금 이 행복의 제곱 정도 되는 불행이라면, 목숨이 거의 끝나는 레벨일 거라고 생각해. 그러니까 후회되지 않게 매일매일 열심히……"

"그만 됐어. 기분 나빠. 무슨 말인지 전혀 모르겠어."

키요이가 재빨리 말을 끊고, 몸을 앞으로 내밀며 화제를 바꾸었다.

"그건 그렇다 쳐도, 네 부모님이 내가 널 괴롭힌다고 생각하시는 게 문제잖아."

"아빠는 그렇게 생각 안 하셔. 이성적인 분이니까."

"그래도 우리가 새로 들어가는 집으로 살펴보러 오신다잖아."

"괜찮아. 괴롭히는 게 아니니까."

"……그래도."

키요이는 의자에 등을 기대고 우울한 듯 아이스커피를 마셨다.

"신경쓰여?"

"당연히 신경쓰이지. 남자친구 부모님인데."

키요이가 아무렇지도 않게 쏘아올린 말의 화살이 엄청난 스피드로 가슴에 날아와 깊이 박혔다. 살갗 아래서 무수한 불꽃이 터진다. 손끝이 떨린다. 무슨 일인가. 그 키요이가. 아무것도 무서워하지 않는 고고한 왕이 그런 말을. 말로 표현할 수도 없는 황송한 마음을 견디고 있자, 왕이 찌릿 노려보았다.

"뭐? 뭐 불만이라도 있어?"

날카로운 눈빛이나 말과는 반대로 키요이의 귓불은 짙은 복숭아색으로 물들어 있다. 아름다움을 뛰어넘어버린 귀여움에 히라의 가슴은 터질 것 같았다. 안 되겠다. 키요이를 더이상 성가시게 하면 안 된다. 필사적으로 오리대장 이미지를 환기하며 마음을 가라앉혔다.

“괜찮아. 우리 부모님과 키요이는 아무 관계도 없으니까.”

“뭐? 관계가 없다고?”

“응, 우리 부모님과 키요이가 관계되는 일은 앞으로도 평생 없을 거야.”

그러니까 걱정할 필요는 전혀 없다고 말하고 싶었다.

그러나 어째서인지 불온한 침묵이 내려앉았다.

“그래?”

“응.”

“나와 네 부모님은 평생 아무런 관계가 없을 거라고?”

“없어. 약속할게.”

키요이의 미간에 잡힌 주름이 단번에 깊어졌다.

“……너, 지금 내 기분이 어떤지 알아?”

“몰라.”

“바로 대답하지 마. 모르겠으면 생각을 해. 나한테 더 바싹 다가오란 말이야.”

키요이의 눈빛이 압력을 높여간다. 왜지? 방금 전 대화 내용에 화날 만한 지점이 있었는지 짐작이 가지 않는다. 키요이는 바싹 다가오라고 말하지만 히라에게 그건 애초부터 불가능하다.

미술관에 걸린 그림은 만지면 안 되고, 별과 인간이 똑같을 리 없다. 예술품에 닿으면 안 되는 건 더럽히거나 망가뜨리면 안 되기 때문이다. 밤하늘의 별이 아름다운 건 인간의 손이 닿지 않기 때문이다. 그것을 인간이 만지는 순간, 가치는 떨어져버린다.

"뭐라고 말 좀 해봐."

키요이가 테이블 아래서 툭툭 발을 차자, 히라는 식은땀을 흘리며 입을 열었다.

"왜 화났는지 잘 모르겠어."

"하아?"

"그게, 밤하늘의 별과 그걸 올려다보는 인간이 같을 리가 없잖아?"

"별? 왜 갑자기 우주로 워프하는데?"

키요이가 눈을 가늘게 떴다. 하지만 히라는 필사적으로 설명해보려 했다.

"그, 그러니까 키요이와 나는 1밀리도 교차하지 않는다는 거야. 같은 선상에 있는 게 아니고, 차원이 다르고, 그래서 더욱 빛나는 거야. 그런데 만지려고 한다거나 이해하려고 하는 건 별을 내 높이로 끌어내리는 거나 마찬가지니까, 그러니까, 내가 무슨 말이 하고 싶은 거냐면."

괜찮았다, 제딴은 꽤 잘 표현한 것 같다. 이제 요약하는 일이 남았다.

"그러니까 나는, 키요이를, 이해하고 싶지 않다고."

순간, 해냈다는 느낌이 들었다. 이 정도로 내 마음을 제대로 표현한 적은 지금까지 없었다. 만족한 히라와는 반대로 키요이의 아름다운 얼굴은 형편없이 일그러졌다.

"죽어버려! 이 기분 나쁘고 짜증나는 녀석아!"

키요이가 테이블 아래서 힘껏 정강이를 걷어찼고, 히라는 기절할 것처럼 아팠다. 왜 일이 이렇게 됐는지 전혀 모르는 히라를 내버려두고 키요이는 "시간 됐으니까 가자"며 자리에서 먼저 일어섰다.

카페를 나온 키요이는 히라를 헤어살롱으로 끌고 갔다. 히라는 늘 집 근처 이발소에서 머리를 잘라왔다. 초등학생 때부터 단골로 드나들어 평소처럼 해달라고만 하면 되는 편한 곳이지만, 오늘은 그러지 못할 곤란한 사정이 있다.

헤어스타일링을 받은 후 키요이가 골라준 옷으로 갈아입자, 살롱의 거울 속에 '넌 누구냐'고 묻고 싶어질 만큼 유행하는 스타일을 한 다른 사람이 있었다.

"……뭐, 뭐, 뭔가 느낌이 이상한데."

안절부절못하고 머리를 만지려는데, 그러지 말라고 키요이에게 혼이 났다.

"주뼛거리지 마. 전부터 말했잖아. 넌 머리랑 옷만 제대로 바꾸면 꽤 괜찮다고. 사장님도 오늘의 너를 보면 '수상한 애'라는 건 알아채지 못할 거야."

"수상한 애?"

“아무것도 아냐. 가자.”

서둘러 살롱을 나서는 키요이를 따라 오늘의 목적인 새집을 보러 갔다. 하늘로 날아오를 만큼 행복한 일이지만, 그전에 첩첩의 산을 넘어야 했다.

“안녕하세요? 키요이 남자친구군요. 헤, 흐음, 과연.”

만나기로 한 맨션 앞에서 키요이의 소속사 사장이 머리끝에서 발끝까지 히라를 훑어보았다. 아름다움으로 승부하는 업계 프로가 점수를 매긴다고 생각하니 히라는 몸이 움츠러들었다.

이제부터 보러 갈 맨션은 키요이의 소속사가 소유한 부동산이다. 방 하나에 거실과 주방이 있는 곳인데 경비도 확실한데다 집세는 소속사에서 반을 부담해준다고 한다. 모든 조건이 더없이 좋지만, 키요이가 게이라는 걸 아는 소속사측에서 본격적으로 동거를 하기 전에 남자친구 얼굴을 보여달라고 요구했다. 이 단계를 넘어서지 못하면 키요이와의 미래는 없다. 아, 오리대장이여.

“히라군은 키요이의 동창이랬지?”

사장의 물음에 히라는 놀라서 펄쩍 뛰어오를 것 같았지만 참았다. 키요이가 알려준 대로 쓸데없는 말은 빼고, 억지로 웃지도 않고 낮은 목소리로 그렇다고만 대답했다. 사장은 요모조모 뜯어보려는 눈으로 히라를 보고 있다. 역시 아무리 외양을 꾸며도 밑바닥 아우라는 지울 수 없는 것인가.

"히라군은 연예계에 흥미 없어?"

히라는 눈만 깜박거렸다.

"키요이와는 다른 타입이지만 히라군도 굉장히 분위기가 있네. 요즘 애들치고는 드물게도 그늘이 있어서, 그 분위기가 멋진 타입이랄까. TV보다는 영화 쪽이 맞겠다. 키가 커서 모델을 할 수도 있겠고. 아니다, 그래도 배우의 얼굴이야. 아, 혹시 어딘가 벌써 소속돼 있어?"

무슨 말을 하는 걸까. 눈이 이상한가? 아니, 그렇지 않다. 분명 미래의 스타인 키요이의 연인이라니까 듣기 좋은 말을 해주는 것이다.

"회사에 한번 놀러와. 밥이라도 먹으면서 천천히 이야기해보자."

사장이 생글거리며 이야기하고는 재킷 가슴주머니에서 명함을 꺼냈다.

"사장님, 히라는 그런 거 흥미 없어요."

키요이가 옆에서 명함을 가로챘다.

"에에, 뭘 이 정도 가지고 그래."

"이 녀석, 사장님 타입이죠?"

사장이 놀란 듯 가슴에 손을 댔다. 게이인가.

"이만하면 됐으니까 키 주세요. 바쁘시잖아요."

"뭐야, 뭘 그렇게 경계해. 평소에 냉정한 키요이가 이렇게까지 질투쟁이인 줄은 몰랐네. 뭐, 이런 남자친구라면 왜 그런지 알 것 같지만."

"그럼 실례하겠습니다."

키요이는 재빨리 등을 돌리고 히라에게 턱짓했다.

"우리 황금알이니까, 잘 부탁해."

키요이를 따라가려는데 사장이 히라에게 말했다. 히라는 고개를 돌려 끄덕여 보였다.

"물론 히라군이 황금알이 되어주는 것도 좋아."

사장이 다시 한번 명함을 꺼내 히라의 셔츠 주머니에 살짝 집어넣었다. 그러고는 이만 가보겠다며 손을 흔들어 인사하더니 길가에 세워둔 차로 돌아갔다. 아저씨인데 느낌이 좀 가볍다. 연예인을 해보라는 건 빈말이었겠지만, 그래도 소속사 사장에게 인정받은 것 같아 히라는 안도했다.

고개를 돌리자, 키요이는 이미 로비에 들어가 있었다. 서둘러 따라갔지만 키가 없어 들어갈 수 없었다. 유리문 바로 안쪽에서 키요이가 팔짱을 끼고 장승처럼 우뚝 버티고 서 있다. 문을 열어달라고 손짓하자, 손바닥을 내민다. 영문을 몰라 고개를 갸웃거리자, 이번에는 자기 가슴을 손가락으로 가리켜 보였다.

히라는 겨우 의미를 알아차리고 셔츠 주머니에서 사장의 명함을 꺼내 문 틈새로 슥 밀어넣었다. 키요이는 명함을 받아 자기 바지 뒷주머니에 넣은 뒤에야 문을 열어주었다.

안으로 들어가자 키요이가 갑자기 히라에게 손을 뻗더니 헤어 살롱에서 한 머리를 마구 헝클어뜨렸다. 그러고는 부스스해진 머리를 보며 코웃음을 쳤다.

"왜, 왜 화가 났어?"

"조용히 해. 너 같은 건 평생 촌스럽게 하고 있어."

그러고는 뚱한 얼굴로 엘리베이터에 탔다. 사층까지 올라가 문을 열고 들어갔다. 햇빛이 잘 들어오는 거실. 방이 안쪽에 있고 베란다는 L자 형이었다. 시스템키친에 완벽한 바닥 난방. 대학생 둘이 살기에는 파격적으로 사치스러운 집이다.

"여기가 침실이네."

키요이가 베란다 반대쪽 방문을 열었다. 안쪽 미닫이문을 열어 벽장을 확인하더니 창가로 가서 침대는 이쪽에 둬야 하나 하고 중얼거렸다.

"우리 이참에 침대도 새로 살까?"

텅 빈 방안, 동쪽에서 스며드는 희미한 햇살을 받고 선 키요이의 옆얼굴이 아름다워 히라는 항상 들고 다니는 카메라를 꺼냈다. 재빨리 셔터를 누르자 키요이가 고개 돌려 바라본다.

"왜 사진을 찍고 있어? 앞으로 살 집이잖아. 너도 잘 봐둬."

"봤어. 굉장히 좋은 집이고, 불만은 하나도 없어."

키요이와 같이 살 수 있다면 히라는 다리 밑 골판지 박스 집이라도 상관없다. 방 같은 건 아무래도 좋고 그것보다 지금은 이

상황을 기록해두고 싶다. 숙부 집에서는 생활하다 정신을 차려 보니 반쯤 동거하는 형태가 되어 있었다. 하지만 이번에는 명확한 시작점이 있다.

"새로 살 집을 확인하는 키요이. 침실을 둘러보는 키요이. 침대를 새로 사자는 키요이. 이제 두 번 다시 없을지도 모를 새로운 장면을 찍어두지 않으면 나중에 반드시 후회할 거야."

"두 번 다시 없진 않겠지. 평생 여기서 살 것도 아니니까."

"하지만 이게 마지막이 될 확률이 제로인 건 아니잖아."

방심하지 않는다. 신이 언제 이 실수를 알아차릴지 모른다. 행복을 회수해가기 전에 제 손으로 건질 수 있는 건 전부 건질 것이다. 그래도 놓치는 게 있을 거라 생각하면 초조해진다.

"어제 결심했다고 말했잖아. 언제 죽어도 후회되지 않게 살 거라고."

"자꾸 불길한 얘기 하지 마."

툭 엉덩이를 차여서 비틀거렸다.

"미안. 그래도 죽는 것보다는 키요이와 헤어지는 쪽이 가능성 높으니까."

그러자 키요이의 얼굴이 귀신처럼 무섭게 변했다.

"너는 새집을 둘러보면서 나랑 헤어질 생각을 해?"

"헤어지고 싶지 않아. 하지만 신이 회수 작업을 시작할지도 몰라."

"잡지라도 모으냐?"

"종이가 아니라 신•. 아, 그러니까, 지금의 행복은 나에겐 너무 과분해서 이 행복을 상쇄할 만큼의 불행이라면 젊은 나이에 죽거나 키요이와 헤어지거나 둘 중 하나일 거라 생각해."

언젠가 키요이에게 버려졌을 때 그 자리에서 충격으로 죽어버릴 수 있다면 좋겠지만, 그렇게 순조롭게 흘러가진 않을 것이다. 스스로 죽음을 선택하는 방법도 있지만, 부모님을 생각하면 그건 피하고 싶다. 게다가 예전에 문손잡이에 수건을 걸어놓고 연습했을 때 굉장히 괴로웠던 기억이 있다.

"자살도 쉽게는 못할 테니까. 굉장히 괴롭고 무서워."

"너도 가끔은 제대로 된 말을 하는구나."

"키요이를 잃어도 계속 살아가야 한다면, 적어도 키요이와 지냈던 시간이 꿈이 아니었다는 증거를 갖고 싶어. 그러니까 이런 저런 모습을 찍어두려고."

진심이 조금이라도 전달되도록 살펴가며 말을 늘어놓았다. 키요이는 생각에 잠긴 듯 이리저리 눈을 굴리더니, 팔짱을 끼고 한껏 얼굴을 찌푸렸다.

"……이해가 가는 부분도 있어. 하지만…… 이해하고 싶지 않아."

• 일본어로 신과 종이는 발음이 같다.

고뇌로 가득찬 키요이의 토로에 히라는 눈을 크게 떴다.

"키요이, 그, 그거야. 나도 조금 전 그런 마음으로 키요이를 이해하고 싶지 않다고 말한—"

"전혀 다르거든. 기분 나쁘고 짜증나는 너와 똑같은 취급 하지 마."

키요이는 히라를 다시 한번 발로 차고 방에서 나갔다. 고심해서 말을 골랐다고 생각했지만 또 화를 돋우고 말았다. 정말이지 자신의 부족한 어휘력이 한심했다.

그후에는 카메라 금지령이 떨어져, 키요이가 가지고 온 줄자로 함께 방 크기를 쟀다. 키요이가 이렇게 재두면 가구 살 때 망설이지 않아도 된다고 말한다. 아름답게 빛나고 지고한 왕은 의외로 실무 능력이 뛰어나다. 히라가 박식하다고 칭찬하자, 키요이는 질린 얼굴로 돌아보았다.

"이건 평범한 거지. 너야말로 이제 그 제국에서 좀 나와."

"제국?"

"부정적인 나님 제국."

뜻을 알 수 없어 히라는 고개를 갸웃했다. 히라 카즈나리라는 존재와 나님이라는 말만큼 거리가 먼 것도 없다. 벽장 안쪽 치수를 재는 것을 마지막으로 집 구경은 끝났다.

가구를 고르고 이사 날짜를 정하는 행복을 만끽하며 돌아가던 중, 키요이가 잡지를 사겠다고 해서 역의 서점에 들렀다. 카메라 잡지 코너에서 구경하고 있는데, 잡지를 고른 키요이가 다가왔다. 히라가 보던 잡지를 덮어 서가에 다시 꽂으려고 하자, 키요이가 잠깐만 하더니 그 잡지를 들여다보았다.

"너는 이런 거 안 해?"

키요이가 가리킨 건 학생 대상의 사진 공모전 광고였다.

"동아리에서 조금 화제가 되긴 했는데, 우리는 취미로 느긋하게 하는 편이라."

"너도?"

"그렇지."

"그렇게 잘 찍는데?"

키요이가 놀란 듯이 말해서 히라도 덩달아 놀랐다.

"내가 잘 찍어?"

"사람이 없는 거리 사진. 기분 나쁜데 멋있기도 해."

히라는 너무 기뻐서 우훗 하고 웃음이 새어나왔다.

"기분 나빠."

키요이가 날렵한 동작으로 몸을 떼며 말했다.

"그럼, 거기 응모해봐."

거듭되는 키요이의 제안에 히라는 순종적인 강아지처럼 고개를 끄덕였다. 사진 공모전 같은 데는 요만큼도 흥미가 없다. 하지만 키요이의 말은 절대적이다. 키요이가 만족한 듯이 히라의 손에서 잡지를 낚아챘다. 그러고는 사주겠다며 긴 다리로 시원

스레 걸어 계산대로 향했다.

"괜찮아. 내가 살게."

"됐어. 너도 조금쯤은 밖으로 눈을 돌려봐."

키요이가 재빨리 계산해버렸다. 히라는 고맙다고 말했다.

"대상 받아서 프로가 돼."

엄청난 말이었다.

"그건 좀……"

"그래서 하루라도 빨리 네 제국에서 탈출해."

그러면서 잡지가 든 비닐봉투를 건넸다. 제국이 뭘 의미하는지는 모르지만 키요이가 자신의 변화를 원한다는 건 알 수 있었다.

"뭘 그렇게 진지하게 봐?"

동아리실에서 지금까지 찍어둔 사진들을 보고 있는데 코야마가 모니터를 들여다보았다. 그러고는 다른 창에 띄워놓은 사진 공모전 공고를 곧바로 알아챘다.

"'영 포토 그라피카'에 응모하려고?"

그렇다고 하자, 모두의 눈이 일제히 히라에게 쏠렸다.

"어이어이, 히라, 그건 무슨 농담이야?"

"입상이 목표야?"

동아리장이 놀리듯 물었다.

"가능할까요?"

히라가 되묻자, 일순 조용해졌다가 바로 떠들썩해졌다.

"드디어 세상으로 나가보기로 한 거야?"

"정말? 정말? 입상 가능하지. 네 사진, 최고로 기분 나쁘거든."

갑자기 흥분한 사람들에게 둘러싸이자 히라는 겸연쩍어져서 고개를 숙였다.

전에도 사진 공모전에 참가해보라는 제안은 받았었다. 모두가 히라의 사진을 보고 기분 나빠, 병들었어, 그게 세상이야 하고 칭찬인지 욕인지 알 수 없는 말로 평가해주었다. 거기에는 단순한 기쁨과 약간의 성가심이 있었다. 사진은 히라에게 현실도피의 수단이고, 전하고 싶은 메시지 같은 건 특별히 없다. 그러니까 처음부터 끝까지 히라의 사진은 닫혀 있었다. 누구에게 보여주지 않아도 괜찮다. 오히려 누군가에게 보여주는 것이 부끄럽다. 그런 게 히라가 찍는 사진이었다.

대상 받아서 프로가 돼.

키요이가 그렇게 말했다. 주제넘고 부들부들 떨리기만 하는 기대이지만, 구름 사이로 새어나오는 한줄기 빛이기도 했다. 키요이와 나는 신이 실수로 배치한, 서로 급이 맞지 않는 커플이고, 이대로라면 머지않아 키요이에게 버림받든지 내가 요절하든지 둘 중 하나일 것이다.

하지만 내가 조금이라도 괜찮아진다면?

한창 낮잠중인 신이 잠에서 깨어나 실수를 깨달아도, 이 정도라면 좀 눈감아줄까 생각할 만한 위치로 올라가는 방법이 있었던 것이다. 역시 키요이다. 죽음과 이별밖에 떠올리지 못한 히라에게는 없는 긍정적인 발상이었다.

갤리선의 노를 젓는 노예 등급의 어려움과 고됨을 극복하고 프로 사진작가가 된다고 해도, 키요이 옆에 설 수 있다는 불경한 생각은 하지 않는다. 하지만 신을 섬기는 성직자에게도 서열은 있다. 지금의 히라가 경건한 신자 등급이라면, 일단은 사진 공모전에서 상을 받아 신부로 승격하고, 그다음은 사제, 나아가 추기경 등급까지 간다면 신도 히라가 키요이와 함께하는 것을 허락해줄지 모른다. 일요일의 아빠 같은 모습으로 에베레스트산 앞에 서는 것 같은, 너무나 무모한 도전이다. 게다가 등반 루트도 잘 모른다. 하지만 해야 한다. 키요이를 잃지 않으려면.

"그래서, 어떤 거 보내려고?"

코야마의 물음에 아직 정하지 못했다고 대답했다. 그러자 모두가 이게 괜찮아, 아니야 아니야 저거야 하며 자기들끼리 논쟁하기 시작했다. 히라는 아랑곳하지 않고 사진들을 살펴보았다.

"키요이 사진은?"

코야마가 작은 목소리로 물었다. 코야마는 예전 일로 인해 키요이와 히라가 사귄다는 사실을 유일하게 알고 있다. 연예인이잖아. 히라는 고개를 저으며 역시 작은 목소리로 대답했다.

"그렇지. 알려지면 이래저래 피곤해질 테니까."

최근에는 성소수자에 대한 이해가 커지고 있지만, 이제 막 뜨기 시작한 젊은 배우에게 동성의 애인이 있다는 건 현재로서는 마이너스밖에 되지 않는다.

"그래도 아깝긴 하다. 키요이 사진은 다른 인물 사진들이랑은 조금 분위기가 다른데."

"그래?"

"응. '사랑'이 있어."

코야마는 책상에 앉아 생긋 웃으며 팩에 든 딸기우유를 쭉쭉 빨아마셨다.

웃는 얼굴로 말했지만 미묘하게 가시가 느껴져서 히라는 아무 말도 하지 못했다.

히라와 코야마는 사귀기 직전까지 갔었다. 하지만 히라가 키요이를 잊지 못해 결국은 잘되지 않았다. 히라가 동아리를 그만두겠다고 하자, 코야마가 그건 싫다며 서로 잊어버리자고 해서 그러기로 했다. 그 말대로 평소에는 친구 사이로 잘 지내지만, 어쩌다 한 번씩 코야마가 작은 가시를 드러낼 때가 있다. 이루어지지 않은 연애 관계는 철거되지 않고 남은 지뢰 같아서 방심하다가 밟지 않도록 사후처리에 신경써야 한다.

이쪽에서는 지뢰가 폭발하는데도 동아리 사람들은 알아채지 못하고 어떤 사진을 보내면 좋을지 자기들끼리 다수결로 정하고 있었다. 그렇게 정한 다섯 후보작은 히라가 생각하기에 기본에 가까운 것들이었다. 자신에게는 지긋지긋할 정도인, 사람들이 지나다니는 도시 풍경을 찍고 거기서 사람만 지운 사진들.

"히라 하면 이거지."

"뭐 그렇지. 그래도 공모전이잖아. 포토샵으로 이렇게 많이 편집했는데 괜찮을까? 리터치는 기본이지만 이건 리터치 수준이 아니잖아. 원본과 너무 달라."

"이미지 크리에이트란 부문이 있는데, 가공한 사진도 괜찮다고 적혀 있었어."

"진짜네. 흐음, 학생다운 혁신적인 작품을 공모한다는 건가."

"혁신적이라고 하면 히라 사진이 딱 맞잖아."

"데이터 상태로 제출할 수 있는 건 학생한테는 고마운 일이지. 전문 현상소는 너무 비싸니까."

저마다 응모해볼까 망설이며 떠들썩한 와중에 히라는 동아리 사람들이 골라준 다섯 장 중 하나를 메일에 첨부해 공모전에 응모했다. 그리고 먼저 가보겠다고 인사하고 자리에서 일어났다.

"어라, 벌써 보냈어?"

"조금은 망설이라고. 네가 천재냐?"

등뒤로 야유를 받으며 방을 나왔다. 깊이 생각할수록 망설임이 커진다. 그리고 망설임은 나 같은 게…… 하는 자기비하를 끌고 온다. 평소라면 거기서 겁을 집어먹는다. 하지만 이번에는 물러설 수 없다. 그러니 공포에 사로잡히기 전에 달려나갈 수밖에 없다.

큰 보폭으로 복도를 걸어가면서 휴대폰으로 시간을 확인했다. 좋아. 서두르면 키요이가 출연하는 TV 방송 로케 시간에 맞춰 갈 수 있겠어. 전철을 타고 가는 동안 날씨가 점점 궂어졌다. 역을 나오자 역시 비가 내리고 있어 가방에서 접이식 우산을 꺼냈다.

개그맨 진행자와 함께 게스트의 추억의 장소나 가게를 탐방하는 프로그램이다. 사전 조사로 알아낸 로케 출발점에 가자 이미 사람들이 무리지어 있었다. 히라는 가장 뒤에서 기다렸다. 이윽고 로케 담당 스태프들이 움직이기 시작했다. 가까운 차에서 연예인이 내리자 지켜보던 사람들이 함성을 질렀다.

키요이는 비오는 날에 어울리는 밝은 회색 셔츠를 입고 있었다. 옆에는 키요이와 같은 소속사의 간판 여배우인 안나가 있다. 물방울 같은 은색 자수가 수놓인 회색 원피스를 입은 안나가 키요이와 나란히 서자 서로 돋보였고, 연예인의 빛나는 아우라가 둘에게서 퍼져나왔다.

메인 게스트인 안나와 키요이가 개그맨 진행자와 이야기하며 걸어갔다. 카메라가 그 모습을 담는다. 로케 무리가 이동하는 대로 사람들도 따라 움직였지만, 그냥 지나가는 일반인도 많아서, 조금 지나자 대열이 흩어졌다. 비가 오는데도 계속 쫓아가는 사람은 항상 쫓아다니는 사람들이다.

히라는 연예인 뒤를 졸졸 따라다니는 단골들 상당히 뒤쪽, 키요이의 모습이 언뜻언뜻 보일 뿐인 멀찍이 떨어진 거리에서 걸어간다. 쫓아다닌다는 의미가 무색할 정도다. 하지만 이것이 히라의 스타일이다. 사랑하는 사람에게 폐를 끼치면 안 된다. 그것만은 엄수해야 한다. 그렇다면 쫓아다니지 않는 게 가장 좋겠지만, 원래 사랑은 모순적이다.

일행은 촬영이 예정된 가게로 들어가고 주위에서 따라온 이들이 무리를 지었다. 가게 안을 들여다보려는 바보에게 AD가 주의를 준다. 소란스러운 무리에서 상당히 떨어진 곳에 선 히라 옆에 낯익은 남자가 보였다. 안나를 자주 쫓아다니는 남자인데, 어제도 공장에서 야간 근무를 같이 한 사람이다. 그도 안나를 쫓아다니거나 출퇴근길에서 기다리긴 하지만, 히라처럼 결코 안나에게는 가까이 다가가지 않는다.

조금씩 시야가 흐려졌다. 키요이를 쫓아다닐 때는 성스러운 3종 세트를 사용하는데 마스크 때문에 선글라스에 김이 서리기 시작했다. 비가 내려 습도가 높아졌기 때문이다. 선글라스를 벗어 소매로 닦는데 문득 이쪽을 보던 남자와 눈이 마주쳤다. 서로 눈을 피할 타이밍을 놓쳐버려 어쩔 수 없이 쭈뼛쭈뼛 고개를 숙이자, 남자가 말을 걸어왔다.

"저기…… 혹시 너, 공장에서 아르바이트하고 있지 않아?"

깜짝 놀랐다. 모자를 푹 눌러쓰고 선글라스에 마스크까지 썼는데 어떻게 알아봤지?

"아, 공장에서도 비슷한 모습이니까."

아, 그렇다. 위생복을 입고 마스크를 쓰면 보이는 건 눈가뿐이다. 지금과 똑같다.

"안나 팬은 아니지?"

남자의 물음에 히라는 눈을 들어 대답했다.

"네, 저는 키요이요."

"안나와 같은 소속사잖아. 그러니까 방송도 자주 겹치고, 전에 잡지 인터뷰에서 안나가 키요이를 칭찬했어. 연기 감이 좋다고. 지금 가장 친하다고도 했어."

"키요이도 안나씨 연기가 굉장하다고, 많이 배운다고 했어요."

사랑하는 사람이 칭찬받으면 조건 없이 경계가 풀어지는 팬심의 법칙이 발동해 평소와는 달리 넉살 좋게 대화를 나눴다. 쫓아다니는 팬 무리 중에서도 둘은 스타일이 비슷했고, 커뮤니케이션 능력이 낮아 보인다는 점에서 히라에게는 허들이 낮게 느껴져서 좋았다. 자연스레 나란히 서서 소곤소곤 자기소개를 했다.

남자는 시타라 가쓰미, 서른두 살. 악덕기업을 다니다 건강이 나빠져 해고당했고, 지금의 공장에서 일하기 시작했다. 다른 회사에 정규직으로 채용될 때까지 임시로 다닐 생각이었지만, 인생이 바닥을 쳤을 때 본 안나의 영화에 감동받아 팬이 되었고, 낮에 자유롭게 쫓아다니기 위해 공장 야간 근무를 계속하고 있다.

"안나가 연기한 가스미 역이 정말 바보 같은 여자였거든. 좋아하는 남자마다 다 쓰레기였어."

"봤어요. 무지한데다 순진해서 계속 죄만 짓잖아요."

"너무 무지해서 죄라는 자각도 못하잖아. 그러니까 아무리 심한 일을 당해도, 남자가 시키는 대로 아무리 죄를 지어도 그녀는 더러워지지가 않는 거야. 가여울 정도로."

키요이와 그 영화를 DVD로 보았는데, 키요이는 과격한 내용에 한층 색달라진 안나의 연기에 완전히 몰입했었다. 키요이는 안나의 연기를 좋아한다고 했다. 키요이가 다른 사람을 칭찬하는 건 드문 일이라, 키요이가 좋다고 하면 히라도 마음이 동한다.

"안나씨 연기는 정말 대단하잖아요."

"그, 그래. 그렇다니까. 그 영화를 찍을 때 안나는 고작 열여덟 살이었는데, 예쁘게만 보이려고 하는 느낌이 전혀 없었어. 하지만 땅바닥에서 질질 기어가는 장면에서도 너무나 아름다웠지. 내면에서 뿜어나오는 기품이 있어. 대체 뭘까 싶어서 가슴이 떨렸어."

이야기를 하면서 시타라는 점점 고취되었다.

"그때는 매일같이 죽고 싶었어. 다니던 회사 상사한테 쓸모없다느니, 살아 있을 자격이 없다느니 하는 폭언을 들어 의지가 꺾였고, 일단 공장에서 아르바이트라도 하겠다 마음먹고 시작했더니 나이도 먹을 만큼 먹은 애가 한심하게 아르바이트냐며 부모님한테 혼나고, 아르바이트나 하는 남자와는 잘해나갈 자신이 없다고 여자친구한테도 차여서 앞으로 어떻게 살아야 하나 엄청나게 지쳐 있었지."

그럴 때 커다란 스크린 앞에서 안나와 만난 것이다. 그녀는 부서질 것 같았고 아름다웠다. 시타라는 그날부터 자신의 잿빛 하루하루가 선명하게 덧칠되면서 영혼을 사로잡히는 것 같았다고 도취된 듯 이야기했다.

시타라의 이야기를 듣던 히라는 키요이의 존재를 처음 알았던 고등학교 2학년 봄을 떠올렸다.

밝은 햇살이 가득한 교실에서 처음 본 키요이는 아름답고 강인했다.

도리에 어긋나고 이치에 맞지 않는 일이 터지면 키요이는 자기 힘만으로 간단하게 밀어붙여 해결했다.

두려움에 질린 어린양들이 무리를 짓는 방과후의 교실을 신성하고 범접할 수 없는 왕처럼 지배했다.

봄의 폭풍처럼 압도적인 힘은 사 년이 지난 지금도 히라의 이마에 머물고 있다.

울타리처럼 가게를 둘러싼 사람들이 술렁였다. 로케 무리가 나온 것 같았다. 펼쳐진 우산으로 시야가 차단돼 키요이도 안나도 보이지 않는다. 하지만 분명히 그곳에 있다. 느낄 수 있었다.

빗줄기가 점점 더 거세진다. 튀어오른 빗방울이 바짓단을 적신다. 우산 밖으로 삐져나온 어깨가 젖어 셔츠 색이 변해간다. 으스스하게 추웠다. 젖은 천이 피부에 달라붙는 감각.

"추워졌어. 안나 감기 걸리는 거 아냐?"

"걱정이네요."

"걱정할 수 있다는 건 기쁜 일이야. 나는 아무도 걱정해주지 않지만, 내게 누군가를 걱정하는 마음은 아직 남아 있다는 걸 알게 되니까. 안나가 없다면, 나는 정말로 혼자야."

"……그렇군요."

주변 환경 따위는 전부 무시하고 그저 숭배하는 대상에게 몰입하는 지금의 모습만 보면, 분명 시타라는 행복한 사람이다. 그저 바라볼 뿐이다. 그저 생각할 뿐이다. 쓸데없는 근심은 없다. 순수한 사랑이다.

히라도 전에는 그랬다.

보는 것만으로, 생각하는 것만으로 행복했다.

하지만 지금은, 아주 조금 다른 것이 섞여 있다.

집에 돌아가면 키요이에게 닿을 수 있다. 키요이에게 키스할 수 있다. 서로의 몸을 이을 수 있다. 그저 보기만 하던 때와는 비교도 할 수 없는 지극한 행복을 손에 넣었다. 그와 동시에 언젠가 잃게 되리라는 공포가 싹터 너무 무서워 견딜 수 없게 되었다. 그러니까 보험을 들어둔다.

몇 시간이나 계속 서 있었지만 다시 나온 키요이를 힐끔 보고 행복감에 잠긴다. 이것이 자신과 키요이의 원래 거리임을 잊지 않도록 가슴에 새긴다. 언젠가 키요이를 잃게 되어도 이 거리만은 사수할 수 있도록. 독을 마셔도 죽지 않게 평소부터 조금씩 독을 마시면서 적응하는 것처럼.

하지만 이 행위에는 거의 효력이 없는 듯하다. 키요이에게 닿는 기쁨을 이미 알아버려서 분명 이제 '그곳'으로는 돌아갈 수 없다. 그런데도 일시적인 위안처럼 쓸데없는 저항을 하고 있다.

이 두려움을 어떻게 해야 떨쳐낼 수 있을까. 그 답을 준 것도 키요이였다.

대상을 받아서 프로가 돼.

그렇다. 돌아갈 수 없다면 나아갈 수밖에 없다. 키요이를 잃지 않기 위해 내가 변해야 한다. 음기 덩어리 같은 지금의 나를 버리고, 키요이가 말하는 부정적인 제국에서 탈출하는 것이다.

뭐야, 자기계발 세미나라도 들은 사람 같네.

원래의 '나'가 돌아와 빼꼼 고개를 내밀고 냉소적으로 중얼거리자, 새로운 '나'가 그를 재빨리 틀어막아 죽였다.

카페에서 책을 읽고 있는데 키요이에게서 문자가 왔다.

―스태프들 돌아갔어. 들어와.

책을 덮고 트레이를 반납하고 가게를 나왔다.

오늘은 새집으로 이사하는 날이다. 처음에는 이삿짐 업체에 맡길 생각이었지만, 연예인에게 이사는 주요 경계 사항 중 하나다. 집의 위치가 알려지고, 소지품 등으로 사적인 정보가 새나갈 수도 있어서 직업의식 없는 사람에게 걸리면 SNS 등에 노출될 우려가 있다. 동성 커플인 둘에게는 특히나 비밀이 많다.

가구가 구비되어 있었던 이전 집에서 가지고 올 게 별로 없어서 처음에는 둘이 옮길까도 했지만, 소식을 들은 키요이의 소속사 사장이 트럭과 회사 스태프 몇을 보내주었다.

너는 근처에서 기다리고 있어. 아니면 잘생기게 변신하든가.

키요이의 말에 얌전하게 가까운 곳에서 기다리기로 했다. 스태프들과의 원활한 커뮤니케이션이 요구되는 이사 작업은 히라에게 높은 허들이었다.

스페어키로 문을 열고 들어가자, 박스들이 어지럽게 널린 침실에서 키요이가 더블베드에 침구를 정리하고 있었다. 솜과 이불커버의 네 모서리를 맞추느라 상체가 커버 속으로 깊숙이 들어가 있다. 풀럭풀럭 움직이는 커버 밖으로 엉덩이와 다리만 나온 상태다. 말도 안 될 정도로 귀여운 모습에 히라는 귀중품으로 따로 챙겨뒀던 카메라를 반사적으로 꺼내들고 셔터를 눌렀다.

갑자기 셔터 소리가 울리자, 커버 전체가 풀럭 위로 솟았다.

"왔으면 말을 하라고."

키요이가 커버 밖으로 얼굴을 내밀었다. 헝클어진 머리가 귀여워 한 장 더 찍었다.

"미안, 최고의 프라이빗 컷이어서."

"일단은 침실부터 정리해야지. 그나저나 이거 왜 이래? 전혀 안 들어가."

가사는 기본적으로 히라가 도맡았기 때문에 키요이는 침구 정리 같은 건 한 번도 해본 적 없다. 물론 히라도 본가에 살 때는 엄마가 다 해주었으니 뭐라 말할 입장은 아니다.

"응, 쏠리지 않게 안쪽에 묶는 끈이 있어."

그렇게 말하고서 히라도 커버 속으로 들어갔다. 키요이가 고른 하얀 커버 속은 환했다. 키요이도 다시 들어와 큰 손으로 고리에 끈을 넣는 히라를 가만히 지켜보았다.

"이렇게 묶으면 잠버릇이 나빠도 흐트러지지 않아."

나비 모양으로 묶는 손끝을 키요이가 가만히 내려다본다.

"너 정말 집안일 잘한다."

"그렇지도 않아. 집에 있을 때는 아무것도 못했어."

"지금은 뭐든지 잘하잖아. 요리도 잘하고 청소도 세탁도."

나비 모양으로 매듭을 세게 묶었을 때, 히라의 볼에 키요이의 입술이 닿았다. 히라는 놀라서 옆을 보았다.

"우리집이네."

새하얗고 은은하게 밝은 커버 속에서, 현실과 꿈의 틈새 같은 곳에서 키요이가 웃는다. 평소보다 어려 보인다. 이런 무방비한 모습의 키요이를 아는 사람이 나뿐이면 좋을 텐데.

히라는 턱을 괸 키요이에게 머뭇머뭇 다가가 키스했다.

키요이가 눈을 감고 히라의 목을 끌어안는다. 어깨와 등이 부드럽게 무너지면서 등을 대고 눕는 자세가 되었다. 입술을 맞댄 채 손과 발이 어지럽게 얽히기 시작한다.

"……저, ……할래?"

귓가에 속삭이는 키요이의 달콤하게 갈라진 목소리에 히라의 고막이 떨린다.

커버 속에서 나올 여유도 없었다. 계속 키스하면서 키요이의 셔츠 단추를 풀고 자신의 벨트도 풀었다. 급격하게 끓어오르는 열기를 누르면서 손발로는 착실하게 일을 진행해야 한다. 멀티태스킹은 서툴지만 키요이와 사랑을 나눌 때만은 언제나 생각보다 손과 발이 먼저 움직인다. 하지만 중간에 손이 멈췄다. 윤활제를 어디 넣어뒀더라?

"괜찮아, 네 걸로 적시면 돼."

키요이가 이미 꼿꼿이 선 히라의 것을 감싸쥐고 부드럽게 문질렀다. 키요이가 끝으로 갈수록 가늘어지는 손가락으로 히라의 것을 만진다. 상상과 현실이 일치하자 흥분 게이지의 바늘이 좌우로 아주 빠르게 요동치기 시작했다. 히라는 얼마 지나지 않아 뿜어져나온 액체를 키요이의 뒤에 발랐다.

"……읏."

히라가 손가락을 집어넣자 키요이의 입에서 짧은 신음이 흘렀다. 미간을 미묘하게 찌푸린다. 히라는 이제 그것이 아파서가 아니라는 걸 안다. 손끝의 감각만으로, 키요이가 무너지는 부분을 더듬어간다. 앞쪽 조금 얕은 부분. 그 부분을 세게 문지르자, 키요이의 허리가 들썩인다.

"……앗."

안타까운 듯 찌푸려진 미간. 키요이가 이렇게 무너지는 얼굴이 되는 건 히라와 사랑을 나눌 때뿐이다. 손가락 개수를 늘려가며 정성스럽게 뒤를 풀어가자, 더이상 견딜 수 없다는 듯이 키요이가 매달려온다. 빨리, 더 빨리 키요이와 하나가 되고 싶다.

"허리 들어봐."

히라는 누운 키요이를 내려다보며 이런 말을 하는 상황이 어질어질하기만 하다. 키요이가 입술을 깨문다. 한순간이지만 히라를 노려본다. 그래도 바로 시선을 돌리더니 삽입하기 쉽도록 허리를 들어준다. 조금 전 사정을 하고 얼마 지나지 않았지만 벌써 꼿꼿이 선 것을 키요이의 뒤로 가져다댔다. 쿠퍼액으로 젖은 선단을 꾸욱 누르듯 민다. 좁은 입구가 압력에 밀려 천천히 열리기 시작한다.

"흐……흣, 으."

선단이 쑥 빨려들어간 순간, 히라의 입에서 짧은 신음이 새어나온다. 굴곡진 부분을 넣고, 좀더 안으로, 시간을 들여 천천히 뿌리 끝까지 키요이 안에 잠긴다. 견딜 수 없을 만큼 기분이 좋다.

완전히 들어가면 움직임을 멈추고 서로가 익숙해질 때까지 기다린다. 고행의 시간이다. 빨리 움직이고 싶어 안달이 난다. 머지않아 다가올 쾌감을 상상하며, 키요이 속에서 자신의 것이 점점 더 부풀고 단단해지는 것을 느낀다. 키요이가 안을 세게 조인다.

"……빨리."

조르듯이 허리를 흔든다. 질척이는 소리가 나자 히라의 이성은 바로 증발했다.

천천히 빼고 다시 안까지 넣는다. 조이는 감각에 미간이 찡그려진다. 민감한 부분이 스칠 때마다 키요이가 긴 호흡을 내뱉는다. 단순한 동작을 오래도록 반복한다.

밀착된 서로의 피부가 조금씩 젖어간다.

파고들었던 이불 커버 속이 땀과 더운 숨으로 가득하다.

6월 초순, 우리 주위만 장마철처럼 습도가 높다.

한계가 다가오자 키요이가 더 매달려온다. 더, 아니, 이제 그만, 띄엄띄엄 울 것 같은 목소리로 말한다. 그 목소리를 듣던 히라 안에서 뭔가가 부서졌다.

키요이와 히라 사이를 가르던 높은 벽이 소리를 내며 무너졌다. 호리호리한 몸을 끌어안고 그 안쪽 깊숙이 히라는 자신의 것을 밀어넣은 채 정신없이 흔들었다. 키요이가 달뜬 목소리로 흐느낀다. 하지만 멈출 수 없다. 얼마 후, 맞닿은 배 사이에서 키요이가 뜨거운 액체를 흘렸다.

"……미안. 조금 더 해도 돼?"

한 번 사정한 뒤라 히라는 조금 더 시간이 걸릴 것 같다.

극도로 흥분한 상태로 멈추지 못하고 계속 움직이며 묻자, 키요이가 새빨개진 얼굴로 살짝 끄덕인다. 절정에 이른 후의 키요이는 평소보다 훨씬 민감해진다. 눈을 감고 이를 꾹 악물고 있다. 안쓰러워져서 히라는 자기도 모르게 브레이크가 걸려버린다.

"……괜찮아, 괜찮아."

"그래도, 힘들어 보여."

키요이가 애가 타는 듯이 매달린다.

"……괜찮아, 더……"

지기 싫다는 듯 일그러진 목소리. 그때부터 히라는 완전히 몰두했다. 미개한 생물처럼, 흥분 게이지의 바늘이 눈금 밖으로 벗어나는 순간만을 목표로 움직였다. 한편으로는 타이밍을 재고 있었다. 키요이의 몸에 무리가 가지 않도록 사정은 밖에 해야 한다. 그것 말고도 키요이를 위해 지키는 다른 규칙들이 있다. 키스마크를 남기지 않는 것도 그중 하나다. 한계가 다가오던 중 키요이가 신음 섞인 목소리로 중얼거렸다.

"……내일…… 쉬니까."

열중해서 움직이다가 서로 멍한 눈을 마주쳤다.

"……안에 해."

온몸의 피가 역류하는 듯한 흥분이 밀려들었다. 히라는 빼려던 것을 다시 끝까지 밀어넣고 절정을 맞았다. 키요이의 가장 깊은 곳에 사정하면서 더없는 쾌감에 휩싸였다.

"……키요이, 키요이…… 읏."

히라는 흘러나온 것을 더 안쪽으로 밀어넣고 바르려는 듯이 허리를 움직였다.

"아, 앗, 그거, 싫어…… 읏."

눈꼬리로 눈물이 번진 채 키요이가 필사적으로 고개를 저었다.

"……미안, 키요이, 미안."

좋아해서, 너무 좋아해서, 밑바닥에 가까운 욕망을 참을 수가 없다. 아름다운 왕을 나만의 것으로 만들고 싶다. 내 흔적을 남기고 싶다. 지금뿐이라도 좋다. 히라는 키요이를 끌어안은 채 입이며 볼이며 온 얼굴에 한 구석도 남기지 않고 키스하고, 끓어오르는 열기를 참지 못해 다시 키요이 안으로 들어갔다.

눈을 뜨자, 눈앞이 온통 푸르스름했다. 사랑을 나누고 그대로 커버 속에서 잠들어버린 것이다. 히라의 품에서 키요이가 몸을 살짝 뒤척였다.

"……아, 잠들어버렸네."

키요이가 머리가 헝클어진 채 멍하니 중얼거렸다.

"저녁이야?"

"아마도. 어두워졌어."

"아— 하나도 정리 못했어. 조명도."

"불 못 켜면 계속 어둡겠네."

하지만 지금은 아무것도 하고 싶지 않다. 조금 더 이 달콤한 나른함 속에 키요이와 잠겨 있고 싶다. 키요이도 히라의 품에서 힘을 쭉 빼고 있다.

"둥지 같아."

키요이가 얇은 이불 커버 한 곳을 손가락으로 밀어올렸다. 푸른색 텐트처럼 뾰족한 공간이 생겼다.

"정말."

"그치?"

한동안 둘이 괜히 웃었다.

"아, 맞다."

키요이가 생각난 듯 중얼거리더니 히라 품에서 빠져나갔다. 일어나려는 건가? 히라는 아쉬운 마음으로 텐트를 벗어나는 키요이의 매끈한 등을 보았다. 키요이가 이불 커버에서 반쯤 몸을 뺀 채 부스럭부스럭하더니 다시 히라의 품으로 돌아왔다.

"자."

별것 아니라는 듯 건넨 건 포장지도 없이 그냥 투명 비닐에 든 노란색 오리 인형이었다. 어린 시절부터 히라의 정신안정제였던 오리대장.

“어, 이거, 주는 거야? 나한테?”

히라가 빤히 바라보자, 키요이는 귀찮다는 듯 등을 돌렸다.

“일부러 사러 간 건 아니고, 우연히 눈에 보여서 샀어. 만 엔짜리 지폐를 깨고 싶기도 했고.”

평소보다 빠른 속도로 말하더니 마지막에 살짝 덧붙였다.

“목욕용이래. 여기 어디서 빛이 난다고 하던데.”

파도가 밀려오는 곳에 만들어놓은 모래성처럼 마음 한 부분이 바로 쓸려 무너진다. 스륵스륵 밀려든 바닷물에 부서진 부분이 전부 휩쓸려가는 것 같다.

키요이는 이렇게도 간단히 나를 무너뜨리고, 아무런 힘도 들이지 않고 사로잡아버린다.

너무 많이 휩쓸어가서, 이미 나의 성은 너덜너덜해졌다.

그래도 돌려주지 않았으면 좋겠다.

내게서 빼어간 것은 계속 키요이가 가지고 있었으면 좋겠다. 짓밟더라도, 휘두르다 던져버리더라도, 뭘 해도 괜찮으니까 그 손에 가지고 있어주면 좋겠다. 부디 그래주길 바란다.

“고마워.”

히라가 등뒤에서 키요이를 꼭 끌어안으며 말했다.

“……같이 씻을까?”

푸른색 텐트 속에서 키요이의 귓불만 살짝 붉다.

“……응.”

“그럼, 내가 따뜻한 물 받을게.”

그렇게 말하고 서둘러서 나가려는 키요이를 붙잡았다.

“키요이, 좋아해. 죽을 만큼 좋아해.”

히라는 부드러운 옅은 갈색 머리에 얼굴을 묻고 비볐다.

“……기분 나빠.”

키요이의 귓불이 더 붉어진다.

내가 키요이를 얼마나 좋아하는지 키요이는 모를 것이다.

그래도 괜찮다. 좋아하고 좋아해서, 터질 것같이 고통스러워서 죽을 것 같다.

이 달콤함과 고통은 나만 아는 걸로 충분하다.

그날 히라에게는 불행한 메일이 도착했다.

얼마 전 응모했던 ‘영 포토 그라피카’ 공모전 1차 심사 결과였다.

—엄정한 심사 결과 유감스럽게도.

동아리실이라서 그저 조용히 화면만 바라보았다. 아, 이것이 불합격 통보 메일이라는 거구나. 취업 활동을 하는 학생들을 궁지로 몰아넣는다는 그것을 히라는 처음 보았다.

가능한 한 편하게 마음먹자. 자극에 민감하지 말자.

충격이 마음의 뿌리를 직격하기 전에 오리대장의 가르침으로 마음을 보호하고 있었다.

"붙었어!"

동아리실에서 누군가 함성을 질렀다.

"공모전 1차 심사 통과했어."

정말이야? 너도 응모했었어? 모두가 한마디씩 하더니 히라에게 시선을 돌렸다.

"히라도 결과 나왔겠네."

"응."

"우와, 대단한 무표정이네. 조금은 기뻐하라고."

"당연히 붙을 거라 감동이 없는 건가."

모두의 말이 평온을 다잡으려던 히라의 마음을 푹푹 찌른다.

"떨어졌어."

"어?"

동아리실이 순식간에 조용해졌고, 곧이어 누군가 농담이지? 하며 웃었다.

"정말이야. 떨어졌어."

다시 말하자, 모두가 모여들었다.

"내가 붙었는데 히라가 왜 떨어졌지? 이상하잖아."

1차에 붙은 당사자가 그렇게 말하는 바람에 히라는 쥐구멍에라도 들어가고 싶은 심정이 되었다. 왜? 믿을 수가 없어. 모두가 입을 모아 말한다. 어색함의 수위가 점점 높아져 흘러넘치기 전에 히라는 자리에서 일어섰다.

"그럼 나는 아르바이트가 있어서."

도망치듯 동아리실을 빠져나왔다. 고개를 숙인 채 큰 보폭으로 복도를 걸어갔다.

너무 부끄러워서 고개를 들 수 없었다. 입으로는 나 같은 게 뭐 하며 비하했지만 사진만은 스스로 자신있어했다는 걸 자각했다. 모두가 치켜세워주니까 우쭐해졌던 것이다. 그래도 그렇지. 1차도 통과하지 못할 수준이라고는 생각하지 않았다.

그 녀석 사진이 내 것보다 나은가?

충격을 받은 한편, 내심으로는 1차를 통과한 녀석의 사진을 떠올리며 불만스러워하고 있었다. 그것이 더욱 창피했다. 그러고 보니 아무렇지 않은 척하는 데 정신이 팔려 축하 인사도 해주지 못했다. 그 녀석이라면 분명 자신이 떨어지고 내가 붙었어도 축하한다며 웃어줬을 텐데.

밀려드는 부끄러움의 파상 공격에 무너지듯 히라는 그 자리에 멈춰 섰다.

꼴사나운 자신을 박박 긁어 벗겨버리고 싶다. 애벌레처럼 탈피해서 오래된 허물을 여기 벗어두고 다시 태어나 어딘가로 가고 싶다. 그런 일은 할 수 없는 한심한 자신을 질질 끌고 역으로 향했다.

사실 아르바이트 같은 건 없었다. 집으로 돌아가도 할일이 없어서 역사 내의 패스트푸드점에 들어가 노트북을 열었다. 지금까지 찍은 사진들을 훑어보았다.

사람만 사라진 도시 풍경들. 하고 싶은 대로 멋대로 하는 인간들에게 신이 분노해 벌을 내린 후 표백된 듯한 세계.

삭제를 눌렀다.

다시 한 장 삭제. 삭제. 전부 삭제.

자신을 지울 수 없는 대신 사진을 지웠다. 그 어느 쪽도 가치가 없다.

"히라, 그 일 정해졌어."

저녁을 먹은 뒤 소파에서 편히 쉬고 있을 때 키요이가 말했다. 전에 말한 드라마 준주연역을 맡게 됐다는 이야기였다. 여주인공은 안나인데 이번이 드라마 첫 주연이다.

"대단해. 첫 드라마에서 준주연이라니. 축하해. 백만 번 볼래."

"한 번이면 족해. 그리고 대단한 건 안나지."

흥분한 히라와는 반대로 키요이는 그렇지만도 않은 듯했다.

"응, 안나씨도 주연이니까 대단해. 그래도 드라마 주연이 처음이란 게 좀 의외야. 영화에서는 항상 주연이었고 굉장히 잘나가는 이미지가 있었는데."

"잘나가지. 그래도 안나는 영화배우야. 십대 때 처음 주연을 맡은 영화로 베를린영화제에서 상을 받아서 일본에서도 단번에 유명해졌지. 회사에서도 안나는 싸게 팔지 않는다는 방침을 세워뒀기 때문에, 드라마 제의가 수없이 들어왔지만 전부 거절해왔대. 이번에는 그만큼 잘 준비한 느낌이려나."

"정말 대단해."

"그래, 대단하지. 이번에 내가 준주연을 맡은 것도 그런 사정들 덕분이지."

"무슨 말이야?"

"안나를 주연으로 캐스팅하려고 여러 방송국에서 정말 열심이거든. 소속사는 선택하는 입장이지, 내용과 출연료, 홍보 계획도 검토하고. 이번 드라마에 원래 내정됐던 배우 하나가 사정상 급히 물러났는데 그 역할에 사장이 나를 강력하게 추천해서 꽂아넣은 거야. 안 그랬다면 벌써 이런 역할을 잡았을 리 없어."

"그래도 전혀 아니라면 아무리 그렇게 밀어도 안 되는 거잖아?"

1차 심사도 통과하지 못할 만큼 형편없지는—

"그게, 이 업계는 그렇지도 않아. 영 아닌 것 같은 캐스팅도 흥행이 보장되거나 스폰서 같은 사정이 얽히면 되기도 하거든. 다만 이번에 날 꽂아넣은 건 그 정도로 심한 경우는 아니야. 간판 배우 안나의 다리를 붙잡을 것 같은 혹을 사장이 붙일 리가 없지."

키요이가 오만한 투로 말하고는 턱을 치켜들었다.

"뭐, 그래도 혹은 혹이지만."

냉담하다고 말해도 좋을 옆모습을 히라는 멍하니 홀려 바라보았다.

"뭐야?"

"예뻐서."

키요이는 자기 자신을 아주 잘 안다. 필요 이상으로 비하하지 않는다. 실패할 때를 대비한 보험도 들어두지 않는다. 히라는 아무리 발버둥쳐도 가질 수 없을 그 강인함을 동경한다.

"너는 어떻게 됐어?"

"응?"

"사진 공모전. 1차 결과 이미 나왔잖아."

"알고 있었네."

대상 발표는 올겨울이라고 잡지에 큼직하니 실렸지만 1차, 2차, 3차 결과는 모집 개요에 작게 적혔을 뿐이었다. 고개를 갸웃하는 히라를 보고 키요이는 스윽 고개를 돌렸다.

"촬영장에서 대기하면서 시간 때우려고 인터넷 하다가 우연히 봤어, 우연히."

"아, 그랬구나."

"그래서, 어떻게 됐는데?"

대상을 받아서 프로가 돼.

키요이의 말이 기억나 등뒤에서 주르륵 차가운 땀이 흘렀다.

호의적인 눈을 거두고 보아도 키요이의 인기는 점점 올라가고 있다. 다음 분기에 시작될 안나 주연의 드라마는 화제성도 높아서, 키요이의 인기가 단번에 치솟을지도 모른다. 그런데 대상은커녕 1차도 통과하지 못했다고는 말할 수 없었다.

"아, 안 됐구나."

고개를 숙이고 침묵하는 모습을 보고 짐작했으려니 하면서 히라는 단념하고 고개를 끄덕였다. 실망할 것이다. 정이 떨어질 것이다. 두려워하는 히라에게 키요이가 말했다.

"음, 괜찮아. 다음에 또 열심히 해봐."

꾸물꾸물 고개를 들자, 요만큼도 동요하지 않는 키요이와 눈이 마주쳤다.

"……화 안 내?"

"내가 왜 화를 내?"

"키요이의 기대를 배신했으니까. 대상 받아서 프로가 되라고 말해줬는데."

"누가 단번에 받으라고 했어?"

"그렇게는…… 말 안 했지만."

"그것도 그렇고, 한 번도 실패하고 싶지 않은 거냐? 네가 얼마나 대단한데? 신이야?"

그럴 리가 있겠냐며 고개를 저었다. 게다가 신도 실수를 하지 않는가. 한순간의 방심으로 나와 키요이를 커플로 만들어버린 최대급 실수를—

"그럼 마음 다잡고 다음으로 넘어가. 나도 처음에 나간 콘테스트에서는 입상 못했고, 지금도 하고 싶은 일이 전부 이루어지고 있진 않아."

고등학교 시절 키요이는 처음으로 나간 대회에서 입상을 놓쳤다. 그 직후 반에서 키요이의 지위가 미묘해졌다. 하지만 키요이는 전혀 신경쓰지 않았고, 멋대로 기세가 오른 녀석들을 보다못해 달려들어 정신없이 두들겨팬 건 히라였다. 그 일이 세상을 변화시키진 않았지만, 히라의 의식은 바꿔주었다.

"그래도 그걸 보고 지금 회사 사장이 손을 내밀었던 거잖아."

"아, 우리 사장은 보는 눈이 있으니까."

키요이다운 강인함. 실패해도 멈춰 서지 않는다. 자신을 깎아내리지도 않는다.

"그래, 가장 가까운 다음 공모전은 뭐야?"

키요이가 휴대폰을 꺼내 찾아보기 시작했다.

"이런 건 중간에 쉬면 다시 시작하기 어려우니까. 이 기세로 바로 다음 공모전에 도전해."

판정이 내려지고, 너는 필요없어 하고 거절당하는 건 무섭다. 하지만 키요이가 그렇게 하라고 한다면 해야 한다. 설령 불합격 통보 메일의 산이 쌓여 심장이 벌집이 된다고 해도.

"꽤 있네. 여기서 프로가 되는 최단 코스를 골라봐."

키요이가 자 하고 휴대폰 화면을 보여주었다. 공모전 정보를 정리해놓은 사이트 같았다.

"그렇긴 하지만."

"망설이지 마. 망설이는 만큼 무서워지는 법이야."

히라의 이마에 휴대폰을 꾹꾹 밀어 누른다.

"하, 하지만 프로에도 여러 가지가 있잖아. 보도, 광고, 출판 분야 같은 상업 사진작가가 될지, 아니면 예술 사진작가가 될지."

"평소에 잡지 같은 데서 나를 찍어주는 사람은 상업 사진작가인 거지?"

"응."

"그럼 너는 어려워. 그 사람들은 엄청 말을 잘해. 찍히는 쪽이 신인이라 허둥거려도 좋아, 멋있어, 그 얼굴 최고야 하면서 분위기를 살려주니까."

그럴 것이다. 프리랜서 상업 사진작가는 사진 기술 이상의 영업력과 기획력으로 승부해야 하는 부분이 있다. 일단 커뮤니케이션 기술이 있어야 한다.

"그럼 너는 예술 사진작가 코스겠네. 네 사진은 깜짝 놀랄 정도로 기분 나빠. 기분 나쁘기도 하고, 좀 미쳤어. 병적이야. 예술이 어떤 건지 난 잘 모르지만 개성은 있어."

"고마워. 그래도 예술 사진작가 코스는 더 어려울 거야."

"왜?"

"먹고살지 못해도 괜찮다면, 사진작가라고 스스로 말하는 건 자유겠지만."

"돈 못 버는 배우 같은 거?"

히라는 고개를 끄덕였다. 직업인으로서 인정받는 비상업 사진작가는 국내에 한줌밖에 없다. 거의가 부업을 하고, 세상에서는 그 부업을 본업이라고 부른다.

"장래에 먹고살 만큼 벌 수 있을지 없을지, 중요한 문제이긴 하지."

키요이가 다시 한번 휴대폰으로 뭔가 조사하기 시작했다. 불길한 예감이 든다.

"아, 여기 있다. 예술 사진으로 먹고살 수 있는 사진작가가 되는 발판이래."

키요이가 다시 화면을 보여주자, 히라는 내장이 뒤집혀 헛구역질이 나올 것 같았다. 사진계의 아쿠타가와상, 나오키상이라 불리는 기무라이헤이사진상, 도몬켄상. 의식이 날아갈 뻔했다.

"그, 그, 그건 너무 급이 높아서 부, 부, 불가능해. 애당초 기무라이헤이사진상 같은 건 공모를 하지도 않고. 전부터 어느 정도 활동해온 사람이 대상이라고 해야 하나, 그해 발표된 작품을 놓고 관계자들이 추천해서 후보를 정하고, 거기서 가장 우수한 작가를 정하는 거야."

“추천받아.”

“어떻게?”

히라는 경악하며 눈을 크게 떴고, 키요이는 다시 휴대폰으로 검색하기 시작했다.

“괘, 괜찮아. 내가 찾을게.”

히라는 허둥대며 키요이를 말렸다. 더이상 사태를 악화시키고 싶지 않다.

“그래. 네 일이니까 너 스스로 찾아봐.”

키요이가 간단하게 말하고, 씻겠다며 일어섰다.

“열심히 해봐.”

거실을 나서는 뒷모습을 보며 다시 한번 왕의 자질이라는 것을 실감했다. 실패해도 기죽지 않는다. 어떻게 하면 저렇게 높은 곳만을 향해 갈 수 있을까. 생각해본들 알아낼 수 없다. 쥐는 사자가 될 수 없다. 그러니까 끌리는 것이다.

하지만 학생 대상 공모전에서 1차도 통과하지 못한 인간이 사진계의 아쿠타가와상을 목표로 삼는 건 제정신으로 할 수 있는 일이 아니다. 장비도 없이 에베레스트 설벽에 손을 대는 것과 마찬가지다.

“……어쩌지.”

이럴 수도 저럴 수도 없다. 키요이가 하라고 했으니 하는 수밖에. 하지만 아무리 열심히 한다 상상해도 떨어져서 뼈까지 바스라지는 미래밖에는 보이지 않았다.

—대학교 2학년 남자입니다. 기무라이헤이사진상을 노리고 있는데, 어떻게 생각하십니까?

어젯밤 사진 관련 사이트에 질문을 올려두었는데, 일어나보니 댓글이 많이 달려 있었다. 대다수가 욕설 비슷한 것인데, 간혹 간결하고 명확하고 의미심장한 것들이 있었다.

—지금 바로 병원 가봐야 함.

완전히 맞는 말이어서, 잔혹한 아이의 발밑에서 우왕좌왕 도망치는 개미가 된 기분이었다. 키요이와의 생활은 신의 축복처럼 행복하고, 신의 벌처럼 괴롭다. 하지만 절대 후회하거나 되돌리고 싶지 않다. 뭔가를 얻길 바란다면, 정신적인 평안을 바칠 각오를 해야 한다.

하지만 구체적인 방법이 떠오르지 않는다.

애당초 나는 정말 사진작가가 되고 싶은 걸까.

키요이가 프로를 목표로 하라고 말했을 때는, 키요이 곁에 있을 수 있는 방법이 그것밖에 없는 것 같아 고무되었지만, 사진 공모전 1차에서 떨어지고 다시 한번 자신의 주제를 파악하게 되었다. 하지만 사진 외에 나에게 어떤 특기가 있을까. 뭔가 하고 싶은 건 있나. 그 이전에 내가 과연 무엇을 할 수 있을까.

자문해보았지만, 아무것도 없었다.

스스로 몹시 한심해하며, 밝게 착색된 밤을 케이크 꼭대기에 올렸다.

오늘은 열시부터 공장에서 야간 근무를 하고 있다. 끊임없이 케이크가 흘러나온다. 공장 안에 충만한 달짝지근한 냄새. 황금빛 강을 흘러가는 노란색 몽블랑에 노란색 밤을 올려놓는다. 한 알 당 얼마일까. 그것이 쌓이고 쌓여 월급이 되고, 키요이와의 생활을 뒷받침해준다.

가끔 이대로 공장에 취직하고 싶다고 생각한다. 사육되는 양처럼 묵묵히, 조용히 케이크에 밤을 올리고, 집에 돌아가면 키요이가 있는 삶을 평생 이어갈 수 있다면 얼마나 평화로울까. 싸울 일도 없고, 도전할 일도 없고, 지는 일도 없을 것이다.

건너편에 안나가 자신의 유일한 별이라고 말하는 시타라가 있다. 위생복과 마스크 사이로 눈만 보인다. 죽은 생선같이 탁하다. 빗속에서 안나를 바라보던 눈과는 전혀 다르다. 시타라는 월급의 거의 대부분을 안나에게 쏟아붓는다.

그걸 노동의 기쁨으로 삼는 건 도망치고 있는 걸까.

시타라도 나도 행복하지만, 타인의 눈에는 불쌍해 보일까.

하지만 우리 같은 사람들 역시 그 타인들을 애처로운 눈으로 보고 있다. 친구 수는 인간적 매력의 척도이고, SNS에 올리는 사진은 충실한 나날을 보낸다는 증거다. 행복한 사람이라고 생각해주길 바라며 모두 필사적이다. 히라는 그런 허무한 춤은 추고 싶지 않다고 생각한다.

그런 식으로 삐딱한 태도를 취하고 있지만, 사실은 상대를 부정함으로써 열등감투성이 자신을 지키고 있었음을 어렴풋이 알아차리고 있다. 카드의 뒷면의 뒷면 같은 것. 밀푀유처럼 층층이 쌓인 심리의 기저. 거기서 빠져나오기 위한 답을 키요이가 주었다.

열심히 해봐.

아마 그것밖에 없을 것이다. 대학교 2학년, 내년부터는 취업을 고민해야 한다. 아무리 변명을 되풀이하고 외면하려 해도, 싫어도 반드시 열심히 해야만 하는 때가 다가오고 있다. 미적지근하고, 아픔도 우울도 없는 세계에서 언젠가 나가지 않으면 안 된다. 무서워. 귀찮아. 싫어.

그래도. 키요이 곁에 있고 싶다면—

"……열심히 해야지."

마스크 속에서 나직이 중얼거렸다. 그런 자신을 믿을 수 없었다. 열심히 해야지, 몹시도 싫어하던 말이다. 무신경한 사람이 휘두르는 언어폭력이라고까지 생각했던 말이다.

"……그래도, 열심히 하자."

다시 한번 중얼거리자, 시타라가 눈만 돌려 힐끗 보았다.

오모테산도역에 도착하자 이미 다들 와 있었다.

여름방학이어서 동아리 사람 모두와 만나는 건 오랜만이었다. 오늘은 O대학과 합동으로 프로 사진작가를 초청해 야외 촬영을 하는 날이다. 여름방학 전부터 잡혀 있던 행사인데 처음에는 불참에 동그라미를 쳤지만, 일련의 좌절로 마음이 변했다.

"오쿠타마에서 찍는 거 아니었어?"

사진작가와 만나기로 한 약속 장소로 가며 히라가 코야마에게 물었다.

"그럴 예정이었는데, 노구치씨 사정으로 급히 변경됐대."

"노구치씨?"

"오늘의 특별 게스트. 연예인 사진 분야에서 유명한 작가야. 원래 이런 거 해주는 사람이 아닌데 O대학 동아리장 인맥으로 섭외됐대…… 처음에는 기뻤는데……"

뭔가 의미가 담긴 말투였다.

"하지만 역시, 너무 바쁜 사람 같아."

코야마의 시선 끝을 따라가보자, 멋이 폭발하는 듯한 카페 앞에 사람들이 무리 지어 있었다. 히라도 얼굴을 아는 유명한 모델이 몇몇 보였다. 아직 여름인데 가을 분위기의 긴소매를 입고 있다. 패션 잡지 촬영 같다.

"저기 카메라 든 사람이 노구치씨야."

삼십대 중반 정도로 보이고, 큰 키에 짧은 머리의 남자다. 연예인 사진집이나 패션 잡지 사진을 찍는 작가답게 거칠지만 세련된 옷차림을 보니 본인이 모델 같았다.

"오늘은 우리를 지도해주는 게 아니었어?"

"그럴 시간이 없어서 장소를 바꾼 건가?"

시간이 안 될 것 같으니까 학생들을 자기가 일하는 데로 부른 건가. 사람들 틈에서 구경하다보니 휴식 시간이 되었다. 스타일리스트가 모델의 메이크업을 고치고, 스태프들이 바삐 움직인다. 그 속에서 노구치가 빠져나와 O대학 동아리장에게 인사하고는 모인 학생들을 쳐다보았다.

"오늘 모두 와줘서 고마워. 처음에는 오쿠타마를 생각했는데, 풍부한 자연 속에서 찍는 숙련자 코스는 앞으로도 얼마든지 기회가 있을 거 같아서. 너희는 젊으니까 지금밖에 찍을 수 없는, 자극이 흘러넘치는 도시 풍경이 좋겠다고 다시 생각했어. 뭘 찍을지는 각자 자유야. 사진은 가르쳐준다고 찍을 수 있는 게 아니니까. 자기 안테나에 걸리는 걸 마음 가는 대로 찍어봐. 그 안에서 이거다 싶은 것을 골라 메일로 보내줘. 내 감성을 울리는 게 있으면 연락할게. 연락이 없다고 해서 가능성이 없다는 건 아니야. 각자 자신의 세계관을 소중하게 여겨주면 좋겠어."

그는 아주 빠르게 자기 할말만 하고는 O대학 동아리장에게 명함을 한 뭉치 건네 모두에게 나눠주게 했다.

"노구치씨, 들어갈게요—"

스태프가 불렀다. 노구치는 "네 네—" 대답하더니 열심히 해보라며 웃는 얼굴로 손을 흔들고는 바쁜 걸음으로 촬영하러 돌아갔다.

모든 의미에서 최악의 대응이야.

히라는 묘하게 감탄해버렸다. 청산유수로 이어진 인사도 굉장하고, 급히 장소를 변경한 데 대해 한 번도 사과하지 않은 것도 굉장하고, 무엇보다도 너희를 챙길 시간은 없으니 마음대로 찍어봐, 데이터는 보내도 괜찮지만 확인할지 어떨지는 모른다는 말을 부정적인 뉘앙스 없이 웃는 얼굴로 당당하게 한 것도 굉장했다.

역시 상업 사진작가에게는 저 정도의 뻔뻔함과 화술이 있어야 하는 걸까. 기무라이헤이사진상과는 다른 차원에서 허들이 너무 높다.

"……아, 그럼, 각자 자유롭게 찍기로 하자."

O대학 동아리장이 미안한 듯이 말했고 모두가 불안한 시선으로 주위를 둘러보았다. 스파브랜드 체크무늬 셔츠와 면바지, 스니커즈. 소박하고 촌스러운 사진 동아리 무리와 세계적 규모로 세련미가 뿜어져나오는 오모테산도의 풍경은 전혀 어울리지 않는다.

"히라, 너는 어떻게 할 거야?"

"어쩔 수 없으니 뭔가 찾아서 찍어야지."

주위를 둘러보는 두 사람 옆으로 동아리 사람들이 이야기하며 지나갔다.

"뭘 찍지? 그래도 기회잖아. 조금이라도 노구치씨의 인상에 남을 사진을 찍고 싶은데."

이런 대접을 받았는데 잘도 기운이 넘치는구나.

"노구치씨는 '영 포토 그라피카' 심사위원이야."

코야마가 나직이 알려주었다. 기운이 넘치는 건 1차 심사에 통과한 녀석이었다.

"……아, 그렇구나."

동요하지 않기 위해서는 조금 노력이 필요했다.

"히라, 저쪽 건물로 가볼래?"

코야마가 역 가까이에 있는 고층건물을 가리켰다. 불안정해 보이는 흥미로운 형태다. 하지만 히라는 어깨에 메고 있던 DSLR 카메라를 손에 들고 렌즈를 바로 위 하늘로 향하고는 더없이 건성으로 찍었다.

"찍었으니까 난 갈게. 아르바이트 있어."

"뭐, 어, 히라?"

놀란 코야마에게 먼저 가겠다고 인사하고 히라는 역으로 걸음을 돌렸다.

장마 기간에 잠깐 개어 오늘은 오랜만에 맑았다. 초여름 하늘을 더욱 푸르게, 새하얀 구름을 더욱 하얗고 두드러지게 만들어주는 편광필터조차 끼우지 않았다. 대충 찍은 사진에는, 당신 따위가 봐주지 않아도 상관없어, 라는 메시지가 담겨 있었다.

무척 화가 나긴 했지만 돌아가는 전철 안에서 흔들리면서 점차 냉정을 되찾았다. 이만큼이나 분노가 치밀어오르는 건 노구치가 '영 포토 그라피카' 심사위원이라는 걸 알았기 때문이다. 자신이 1차 심사에서 탈락했다는 사실에 생각보다 얽매여 있었음을 다시금 깨달았다.

그것을 자각하자 분노와 부끄러움이 교대로 차올랐다. 아무렇게나 찍은 하늘 사진. 이런 어린애 같은 분노를 표출한들, 상대방은 히라의 존재조차 모를 것이다. 애당초 심사위원이 보는 건 최종 심사뿐, 1차에서 떨어진 히라의 사진 같은 건 보지도 않았을 것이다.

나는 사실 굉장히 자의식 과잉인 놈이었구나.

스스로를 밑바닥이라고 말하면서도 마음속 깊은 곳에서는 과대평가하고 있었던 것이다. 대단한 재능도 없으면서 자존심만 강하다. 역겹다. 부끄럽다. 한심하다. 꼴불견이다. 돌아가는 전철 안에서 크게 한숨을 쉬자, 바로 앞에 앉아 있던 할머니가 올려다보았다.

"젊은이가 그러면 못써. 한숨 쉬면 복이 달아나거든."

할머니에게 나쁜 마음은 없다. 알고 있지만, 한숨이라도 쉬지 않으면 자신 안의 압력 때문에 스스로 파열될 것 같은 기분이 들 때가 있다. 쓸데없는 오지랖이라고 대꾸하고 싶은 것을 참고, 다시 한번 크게 한숨을 내쉬는 것으로 무언의 항의를 했다. 젊은 사람도 힘들어요. 한숨 정도는 쉬게 해달라고요.

장마가 끝나자 곧바로 한여름이 찾아왔다. 가을에 방영되는 키요이의 드라마 촬영이 시작돼서 오늘은 그 로케 촬영 현장에 왔다. 초록이 가득한 공원이라 뙤약볕을 피할 수 있어 다행이다.

"안나도 키요이도 컨디션 좋은 것 같네."

옆에서 시타라가 중얼거렸다. 햇볕을 피하기 위해 긴다이치 고스케• 같은 모자를 쓰고 있다. 히라는 평소와 다름없이 눈 바로 위까지 모자를 눌러쓰고 선글라스에 마스크까지 쓰고 있다. 한여름에 이 차림은 힘들지만, 고등학생 때 더운 여름날 강변에서 키요이를 위해 열 시간 동안 불꽃놀이 자리를 잡고 있었던 전적도 있으니 괜찮을 것이다.

"안나가 처음으로 주연하는 드라마니까 시청률 잘 나왔으면 좋겠어."

"잘 나올 거예요. 분명."

"하지만 요즘 사람들은 TV를 잘 안 보니까."

"TV는 그 시간에 TV 앞에 있어야 하니까 귀찮잖아요."

"그게 크지. 컴퓨터나 휴대폰으로는 원하는 시간에 원하는 장

• 요코미조 세이시의 추리소설에 등장하는 탐정.

소에서 볼 수 있지만."

"광고가 나오기 전까지는 화장실도 못 가니까요."

두 사람은 요만큼도 재미없는 대화를 중얼중얼 나누었다. 햇볕이 스며들지 않는 굴 밑바닥에서 숨죽여 살고 있는 두더지 두 마리 이미지가 떠오른다. 어둡다. 하지만 평화롭다.

대학은 여름방학이지만, 드라마 촬영에 들어간 키요이는 예전보다 훨씬 바쁘다. 장래에 안나와 키요이를 회사의 두 간판으로 삼으려는 사장의 의도가 잘 맞아떨어졌는지 키요이의 인기가 착실하게 오르고 있다. 구경꾼들 중에도 키요이의 팬인 듯한 젊은 여자들이 나날이 늘고 있다.

"드라마가 방영되기 시작하면 키요이는 분명 엄청 인기 끌 거야."

"아마 그렇겠죠."

"괜찮아?"

"뭐가요?"

고개를 돌리자 긴다이치 고스케 모자 가장자리를 땀으로 적시고 있는 시타라와 눈이 마주쳤다.

"요즘 기운 없어 보여서."

"아…… 뭐 이런저런 일이 있어서요."

기무라이헤이사진상을 받겠다는 거대한 목표 앞에서 그저 우왕좌왕하며 나날이 초조감만 쌓아가고 있다. 하지만 그 반동으로, 차라리 양복을 입고 회사에 가는 일이 더 쉽지 않을까 하는 생각이 들면서 지금까지 공포스러웠던 취업 활동에 대한 허들은 내려갔다. 불행 중 다행인 걸까.

"나도 알아. 키요이와 멀어질 것 같아서 무서운 거지?"

"네?"

"신인 때부터 계속 응원해왔으니 인기를 얻는 건 기쁘지만, 점점 손에 닿을 수 없게 멀어지는 건 쓸쓸하니까. 그렇다고 처음부터 닿은 적도 없었지만, 뭐 팬의 심리인 거지."

"아, 그런 의미인가요?"

"아니야?"

"아니에요."

히라는 바로 고개를 저었다. 연인인 키요이를 향한 감정은 여러 가지가 복잡하게 얽혀 있지만, 연예인으로서의 키요이는 그것과는 다르다. 히라는 자신이 키요이라는 빛나는 태양의 주위를 돌고 있는 지구와 같은 존재라고 생각한다. 태양이 있기 때문에 나도 있는 것이다. 태양이 없다면 지금의 나도 없다. 저항할 수 없는 거대한 섭리 앞에서 인기 운운하다니. 태양의 인기를 신경쓰는 행성이 어디 있겠는가.

정말 별이라면 좋을 텐데.

항성, 행성, 위성. 대우주의 법칙으로 이어진 운명의 별들. 친화력도, 영업력도, 말재주도, 기무라이헤이사진상도 아무 상관없는 초월적 공간…… 현실도피를 하고 있는데 휴대폰이 울렸다. 동아리장에게서 온 전화였다.

“여보세요, 히라? 나야. 저기, 좀 야단났는데.”

“무슨 일인데요?”

“너, 요전에 나가서 찍은 사진 데이터, 노구치씨한테 보냈어?”

“……아, 아니요.”

그날 찍은 건 한없이 건성으로 찍은 하늘 사진뿐이라, 절대 못 보낼 정도는 아니지만 그렇다고 보낼 만한 수준도 아니었다. 하지만 사진을 보내지 않은 사람이 히라뿐이고 노구치가 무척 화를 냈다고, 노구치와 연결해준 O대학 동아리장이 불만을 터뜨렸다고 한다.

“죄송해요. 오늘 보낼게요.”

누구의 눈에도 띌 것 같지 않은 하늘 사진밖에 없지만—

“아니, 보낸다고 끝날 것 같지 않은데, 직접 사과하러 오라고 했대.”

절로 인상이 찌푸려졌다. 갑작스럽게 장소를 변경해놓고 사과 한마디 없이 말재간으로 눙치다가 현지에서 해산하게 만든 본인의 무책임함은 뒷전인가. 머리가 스윽 차가워진다.

“나도 솔직히 화나는 부분은 있었어. 좀 유명하다고 유세잖아. 그래도 O대학과는 앞으로의 관계도 있으니까 이번에는 히라가 참고 얼굴 비춰주지 않을래?"

동아리장이 미안한 듯이 자신도 같이 가주겠다고 말했다.

"괜찮아요. 혼자 갈게요."

"너 혼자서 제대로 사과할 수 있겠어?"

유치원생처럼 걱정을 끼치는 스스로가 무척 한심했다. 괜찮다고 하고, 동아리장에게 노구치의 작업실 주소를 받아, 바로 가겠다고 하고 전화를 끊었다.

"시타라씨, 저 일이 생겨서 먼저 가볼게요."

시타라에게 말을 걸었지만, 그의 눈은 촬영에 들어간 안나에게 고정돼 있었다. 황홀하게 바라보는 옆얼굴은 추앙하는 스타의 세계에 완전히 몰입해 있었다. 전화만 아니었다면 나도 저 행복감 속에 있을 텐데. 히라는 우울한 기분으로 걸음을 돌렸다.

"……실례합니다, F대학 사진 동아리에서 왔습니다."

인터폰으로 말하자, 헤이 하고 대답하는 남자 목소리와 함께 오토록이 해제되었다. 엘리베이터를 기다리면서, 사과하러 누군가를 찾아갈 때 챙겨야 할 선물용 과자를 잊어버렸다는 것을 알아차렸다. 돌아가서 사오는 편이 나을까. 여러 번 생각했지만, 아냐 됐어 하고 마음을 굳게 다잡았다.

그는 자기가 한 행동은 몰라라 하고, 강자 위치에서 위압하듯 고압적인 태도를 취했다. 흘음 때문에 히라는 그런 사람들에게 무척이나 호되게 당해왔다. 이런 일에는 익숙하다. 겉으로는 고개를 숙이고, 속으로 욕해주면 된다. 빌어먹을 녀석. 창피한 줄 알아라. 젠장 젠장 젠장 젠장 젠장—

"……F대 히라 카즈나리입니다. 이번 일은 정말 죄송합니다."

젠장 젠장 젠장 젠장 젠장, 마음속으로 이렇게 외치면서도 노구치에게는 깍듯하게 머리를 숙였다. 어른스럽지 못한 아저씨. 자, 맘껏 욕해봐. 젠장 젠장 젠장 젠장 젠장.

"응? 그러니까, 뭐가?"

젠장 젠장 젠장 젠장 젠장…… 응? 히라는 숙였던 머리를 들었다.

"저, 저만 사진을 보내지 않았다고……"

"아, 바로 와줬구나. 오라고 해서 미안하다. 자, 들어와 들어와."

생글생글 웃으며 안으로 불러들이는 그의 태도가 당황스러웠다. 엄청나게 화나 있던 게 아닌가. 역시 선물용 과자를 들고 오는 편이 나았을까, 히라는 이제 와서 후회가 되었다.

"거기 알아서 앉아. 커피라도 줄게."

손가락으로 가리킨 소파 위에는 잡지와 사진집, 서류봉투 등이 가득했다.

"알아서 앉으라는 건 알아서 치우고 앉으라는 뜻이야."

히라는 주뼛주뼛 잡지 등을 한쪽으로 쌓아두고 앉았다.

모르는 연상의 남자, 프로 사진작가의 작업실. 거북함과 긴장감과 호기심이 뒤섞여 마음이 진정되지 않았다. 고개를 숙이고 눈동자만 굴려 실내를 살펴보았다. 한 층을 통으로 터서 만든 넓은 작업실은 무질서하게 어질러져 있다. 콘크리트만 바른 벽 때문에 창고처럼 보인다.

"기다렸지?"

노구치가 아이스커피를 가져왔다. 반들반들한 구리 머그컵에 가득 담긴 얼음과 커피. 녹기 전에 마시라는 말에 자, 자, 잘 먹겠습니다 하고 말을 더듬으며 고개를 숙인 채 한 모금 마셨다. 눈을 조금 더 크게 뜨자 맛있지? 하고 노구치가 의기양양하게 웃었다.

"내가 커피 하나는 제대로 만들거든."

그의 말을 한 귀로 흘려들으며 너무 복잡해서 지나다니기도 힘들어 보이는 작업실 안을 흘깃거렸다.

"난장판이지?"

고개를 끄덕거리려다 당황해서 멈칫했다. 자신은 사과하러 온 것이다.

"얼마 전에 어시스턴트 한 명이 고향으로 돌아가버렸어. 정말 아까운 녀석이었는데."

재능 있는 사람이었을까. 나는 아무래도 프로가 될 수 없을 거란 현실을 씹어 삼키고 있었다.

"어시스턴트를 하기 위해 태어난 듯한 녀석이었거든."

노구치가 한숨을 쉬었다. 그래서 그 어시스턴트가 고향으로 돌아간 게 현명한 선택이었음을 알게 되었다.

노구치는 흐름을 탄 듯 불평을 늘어놓기 시작했다. 최근 무서울 만큼 일이 밀려들고 있다는 것. 어시스턴트가 한 명 더 있지만, 그 사람은 개인적으로도 일을 하기 때문에 하루종일 일하지 못하는 날도 있다는 것. 정리하지 못한 데이터가 산더미처럼 쌓여 잘 시간도 먹을 시간도 없어 인스턴트식품으로 때우다보니 혈당치가 급격히 상승하고 있다는 것 등등.

"……저, 바쁘신 것 같으니 그만 일어나겠습니다."

"어?"

"사진을 못 보내서 죄송합니다. 좋은 사진을 찍지 못했거든요. 제 잘못이고 O대학 동아리장에게는 잘못이 없습니다. 그럼, 실례하겠습니다."

웅얼거리긴 했지만 더듬지 않고 사과했다는 사실에 안도했다.

"아니, 잠깐 기다려봐. 아까부터 자꾸 사과, 사과 하는데, 난 화가 난 게 아닌데."

그 말에 놀라서 고개를 들자, 노구치는 의아한 얼굴을 하고 있었다.

"O대학 동아리장에게 저더러 직접 사과하러 와야 한다고 말

씀하신 거 아니에요?"

"내가 바빠서 움직이지 못하니까 와줬으면 한다고는 했지."

"하지만 사진을 안 보낸 게 저뿐이라고……"

"아, 한 사람만 안 보냈으니 신경쓰이긴 했어. 요전에 다들 시간 내서 와줬는데 내가 사정이 있어서 제대로 맞아주지 못했으니까 결과 정도는 봐줘야 한다고 생각했거든."

노구치는 입을 떡 벌리고 있는 히라를 보며, 그래서 말 전하는 일이 무서운 거야 하고 어깨를 으쓱했다.

"뭐, 자주 있는 일이지만. 패션 쪽 일을 한다는 것만으로 사치스럽다, 경박하다, 여자 후리고 다닌다, 오만하다, 기술도 없이 입만 나불댄다, 그런 잡다한 말이 딸려오니까."

"아, 죄, 죄송합니다."

"사과하는 건, 역시 그렇게 생각했다는 건가?"

그 물음에 서둘러서 아니라고 웅얼거렸다. 하지만 분명히 그렇게 생각하고 있었다. 아마 O대학 동아리장도, 우리 동아리장도 그럴 것이다. 비상식적으로 화를 내도 '인기 있는 사진작가니까' 하고 멋대로 이미지만으로 납득해버린다. 그 사람에 대해 아무것도 모르면서.

"익숙하니까 신경쓰지 마."

노구치의 관대한 대응에 히라의 귓바퀴가 뜨거워졌다.

"그래서 말이야, 이제부터가 본론인데, 혹시 내 어시스턴트

할 생각 없어?"

예상외의 말에 히라는 눈이 휘둥그레졌다.

"방금 설명했듯이 내 상황이 지금 아주 곤란하거든. 여름방학 때만이라도 어때?"

"음, 아, 아, 그, 그, 그래도, 어째서 저 같은 걸."

아까는 억누를 수 있었던 흘음이 튀어나왔다.

"'영 포토 그라피카'에 응모했었지?"

"보, 보셨어요?"

"심사위원이니까 당연히. 제대로 안 볼 거라 생각하는 것 같네."

재미있다는 듯이 웃는 모습에 히라는 어쩔 줄 몰랐다.

"내 감상을 말하자면."

심장이 두근거렸다.

"정말 유치했어. 사람이 들어간 사진이 별로면 처음부터 사람 없는 데서 찍으면 될 걸 일부러 나중에 지우면서 난 세상이 엄청 싫다고 아주 노골적으로 말하는 사진이었으니까."

조금 전까지의 수치심이 두 배 이상 부풀어올랐다.

"유치하고 기분 나빠서 굉장히 눈길을 끌었어."

깎아내리는 건지 칭찬하는 건지 알 수 없다.

"너, 어릴 때부터 싫은 일 많았었지?"

문득 호칭이 붙고 말투가 친밀해졌다. 노구치는 소파에 편하게 털썩 기대더니 주머니에서 구깃구깃해진 담뱃갑을 꺼냈다.

"자기만의 룰도 많지?"

노구치가 담배에 불을 붙여 입에 물고 빨더니 익숙하게 연기를 내뿜었다.

"친구도 별로 없을 거고, 애인 같은 건 절대 없겠지."

"……그건 있는데요."

가까스로 그것만은 확실히 해두었다.

"에이, 거짓말."

"정말입니다."

"의외네."

나쁜 사람은 아닌 것 같지만, 미묘하게 무례한 사람이라는 생각이 들었다.

"뭐, 됐어. 다시 하던 이야기로 돌아와서, 네 사진을 보고 느낀 건 완전히 자기 멋대로다, 역겹다, 아직 아무것도 이루지 못한 주제에 스스로 굉장하다고 착각한다, 였어. 그런 자기 모습을 직접적으로 내보이지 않고 자기비하의 껍데기를 뒤집어쓰고, 세상을 위에서 내려다보고 있지. 다시 말해 젊음, 그리고 어리석음."

너무 심한 말에 히라는 말문이 막혔다. 이렇게까지 깎아내리니 화도 나지 않는다. 게다가 노구치가 묘사한 히라의 이미지는 딱 맞지도 않지만 틀렸다고 말할 수도 없었기에 등골이 서늘했다. 생글거리면서 말하지만 노구치의 눈은 날카로웠고, 히라는 발가벗겨진 듯한 수치심이 들었다.

"그러니까, 여기서 어시스턴트 안 할래?"

그 '그러니까'는 대체 어디서 어떻게 연결되는 걸까.

"왜 저입니까? 급하다면 O대학 동아리장도 괜찮을 것 같은데요."

"네가 옛날의 나 같아서."

"……네에?"

히라는 자기도 모르게 눈을 내리깔았다. 이렇게 달변인 사람, 세련된 연예인과 모델을 찍고 사진집을 잔뜩 펴낸 유명한 프로 사진작가가 자신과 어떤 유사점이 있다는 걸까?

"저와 공통점은 없을 것 같은데요."

"겉보기엔 없지. 난 너처럼 촌스럽지 않으니까."

"그리고 저는 흘음이 있습니다."

"내 친구 중에도 있어."

노구치는 별것 아니라는 투로 이야기했다.

"언제부터 와줄래?"

그의 물음에 히라는 머릿속으로 서둘러서 스케줄표를 넘겨보았다.

"밤 열시부터 새벽 다섯시까지 말고 다른 시간대로 해주시면."

"수면을 소중하게 여기는 타입인가?"

"공장에서 야간 아르바이트를 하고 있습니다."

"열심히 사네. 여기서도 그런 자세 부탁해."

프로 사진작가의 일을 돕는 건 전혀 자신없다.

"……네."

히라는 주뼛주뼛 고개를 끄덕였다. 자신이 아무리 부정적인 인간이어도 이것이 만분의 일의 기회라는 건 알 수 있었다. 상업 사진작가가 되는 일도, 기무라이헤이사진상도 에베레스트를 등정하는 것만큼이나 높고 머나멀지만, 노구치의 어시스턴트가 되는 건 가능해 보이는 확실한 첫걸음이다. 도전과 실패는 한 세트이기에 무섭다. 하지만 이것이 키요이 곁에 있기 위한 유일한 길이라면 나아갈 수밖에 없다.

내일모레부터 하기로 약속하고 작업실을 나서려던 때였다.

"아, 맞다, 네가 1차 심사에서 떨어진 이유 말인데."

히라는 움찔하며 돌아보았다.

"뭐라고 생각해?"

"……서, 서툴러서요."

떠올리고 싶지 않은 일이라 목소리가 절로 작아졌다.

"학생답지 않아."

"네?"

"예순여덟 살 먹은 심사위원장이 그렇게 말하면서 인상을 쓰더라고. 바보같이."

노구치는 외국인처럼 두 손바닥을 위로 들어 펼치며 어깨를 으쓱했다.

"노구치씨라니, 설마 노구치 히로미?"

명함을 보여주자 키요이가 굉장하다며 진지한 표정을 지었다.

"업계에서 아주 유명해. 안나의 첫 사진집도 노구치씨가 찍었어. 우리 사장이랑도 개인적으로 친해서 내 사진집도 노구치씨한테 부탁할 거라고 했었는데."

노구치가 그동안 작업했다는 사진집은 연예계 사정을 잘 모르는 히라도 알 만큼 유명한 배우들과 가수들 것이었고, 그가 자신이 생각했던 것보다 훨씬 대단한 사진작가임을 알게 되었다.

"키요이도 사진집 찍기로 했어?"

"아직 기획 단계이긴 해. 드라마 끝날 즈음에 해볼까 하던데."

"그렇구나, 드라마 끝나면 인기도 더 많아질 거고."

책 한 권 전체가 키요이의 사진으로 가득하다는 상상만으로도 흥분이 되었다. 모조리 다 갖고 싶은 욕구와 키요이의 아름다움을 한 사람이라도 더 알았으면 하는 욕구가 충돌한다. 어느 쪽이 됐든 행복한 일이라 우후훗 웃음이 새어나왔다. "정말 기분 나빠" 하며 키요이가 몸을 뒤로 물렸다.

"안나의 첫 사진집은 평도 좋았고 판매도 꽤 잘됐으니까."

키요이의 말에 히라는 응 응 하며 고개를 끄덕였다.

"나도 노구치씨가 찍어준다면 찍어보고 싶어."

그 말에 히라는 가볍게 머리를 맞은 듯한 충격을 받았다.

나도 노구치씨가 찍어준다면 찍어보고 싶어.

별로 이상할 게 없는 말이다. 키요이는 연예인이니 프로 사진작가가 찍는 게 당연하다. 하지만 키요이가 누군가를 지목해서 찍어줬으면 좋겠다고 말한 건 처음이었다.

그럼, 나는?

강한 의문이 간헐천처럼 솟구쳤다. 나는? 나는? 나한테는 찍히고 싶다고 생각한 적 없는 건가. 의문은 갈수록 회색으로 탁해지고 찐득하게 무게와 점성을 더했다.

이게 뭐지.

너무 기분 나빠.

갑작스러운 감정에 당황했다.

우러러볼 수밖에 없던 왕이 왕좌에서 내려와 손을 잡도록 허락해주었다. 왕과 함께 살고, 같은 침대를 쓰고, 개인적인 사진을 언제든 찍게 해준다. 이만한 행복도 없을 텐데, 키요이가 찍어주면 좋겠다고 지목한 사진작가에게 히라는 자기도 모르게 질투심이 치밀어올랐다. 주제도 모르고 점점 욕심쟁이가 되어가는구나.

위험하다.

자기 멋대로다, 역겹다, 아직 아무것도 이루지 못한 주제에 스스로 굉장하다고 착각한다. 낮에 노구치가 했던 말을 떠올리며 수치심에 식은땀을 흘렸다.

"왜 굳어버린 거야?"

키요이가 히라의 상태를 알아차렸다.

"……아, 으응. 노구치씨가 찍어주면 좋겠네."

애써 아무렇지 않은 척 대답하자, 키요이는 뭔가 말하고 싶은 얼굴을 했다.

"싫지 않아?"

"뭐가?"

"내가 다른 사진작가가 나를 찍어주면 좋겠다고 말한 거."

싫어.

반사적으로 튀어나온 속마음에 또다시 명치를 얻어맞았다. 구토가 올라올 것 같다. 잔혹한 질문이다. 밑에서 솟아오르는 씁쓸하고 시큼한 감정을 내리눌렀다.

"싫지 않아."

히라의 대답에 키요이는 미간을 좁혔다.

"키요이를 가장 아름답게 찍어줄 수 있는 사람이 찍는 게 가장 좋겠지."

키요이의 눈꼬리가 치켜올라간다. 살쾡이가 털을 세우고 위협하는 듯한 맹렬한 아름다움에 시선을 빼앗겼다. 날카롭게 치켜 올라간 눈에 달콤함은 한줄기도 없다.

키요이를 내 파인더에만 가둘 수 있다면—

억지로 삼킨 감정이 솟구쳐올라온다. 삼킨다. 솟구쳐올라온다. 다시 삼킨다. 너무도 불쾌한 내적 갈등에 구토감이 점점 심해져 히라는 더이상 참지 못하고 손으로 입을 틀어막았다.

"왜 그래?"

"……미안, 조금 속이 안 좋아."

"토할 것 같아?"

"미안, 화장실 좀."

도망치듯 화장실로 뛰어들어와 문을 잠갔다. 변기에 얼굴을 박자, 오렌지색 위액이 조금 나왔다. 질투와 독점욕, 어느새 뱃속 저 안쪽에 쌓여 있던 씁쓸하고 시큼한 감정의 색이다.

"히라, 괜찮아?"

문을 열려는 기척. 손잡이를 돌려보다 불평하는 소리.

"문은 왜 잠갔어? 열어."

"……미안. 나 괜찮아."

"괜찮지 않은 거 같은데. 물 가져왔으니까 빨리 열어."

"고마워. 그래도 괜찮아. 정말…… 혼자서."

주제를 모르는 바람에 안에서 자기중독이 일어났다. 이런 꼴은 보이고 싶지 않다.

잠시 침묵이 흐르고, 멀어지는 발소리가 들렸다.

히라는 더 나올 것도 없어 소용돌이치는 더러운 오렌지색 물을 가만히 내려다보았다.

자기 세상에 갇혀 있는 면이 있습니다.

조화력이 부족한 면이 있습니다.

초등학교 통지문에 자주 그렇게 적혀 있었다. 세 살 버릇 여든까지 간다는 말은 역시 확고하고 흔들리지 않는 진리일까.

나와 키요이의 생활은 잘 흘러가고 있다고 생각했다. 하지만 수면 아래에는 탁류가 소용돌이치고 언제 발을 잡혀 물속으로 가라앉을지 모른다는 불안이 있다.

아르바이트 첫날 노구치의 작업실에 가자 다른 사람이 히라를 맞았다.

"어시스턴트 고다라고 해. 노구치씨에게 이야기 들었어. 대학생이라 여름방학 동안만 한다며? 오늘은 점심부터 잡지 촬영이 두 개 연달아 있고, 노구치씨는 그 스튜디오로 직접 올 거고 우리는 오늘 사용할 것들 준비해서 가야 해. 낮까지 사용법을 익혀 둬."

히라는 대답은 필요 없다는 듯이 자기 할말만 하는 고다의 뒤를 따라갔다.

"장비는 스튜디오에 대부분 있기 때문에 여기서 준비해 가져갈 건 많지 않아. 그래도 스튜디오마다 구비된 장비가 다르니까 파악해둘 필요가 있어. 이게 오늘 촬영할 스튜디오에 있는 장비 목록이야. 그다음에는 야외 촬영이야. 저녁이니까 당연히 스트로브, 촬영우산, 반사판이 필요해. 각각의 부속 기기도. 카메라는 노구치씨가 가지고 다니지만, 다른 기종을 준비해야 할 때도 있어. 렌즈와 보디는 이 선반에. 열쇠는 노구치씨와 어시스턴트가 각각 가지고 다녀. 잃어버리면 안 돼."

그가 내민 열쇠를 받아들었다. 선반에 죽 늘어선 보디와 렌즈. 새 차를 두 대쯤 살 수 있는 가격의 중형카메라와 대형카메라도 보인다. 히라는 절대 잃어버리면 안 되겠다고 다짐하며 열쇠를 꽉 움켜쥐었다.

어릴 적부터 다뤄봐서 카메라는 익숙하지만, 프로용 장비들은 처음이다. 고다는 친절하지만 아주 빠른 말투로 설명했다. 메모할 여유도 없어서 집중해 들었다.

하지만 장비를 다루는 일보다 현장의 일이 큰일이었다. 촬영에는 여러 직종 사람들이 참여한다. 모델, 디렉터, 사진작가, 스타일리스트, 헤어메이크업 아티스트, 어시스턴트, 잡지 편집자, 스폰서. 익숙하지 않은 히라는 우왕좌왕하면서 모두의 동선을 방해했다.

디렉터와 노구치의 회의가 끝나자, 연출과 콘셉트에 맞춰 조명을 세팅하는 작업이 이어졌다. 노출계를 들고 위치와 각도를 정한다. 조금 더 위. 오른쪽으로. 아, 너무 갔어. 조금 돌려. 모델이 서는 위치를 생각해. 연달아 이어지는 지시에 재깍재깍 대응할 수 없었다.

"죄, 죄, 죄송, 죄송, 죄송합니다."

초조하고 긴장돼서 말을 더듬었지만 그러는 동안에도 다음 지시가 날아와 신경쓸 틈도 없었다. 다른 스태프들도 각자 자기 분야에서 프로이고 모두 자기 일에 집중하느라 더듬거리는 말소리 따윈 듣지도 않고 신경쓰지도 않았다. 별 쓸모도 없는 아르바이트생에게 걸맞은 그들의 매정한 태도가 오히려 고마웠다. 무능한 인간이 혼나는 건 지극히 마땅하다.

죄송합니다, 죄송합니다, 오백 번쯤 그 말을 하다가 말을 더듬지 않게 되었을 무렵 테스트 촬영이 끝나고 드디어 본 촬영에 들어갔다. 프로는 믿을 수 없을 만큼 무수하게 찍는다. 쉴새없이 울리는 셔터 소리, 모델에게 뭔가 주문하는 목소리에 취해갈 무렵 수고하셨습니다 하는 소리가 들려 정신이 번쩍 들었다.

벌써 끝났어?

설마 하며 주위를 둘러보았지만, 현장 분위기는 이미 느슨해져 있었다.

"현장은 준비가 80퍼센트야. 다음 촬영 가야 하니까 빨리 정리해."

노구치의 재촉에 히라는 기재를 정리하러 급히 달려갔다.

고다가 주차장에 세워둔 노구치의 차를 운전해 다음 현장인 오다이바로 향했다. 저물어가는 석양과 야경을 배경으로 찍는다는 것 같다. 너무 흔해서 지루하지— 노구치가 뒷좌석에서 계속 불평을 터뜨렸다. 하지만 현장에 도착하자마자 웃는 얼굴을 했다.

"사진작가한테는 현장 분위기를 띄우는 것도 준비의 일환이야. 웃어."

노구치가 채근하자 히라는 급히 억지 미소를 지었다.

"아, 됐어. 엄청 기분 나쁘네. 산뜻하게 웃을 수 있게 미리미리 연습해둬."

"……네."

현장 준비보다 훨씬 어려운 요구 같아 히라는 의기소침해졌다. 어쨌든 입꼬리만이라도 의식적으로 끌어올리려 노력하는데, 하늘을 보니 서쪽에서 심상치 않은 먹구름이 몰려오고 있었다.

"노구치씨, 야단났어. 게릴라성 호우가 온다는데."

프로듀서가 다가와서 말하자, 노구치는 얼굴을 찌푸리고 하늘을 올려다보았다. 해질녘은 빛의 양이 시시각각 변하기 때문에 그렇지 않아도 찍기가 어렵다. 게다가 비라니.

"어떻게 하지? 스튜디오로 옮길까?"

"음, 그것도 좀……"

노구치와 사람들이 하는 이야기를 듣는데, "수고하십니다" 하고 스태프 모두에게 인사하는 목소리가 들렸다. 히라도 하던 일을 멈추고, 막 도착한 여자 배우에게로 눈을 돌렸다. 안나다.

"오, 역시 일류의 아우라는 다르네."

고다가 안나에게 시선을 고정한 채 속삭였다.

두껍고 짙은 눈썹, 크고 의지가 담긴 눈동자. 얼굴 생김새는 남성적이랄 수도 있는데, 도톰한 입술과 새까맣고 긴 웨이브 헤어스타일 때문인지 전체적으로 요염한 느낌이다. 분주하게 움직이는 스태프들 사이에서, 안나는 준비된 의자에 앉아 몰려오는 비구름을 바라보고 있다.

"스물세 살인데, 벌써 관록이 느껴지네."

또래 남자는 상대도 할 수 없을 것 같다며 고다가 어깨를 으쓱하더니 하던 일을 마저 하러 돌아갔다.

안나는 십대 때 베를린국제영화제에서 여우주연상을 받고 젊은 연기파 배우로 유명세를 얻었다. 지금도 스물세 살 젊은 나이지만 미래의 대배우 후보로 인정받고 있다. 그에 대한 반발인지 주간지의 악의적 기사에 오만한 배우, 안하무인 여왕으로 종종 등장한다.

하지만 키요이의 출퇴근길에서 기다리며 본 안나는, 주간지가 만든 뾰족한 이미지와 반대로 팬들에게 늘 웃어주는 사람이었다. 팬들에게 손을 흔들어주며 걸어가다가 발을 헛디뎌 쑥스러운 웃음을 터뜨릴 때도 있었다. 일을 떼어놓고 보면 지극히 평범한 이십대 여성 같아 보인다.

생각하는 동안에도 구름의 상태가 점점 심상치 않게 변하고 있었다. 이대로 촬영에 들어가면 틀림없이 비가 퍼부을 것 같은데. 프로듀서가 안타까운 듯 고개를 저었다.

"노구치씨, 역시 안 되겠어. 오늘은 스튜디오에서 찍자."

하지만 노구치는 팔짱을 낀 채 곰곰 생각해보더니, 문득 안나를 돌아보았다.

"안나, 비 좀 많이 맞아도 돼?"

갑작스러운 질문에 안나는 조금 눈을 크게 뜨더니 곧바로 괜찮다며 고개를 끄덕였다.

"좋아, 그럼 그냥 찍자. 고다, 히라. 조명 전부 빼."

"아, 노구치씨, 그건 좀—"

프로듀서가 울상을 지었다.

"석양보다는 억수 같은 비가 안나에게 더 어울리지 않을까?"

"하지만 안나 소속사 입장도 있잖아."

"그건 내가 말할게. 안나의 첫 사진집 내가 찍은 거 알지?"

프로듀서는 잠시 고민하더니 믿어보겠다며 두 손을 모았다.

설치했던 조명을 서둘러 치웠다. 노구치는 카메라에 스트로브 클립을 꽂고 방수커버를 씌웠다. 저게 다라고? 히라가 놀라는 사이 촬영이 시작되었다.

"시간 싸움이니까 한 번에 가자."

노구치의 말이 떨어지자, 안나가 고개를 끄덕이더니 해변으로

성큼성큼 걸어갔다. 히라는 지켜보며 숨을 들이마셨다. 이미 조금 전과는 비교도 할 수 없을 만큼 다르게 압도적인 존재감을 내뿜는 배우 안나가 거기 있었다.

"고개 숙이고, 쓸쓸한 모습에서 시작하자."

석양이 두꺼운 비구름에 가려 주위가 점점 어두워졌다. 스트로브에서 터지는 맹렬한 섬광이 고개 숙인 안나에게 곧바로 떨어졌다. 히라는 눈이 부셔 자기도 모르게 눈을 깜박거렸다.

이렇게 거칠게 빛을 바로 쏘아도 괜찮을까?

스트로브 섬광을 모델에게 직접 쏘다니 너무 엉성하지 않나. 조금 전 스튜디오 촬영에서는 대형 스트로브를 촬영우산에 쏘고 반사판에 맞추고 디퓨저로 확산시켜, 철저하게 빛을 부드럽게 만들었다. 이렇게 대놓고 쏘면 사진이 너무 부자연스러울 것 같은데.

나중에 리터치를 많이 해야겠네.

내내 걱정하던 사이 결국 빗방울이 떨어지기 시작했다. 굵은 빗방울이 목덜미를 때린다. 빗줄기가 점점 굵어지더니 하늘하늘하던 안나의 긴 웨이브 머리가 다시마처럼 얼굴과 어깨에 들러붙었다.

"안나, 웃어, 활짝."

노구치가 스타일이 망가진 안나에게 지시했다. 안나는 망설이지 않고 바로 웃었다. 폭풍 같은 날씨에 전혀 어울리지 않는, 말

그대로 활짝 웃는 얼굴이었다. 묘한 박력이 느껴져 모두가 숨을 참는 듯했다.

조금 전 스튜디오 촬영에서는 귀엽다느니 예쁘다느니 하며 모델을 띄워주던 노구치가 지금은 전혀 그렇지 않다. 웃으면서 발을 굴러봐, 울면서 웃어봐, 난해한 요구를 몇 번 하더니 마지막에 안나를 모래사장에 눕히고 시체처럼 굴리고 나서야 촬영은 종료되었다.

촬영을 마치자마자 노구치는 다른 촬영을 위한 사전회의 때문에 움직여야 했고, 고다와 히라는 장비와 오늘 찍은 사진 데이터를 정리하기 위해 작업실로 향했다.

차 안에서 노구치가 대강 체크해둔 데이터들을 삭제했다. 대부분 한눈에 확인되는 미스 컷들이고, 나머지 것들은 노구치가 다시 체크할 때까지 기다려야 한다. 히라는 하나씩 넘겨보다가 소름이 돋을 정도로 굉장한 사진을 몇 장 보았다.

전문가가 아닌 것처럼 스트로브 직사광으로 찍어놓아, 회색 비구름의 중량감과 게릴라성 호우의 폭력성이 뚜렷하게 인식되는 사진이었다. 마치 무수한 투명 탄환이 쏟아져내리는 것 같았고 그것을 맞으며 웃고 있는 안나의 비현실적인 박력이 강렬하게 두드러졌다.

나중에 리터치를 많이 하게 되리라 생각했지만, 이 사진은 쓸데없이 만지지 말고 최소한으로 하는 편이 좋을 것 같았다. 이 정도로 퀄리티가 생생한 데이터는 처음 보았다.

홀려서 바라보고 있는데 뒤에서 고다가 컴퓨터 화면을 들여다보았다.

"어쩐지 테리 리처드슨이 떠올라."

"아, 듣고 보니 그렇네요."

한 개의 스트로브 직사광만으로 무서울 만큼 에지 있는 사진을 찍는 미국의 유명 사진작가다. 극단적일 정도로 조명을 무시하는 스타일이, 사실은 기술이 서툴기 때문이라고 스스로를 조롱하는 듯해 재미있다.

"노구치씨는 신기해. 그렇게 잘나가는데 이게 노구치 스타일이다 싶은 거 없이 철저하게 모델 개성에 맞추거든. 본인은 '가오나시'라고 자학하고 있지만."

"그래요?"

"옛날에는 풍경 사진을 찍었다는데."

히라는 그 말에 놀라 고개를 돌렸다.

"안 믿기지? 전혀 잘될 기미가 안 보여서 먹고살려고 인물 사진으로 틀었대. 그랬더니 평가가 좋게 나온 거야. 그쪽에 재능이 있었던 거지. 방향을 바꾼 게 정답이었어."

고다는 웃더니 내일은 아침 일찍부터 개인적으로 받은 일을 할 거라고 말하고는 돌아갔다.

히라는 남아서 데이터 정리를 끝내고 돌아갈 준비를 했다. 카메라 보디와 렌즈가 보관된 선반장을 잘 잠갔는지 몇 번이나 확인했다. 이제 됐다고 돌아가려다 문득 뭔가가 떠올라 서류 선반으로 향했다. 노구치가 찍었다는 풍경 사진이 보고 싶었다.

번호가 붙은 파일들을 보니 최근 십 년 치를 모은 것 같았고, 그 이전 것은 없었다. 오래된 순서대로 빼서 살펴보았지만, 전부 인물 사진이었다. 이것도, 이것도, 이것도.

풍경 사진은 한 장도 없었다.

장난으로 찍은 것조차 단 한 장도 없었다.

더이상 찍지 않겠다는 완고한 의지가 느껴졌다.

인물 사진들은 전부 모델 고유의 개성에 철저히 맞춰 촬영한 듯했다. 개개의 작품들에 일관성이 없다. 노구치만의 작풍이라는 게 보이지 않는다. 그런데도 어떤 사진이든 다 훌륭해서 이것저것 뒤죽박죽된 속에 뭔가 숨겨져 있는 것처럼 느껴진다.

그쪽에 재능이 있었던 거지. 방향을 바꾼 게 정답이었어.

정답이라는 말의 의미를 생각하는데, 열쇠를 돌리는 작은 소리가 들렸다.

"아, 아직 있었어? 수고했어."

회의를 마치고 돌아온 노구치가 파일을 손에 든 히라를 보고 말했다.

"죄송합니다, 멋대로 봐서."

"상관없어. 여기 있는 건 마음대로 봐도 돼."

피곤하다며 소파에 앉은 노구치에게 등을 돌리고 파일을 선반에 돌려놓았다.

"아아, 배고파, 히라."

"네?"

"라면 끓여줘, 냄비랑 라면은 싱크대 밑에 있어."

이제 돌아가려고 했는데.

"스승을 허기에서 구하는 것도 어시스턴트의 임무야."

"아니, 그건……"

"뭐?"

"굳이 말하자면, 그건 엄마나 아내의 역할이라고 생각하는데요."

"바보냐? 서른 넘은 남자 끼니 해결에 엄마나 아내가 신경을 써주겠냐? 소파에 드러누워서 밥 달라고 하면 냄비가 날아올걸. 그러니까 압도적으로 권력 차가 있는 어시한테 부탁할 수밖에 없어."

부당한 명령도 당당하게 내리면 따르게 되는 법이다. 이것이 악덕기업의 구조인가 생각하면서 히라는 얌전히 작은 주방으로 가 냄비에 물을 올렸다. 노구치가 다가와 싱크대 밑에서 위스키 병과 잔을 꺼냈다. 그러더니 그 자리에 그대로 서서 위스키를 따라 마셨고, 그 바람에 둘이 나란히 서서 물이 끓길 기다리는 모양새가 되었다.

"어땠어?"

"네?"

"내 사진."

"좋다고 생각합니다."

사실은 풍경 사진을 보고 싶었지만.

"완전 교과서 읽는 것 같은 대답이잖아."

노구치가 히라에게서 라면 봉지를 가로채 끓는 물에 면을 던져넣었다.

"진심입니다. 오늘 안나씨 사진, 굉장했어요."

"그렇다면 고맙네."

"어떻게 하면 그렇게 찍을 수 있어요?"

"테리 리처드슨을 흉내내면 돼."

히라가 흠칫하자, 노구치는 곧이곧대로 받아들이지 말라며 웃었다.

"그렇게 찍으란 소리는 아니다. 그래, 넌 뭐가 찍고 싶은데? 역시 그거냐? '영 포토 그라피카'에 보낸, 인간 소멸 계획 같은 병든 거?"

"……아니요. 그런 것도 아닌 것 같습니다."

그 사진은 어린 시절부터 우울한 심리의 배출구 같은 것이었을 뿐, '뭘 찍고 싶은가'라고 묻는다면 이야기가 달라진다. 찍고 싶은 게 뭐냐고 묻는다면 지금은 당연히 키요이라고 답할 것이다.

하지만 그 말을 입에 올리기가 망설여졌다. 지금 히라 옆에 있는 사람은 키요이가 자신을 찍어주길 바라는 사진작가다. 노구치라면 키요이를 어떻게 찍을까.

투명한 탄환 같은 비를 맞으며 활짝 웃음 짓던 안나. 노구치는 모델의 개성에 맞춰 최대한 매력을 이끌어낸다. 히라는 그렇게 생명력 가득한 사진은 찍을 수 없다. 악조건을 역이용해 그 순간에만 찍을 수 있는 찰나를 도려내는 기술도, 순발력도 없다. 아무리 키요이를 찍고 싶다고 해도, 노구치가 찍는 키요이 사진을 분명 이길 수 없다.

이길 수 없어?

마음 한구석이 화르르 타올랐다. 주의해서 눌러두려고 해도 조금만 방심하면 바로 분수도 모르는 자신이 얼굴을 내민다. 키요이 일이라면 이성이 날아가 발끝에도 못 미치는 상대에게 감정만으로 겨루려 한다. 한심하다. 부끄럽다. 비참하다.

"찍고 싶은 건, 없어요."

전과 똑같이, 씁쓸하고 시큼한 질투의 감정을 부정의 말로 집어삼켰다.

"찍고 싶은 건, 없어요."

안에서 격렬하게 날뛰는 파도를 잠재우려는 듯 다시 한번 되뇌었다.

밤하늘의 별은 손이 닿지 않기에 아름답다.

그렇게 생각하는 것과 같은 강도로, 나 아닌 다른 사람은 누구도 키요이를 찍지 못하게 하고 싶다고 생각하고 말았다.

나만이 누구보다도 아름답게, 키요이를 가장 아름답게 찍고 싶다고 생각하고 말았다.

그것은 별에 닿으려고 손을 뻗는 행위다.

억누르고 잡아 가두어도 부드러운 천에 얼룩이 퍼지듯이 욕심이 커져간다. 닿으면 안 된다. 닿고 싶다. 닿으면 안 된다. 닿고 싶다. 정반대의 감정이 나라는 하나의 그릇 안에서 날뛰고 있다. 철벅철벅 이리저리로 감정이 날뛴다. 진정해라. 제발.

"찍고 싶은 건—"

"아아, 그래그래. 그렇게까지 부정하지 않으면 견딜 수 없을 정도로 찍고 싶은 게 있구나."

"네?"

고개를 돌려 바라보자, 노구치도 히라를 보았다.

"완전히 반한 대상이라면, 자신이 온전히 찍을 수 있을지 두려우니까."

노구치가 재미있다는 듯이 웃자, 히라 안의 파도가 더욱 격렬해졌다.

"그런 거 아닌데요."

"자신 없는 거잖아?"

"그러니까 그런 게—"

"자신이 생기면 찍고 싶잖아?"

"……그건."

찍고 싶다.

찍고 싶지 않을 리 없다.

부정하기 전에 본능이 먼저 답을 내려 절망스러웠다.

"그렇게 치열한 고민에 빠지는 것도 젊은 크리에이터다워서 눈이 부시네."

대답도 하지 않았는데 이미 자의식 과잉이라고 지적당한 것 같아 숨고 싶었다.

"그립다. 나도 옛날엔 그랬지. 쓸데없이 자신만만해서, 눈에 보이는 모든 게 지루했어. 너희는 전부 가치 없어, 꺼져버려, 그러며 화를 냈었어."

"……저, 저랑은 전혀 다른데요?"

"너무 자신만만한 것과, 너무 자신 없어하는 건 비대한 자의식의 표현이라는 면에서 동전의 앞뒤와도 같아. 어떤 계기가 생기면 쉽게 뒤집히지."

노구치의 빈정대는 말투에 고다의 말이 머릿속에 떠올랐다.

잘될 기미가 안 보여서 먹고살려고 인물 사진으로 틀었대.

십 년 동안 모은 데이터에 단 한 장도 없는 풍경 사진.

쓸데없이 자신만만했던 노구치는 어떤 계기로 마음을 바꾸었다. 무슨 일이 있었는지 개인적인 일을 캐물을 생각은 없지만, 절망이란 것의 맛만은 히라도 잘 알고 있다.

"뭐, 쓸데없이 높았던 코가 납작하게 눌려서 지금의 나가 됐지만. 아, 그래도 꿈을 이루지 못해서 마음에 깊은 상처를 입은 예민한 아저씨라고 오해하진 말아줘. 도쿄는 꿈을 이루지 못해도 요령만 있으면 나름대로 살아갈 수 있는 동네이고, 나는 그럭저럭 성공한 편이야."

"그럭저럭이 아니라 충분히 성공했다고 생각합니다."

"그래서, 너는 앞으로 어떤 방향으로 가려고 하고 있어?"

노구치가 물으면서 분말수프를 넣고 면을 뒤적였다. 그러고는 완성된 라면을 소파테이블로 가져가서, 히라도 어쩔 수 없이 따라갔다. 결국 라면은 노구치가 만들었다.

"방향은, 아직 생각중이에요."

얼마 전까지만 해도 이대로 자연히 취업 전선에 내던져지리라 각오하고 있었다. 하지만 키요이에게 열심히 하라는 말을 들은 후, 길은 세 갈래로 나뉘었다. 취업 활동 코스, 기무라이헤이사진상 코스, 그리고 상업 사진작가 코스. 뭐가 더 어려운지는 우열을 가리기 어렵다.

"아직 2학년이잖아. 아, 그래도 세상에는 무서운 대학생도 있지."

"무서운 대학생요?"

히라가 고개를 갸웃거리자, 노구치가 뭔가 떠오른 듯 웃음을 터뜨렸다.

"요전에 사진 사이트에 대단한 질문 하나가 올라왔었거든. '대학교 2학년 남자입니다. 기무라이헤이사진상을 노리고 있는데, 어떻게 생각하십니까?' 한밤중에 빵 터졌어."

하마터면 기침이 나올 뻔했다.

"배가 찢어져라 웃어서 그 보답으로 충고해줬지. 지금 바로 병원에 가봐야 한다고."

생각지도 않게 그 베스트 댓글의 정체를 알게 된 히라의 입가가 굳었다.

"허, 기무라이헤이사진상이라니 기가 막혀서. 젊으면 무서운 것도 없어."

노구치가 하하하하 웃으며 라면을 먹었고, 히라도 자포자기하는 마음으로 따라 웃었다.

"정말 대단한 바보네요."

"응, 내가 잃어버리고 다시 찾을 수 없는 것이기도 해."

노구치가 어울리지 않게 한심한 얼굴을 하기에 히라는 웃음을 거두었다.

한밤중, 욕실의 거울을 보며 손가락으로 입가를 끌어올리고 있었다.

"……저주 의식이야?"

키요이의 아름다운 얼굴이 거울에 반쪽만 비쳐서 깜짝 놀라 고개를 돌렸다.

"아, 키요이, 미안. 깨웠어?"

"한밤중에 거울 앞에서 뭐해?"

의아하다는 듯한 키요이의 물음에, 낮에 노구치가 했던 말을 들려주었다.

"현장 분위기를 만드는 것도 중요하니까 산뜻하게 웃을 수 있게 연습하래."

"역시 노구치씨네. 첫날부터 제국 탈출 기미가 보이는 건가?"

키요이가 웃어보라고 해서, 연습한 결과를 보여주려고 생긋 입꼬리를 끌어올려보았다.

"기분 나빠!"

키요이는 한 걸음 뒤로 물러나버렸고, 히라는 역시 그렇지 하고 어깨를 축 늘어뜨렸다.

"산뜻하게 웃는 건 몰라도, 일단 어떻게든 해나갈 순 있을 것 같아."

침실로 돌아가 나란히 침대에 누워 조금 더 이야기했다.

"죄송하다는 말을 오백 번쯤 하긴 했지만."

"첫날이야 다 그렇지. 그래도 생각보다 기죽은 거 같진 않은데."

"외워야 할 것도 많고, 도움은커녕 방해만 돼서 혼났고, 암흑 같던 고등학교 시절도 떠올랐고, 노구치씨한테는 정곡을 푹푹 찔렸고."

"무슨 말을 들었는데?"

"스스로 알아차리지 못했던 것, 알아차리고 싶지 않았던 것이랄까."

"최고인데?"

"공장 아르바이트를 줄여야 할지도 몰라."

"아예 그만두면 어때? 노구치씨 어시 월급도 나쁘지 않잖아."

"응, 그래도 공장은 계속 나가고 싶어."

"둘 다 하면 몸이 못 버틸 거야."

"그런가."

프로 사진작가가 목표라면 노구치의 어시스턴트 자리는 파격적인 행운이다. 모든 것이 공부가 될 것이다. 한편으로는, 키요이가 함께 작업하고 싶어하는 노구치를 부러워하면서 주제도 모르고 질투하다 제풀에 나가떨어질 것이다. 그것도 눈앞에 보이는 듯했다. 그러니까 케이크에 밤알을 올리는 평범한 작업으로 자신을 중립상태에 두고 싶다. 안 그러면 마음이 못 버틸 것 같다.

"왜 그렇게 공장이 좋은 거야?"

"공장은 나와 오리대장이 흘러가는 황금빛 강이랑 비슷해—"

"아, 됐어. 기분 나빠. 잘래."

키요이는 홱 돌아누웠다.

학교, 공장, 사진작가 어시스턴트, 무엇보다 키요이와의 장밋빛 동거 생활. 인생에서 가장 바쁜 나날을 보내다가 오랜만에 시간이 나서 키요이가 일하는 곳으로 찾아갔다. 버라이어티 방송 한 코너에 키요이와 안나가 출연하는데, 로케 장소에 가자 언제나 오는 단골들이 이미 둥글게 모여 서 있었다.

"아, 히라, 오랜만이네."

무리에서 조금 떨어진 곳에 시타라가 있었다.

"안녕하세요. 공장 말고도 아르바이트를 하나 더 늘려서 바빠졌어요."

"그랬구나. 아직 학생인데 열심히 하네."

이윽고 키요이와 사람들이 나타났다. 짧은 회의를 하고, 스튜디오와 중계해 촬영이 시작된다. 모두가 눈앞의 키요이와 안나에게서 한순간도 눈을 돌리지 않는다.

촬영이 끝나고도 키요이와 안나는 바로 로케 차량으로 돌아가지 않고, 스태프들에게 둘러싸여 즐거운 듯 이야기를 나누었다. 실제 모습을 일분일초라도 더 눈에 담아두고 싶어하는 팬들이 행복한 얼굴로 두 사람을 바라보고 있다. 평소에는 그게 당연했는데—

"요즘 저 두 사람 사이좋네."

대각선 앞에 있는 여자애가 나직이 중얼거렸다. 얼마 전부터 보이기 시작한 키요이의 팬으로, 옆에 있던 다른 여자애가 자기도 그렇게 생각했다며 동의했다. 가을부터 시작하는 드라마에 대한 관심을 키우기 위해 최근 안나와 키요이는 함께 출연하는 일이 전보다 더 많아졌다.

"키요이랑 안나는 소속사가 같잖아. 평소에도 따로 이야기하고 그럴까?"

"잘 모르겠지만, 이야기 정도는 하지 않겠어?"

"지난주 나온 잡지에서도 키요이가 안나 연기를 좋아한다고 인터뷰했던데."

"혹시 연애 신호인가?"

"싫어, 나는 안나는 좀 별로야. 안나는 아니면 좋겠어."

"나도 별로야. 잘난 척하는 느낌이랄까, 아무튼 성격이 별로 같아."

안나는 실력파라고 칭찬받지만, 주간지 같은 매체에서 안하무인 여왕이라며 쓴소리를 할 때도 있다. 웬만한 남자도 상대하기 어려운 여자 배우의 아우라를 위압적이라며 부정적으로 받아들이는 사람도 있을 것이다. 전에 했던 촬영을 돌이켜보면 전혀 그런 것 같지 않았지만—

"뭐야 저거. 평소에는 잘 웃지도 않으면서 키요이한테 생글거리고 있잖아."

안나가 웃으면서 키요이에게 뭔가 이야기했고, 키요이는 편안한 표정이었다. 둘 다 평소 차가운 이미지라서, 팬의 입장에서는 충분히 동요할 만한 모습이었다.

만약 내가 연예인 키요이 소의 팬 중 하나였다면.

히라는 지금 키요이의 연인이라는 믿을 수 없는 행복한 위치에 있지만, 키요이가 히라 같은 아래 계급과 사귄다는 것이 애당초 이상하기 때문에, 이 관계는 언제 끝나더라도 이상하지 않다고 생각한다. 헤어지든가, 히라가 요절하든가. 주사위는 신의 손안에 있다.

예전에는 그 생각에 벌벌 떨었다. 지금도 벌벌 떨고 있지만, 그렇게 되지 않는 방향으로 나아가려고 노력하고 있다. 방향을 가르쳐준 건 키요이다. 하지만 역시 그렇게 되어버리지 않을까 하는 불안은 항상 있다. 이런 마음은 천성이기 때문에 히라 스스로도 어쩔 수 없다.

키요이와 헤어진다면, 자신에게 허락되는 건 스타와 팬의 관계뿐이다.

키요이와 함께 지냈던 일 같은 건 아름다운 꿈이었다고 스스로를 속이고, 키요이의 열애 보도가 나오면 피눈물을 흘리면서도 축복해주고, 오르막길일 때도 내리막길일 때도 일편단심 응원하고, 멀고 높은 곳에서 쏟아지는 빛을 받는 행복에 감사하고, 키요이가 결혼을 하면 아내와 아이를 포함한 집안 모두의 행복을 기원하고, 키요이의 유전자가 후세에 남겨지는 데 감사하는 경지로 올라서야 한다. 이것이 팬의 궁극적 길이다.

···토할 것 같아.

가혹하기 그지없는 미래 예상도에 구토감이 솟구쳤다. 순교자의 삶 같은 엄격한 여정에 역류하는 위액을 억누르는 히라 옆에서 시타라가 나직이 중얼거렸다.

"만약 열애 보도가 나와도, 나는 안나의 팬으로서 축복할 거야."

말과는 반대로 시타라의 옆얼굴은 떫디떫은 씁쓸함으로 가득차 있었다.

"안나는 유일한 나의 별이야. 안나가 있어서 나는 살아갈 수 있어. 안나는 내가 여기에 살아 있다고 확인시켜주는 존재야. 아니, 내가 죽지 않았다고 확인시켜주는 존재야."

시타라의 목소리에서 점점 억양이 사라진다. 바싹바싹 깎여나가는 듯한 신경을 잠재우기 위해 몸속에 스며든 경전을 외우듯 평탄하게, 평탄하게, 필사적으로 동요를 억누른다.

아, 여기에도 순교자가 있구나. 희미하게 격려를 받은 것 같은 기분이 되어 눈을 감고 가슴 앞에서 두 손을 맞댔다. 그리고 도피하고 싶을 때마다 떠올리던 오리대장의 가르침을 떠올렸다.

가능한 한 편하게 마음먹자. 자극에 민감하지 말자.

더러운 인공의 강을 흘러내려가던 잘 말려올라간 속눈썹의 오리대장처럼 있자.

무표정으로 웅얼웅얼 중얼대는 시타라와, 눈을 감고 기도하듯 두 손을 모은 히라의 모습을 보고, 가까이에 있던 고등학생 여자애가 작게 중얼거렸다.

"저 인간들, 엄청 기분 나쁜데."

알고 있다. 순교자는 항상 박해를 당하는 사람인 것이다.

얄미운 그

연인에게 아름답고 오만불손한 왕으로 추앙되는 키요이에게도 고민은 있다.

일과 연애. 스무 살의 젊은이에게는 흔한 주제다.

그러나 연인은 키요이를 마치 신처럼 생각한다.

히라와 이야기하다보면 가끔 이 녀석이야말로 신인가 생각할 때가 있다. 같은 인간으로서 공감할 수 있는 부분이 너무 없기 때문이다. 한 번쯤은 히라의 시선으로 세상을 보고 싶다. 대체 녀석의 눈앞에는 어떤 세상이 펼쳐져 있는 걸까. 머리가 이상해진 정신 나간 사람을 연기할 때 참고가 될 것 같다.

"애초에 나는 별로 바라는 것도 없어. 그저 평범하게 사귀고 싶을 뿐이라고. 그런데 녀석은 너무 기분 나빠. 내 이해의 범주를 넘어서."

동거까지 하는 연인 사이지만 히라는 언제나 헤어짐을 전제로 이야기한다. 키요이와 자신이 사귀는 것 자체가 신이 실수로 배치한 결과라고 말한다. 그러니까 신이 실수를 알아차리고 일을 바로잡으면 다 끝난다는 것이다. 키요이와 사귀는 지금이 너무 행복해서, 분명 평생의 운을 다 써버렸을 테니 자신은 언제 죽어도 이상하지 않다는 결론을 내린다. 게다가 키요이를 예술품이나 밤하늘의 별처럼 취급해서, 애초에 인간인 키요이의 기분은 생각하려고도 하지 않는다.

"키요이, 연애 자랑 계속할 거야?"

테이블 너머에서 안나가 런치 메뉴 토마토 파스타를 먹으며 물었다.

"자랑이 아니라, 싫다는 소리야."

"으응, 아무리 들어도 바보 커플의 연애 자랑으로밖에 안 들려."

간단히 부정당한 키요이는 있는 대로 미간을 찌푸렸다.

안나는 같은 소속사 선후배 관계를 넘어 동료 배우들 중 키요이가 유일하게 속을 터놓고 편하게 이야기할 수 있는 상대다. 사람들과 좀처럼 친해지지 않는 키요이도 안나만은 배우로서도 존경하고 있다.

하지만 연애 자랑이란 말에는 동의할 수 없다. 히라의 기분 나

뿜은 실제로 접해보지 않으면 알 수 없다. 키요이가 히라에게 큰 사랑을 받고 있다는 건 의심의 여지도 없지만, 너무 가버린 애정은 이미 정신 이상자 영역이고, 방향성도 한참 엇나가 있다. 키요이의 기대와 전혀 맞지 않는다.

"대체 어떻게 자기 부모님이랑 나는 아무 관계도 없다는 말을 할 수 있는 거야?"

키요이는 그날의 분노를 떠올렸다. 히라의 부모님에게 아들을 괴롭히고 있다는 오해를 사고, 그 엉뚱한 오해에 근심하는 자신에게 그 바보가 한 말이다.

우리 부모님과 키요이가 관계되는 일은 앞으로도 평생 없을 거야.

게이 커플이니 부모님에게 커밍아웃하는 건 서로 신중히 상의해봐야 할 문제지만, 그런 과정마저 건너뛰어버리고 관계되는 일은 앞으로도 평생 없을 거라니. 머리끝까지 화가 났다. 히라 나름대로는 신경써서 한 말이겠지만 신경써주는 방법이 어긋나 있다.

"뭐 그렇지. 진심으로 좋아하는 남자친구가 자기 부모님과는 만날 일 없을 거라고 하면 당연히 의기소침해지지. 미래가 없는 것처럼 느껴지니까."

'진심으로 좋아하는'이라는 순정만화 같은 낯부끄러운 표현은 못 들은 척하기로 했다.

"어쨌든 그 녀석은 부정적인 데서 한 바퀴 더 돌아버린 나님이야."

"헤어지는 건?"

"하아?"

"상대의 마음을 알 수 없다는 건 큰 문제야. 노력해서 고칠 수 있는 것도 아니고, 키요이라면 얼마든지 다른 상대를 고를 수 있잖아. 이 업계에는 게이도 많고, 이루마씨도 키요이 굉장히 좋아해."

"이루마씨는 몇 번 만나봤지만, 너무 부드러워서 밀어붙이는 힘이 부족했어."

"데이TV 쓰쓰미씨는? 강하고, 밀고 또 미는 타입."

"잘난 척하는 남자는 만나기 싫어. 얼굴도 별로 내 취향 아니야. 다리도 짧고."

"그럼 가토는? 모델이고 외모는 완벽하잖아."

"경박하고 말이 너무 많아. 말이 없는 쪽이 좋아."

"키요이는 정말 취향이 까다롭네."

"타협하면서까지 사귈 이유가 있나."

"그럼 지금의 남자친구는 그런 걸 전부 만족시키는 거야?"

날카로운 질문에 퍼뜩 생각에 잠겼다. 그 말을 듣고 보니, 히라는 대충 보면 키요이가 하자는 대로 하는 순한 양 타입이지만, 한 꺼풀 벗겨보면 의미를 알 수 없는 자기만의 룰을 가진 고집쟁이 나님이고, 그렇지만 잘난 척은 하지 않고, 외모도 제대로 꾸미기만 하면 연예기획사 사장이 스카우트를 제안할 정도로 멋지고, 쓸데없는 말은 하지 않고, 경박함과는 정반대에 있는 남자다. 조건만으로 말하자면 키요이의 취향을 완벽히 충족한다.

덧붙여 말하자면, 다른 남자에게는 없고 히라만 가진 것이 있다.

키요이를 향한 편집증적인 애정.

처음에는 그저 기분이 나빴지만, 부모님의 사랑을 충분히 받으며 자랐다고 말하기 어려운 키요이를, 오직 그런 키요이만을 바라보는 히라의 눈은 마치 독이 서서히 주입되듯 오랫동안 키요이의 온몸에 스며들었고, 정신을 차리고 보니 이제 그 눈 없이는 살 수 없게 되어 있었다. 어릴 때 갈망했던 그런 애정을 히라만이 완벽한 형태로 내어준다. 다른 남자로는 부족하다는 생각이 들 정도로.

"싫은 부분과 좋은 부분이 아주 밀접하게 링크된 느낌."

"아, 그건 완전히 반했다는 증거야. 이제 포기하고 항복하는 수밖에 없겠네."

키요이는 눈을 크게 떴다. 항복? 내가? 히라한테?

"그래도 키요이는 좋은 거잖아. 이러니저러니해도 사랑하는 사이이고, 동거까지 하고 있으니까."

안나가 한숨 섞어 말하고 포크에 파스타를 돌돌 말았다.

"키리야씨와는 잘 안돼?"

키요이가 묻자, 안나는 쉿 하고 검지를 펴 입술에 댔다.

안나는 키요이가 게이이고 남자친구가 있다는 것을 알고, 키요이는 안나가 인기 절정 아이돌 그룹의 멤버 키리야 케이스케와 사귀고 있다는 것을 안다. 서로의 비밀이다.

"요즘 바빠서 전화와 문자로만 연락하고 있어."

"어쩔 수 없잖아. 키리야 케이스케와 비밀 연애라니, 새어나가면 팬한테 살해당할 거야."

"무서운 이야기 하지 마. 진짜 그렇긴 하지만. 특히 키리야의 '여자친구'라면."

안나는 식욕을 잃은 듯, 돌돌 말았던 파스타를 포크와 함께 접시에 내려놓았다.

인기 아이돌을 많이 배출한 키리야의 소속사는 연애 문제에 엄격하다. 나이 어린 아이돌들에게는 연애 자체를 금지하고, 이십대 중반이 넘으면 연애는 할 수 있지만 결혼은 허가가 있어야만 할 수 있다. 하지만 키리야는 좀 예외적인 경우다.

키리야는 갓 인기를 얻기 시작할 무렵, 중학생 때부터 사귄 여자친구가 있다는 사실이 한 주간지에 의해 알려졌다. 여자친구와 찍은 스티커 사진까지 떠도는 바람에, 소속사는 서둘러 키리야의 이미지를 '순정남'으로 바꾸었다. 당시에는 꽤 시끄러웠지만, 지금은 팬들에게 '첫사랑 여자친구를 애지중지하는 일편단

심 키리야'로 공인되어, 그 일반인 여자친구가 마치 약혼자처럼 여겨진다.

"하지만 사실은 헤어졌잖아?"

"상당히 오래전에. 하지만 소속사는 절대로 공표하지 않고, 그 전여친의 입도 막고 있어."

여자친구의 존재가 키리야의 공적 이미지가 되어버려 소속사에서도 헤어졌다고 인정할 수 없다는 것이다.

"십 년 이상 된 순애 커플 이미지였으니까. 팬들은 결혼까지 할 거라고 생각할 텐데 거기에 안나가 끼어들었다고는 더욱 말할 수 없겠지."

재미있어하는 키요이를 보며 안나는 인상을 썼다.

"그런 식으로 말하지 마. 저쪽은 나와 만나기도 전에 이미 끝났었어."

"그래도 들키면 무조건 '빼앗은 사랑'이라고 떠들어댈걸."

"그만해주면 좋겠어. 안 그래도 나는 날카로운 이미지인데."

안나는 포기한 듯 파스타를 한입 먹으려고 했지만, 파스타 소스가 원피스에 튀어 붉은 얼룩을 만들었다. 당황한 안나는 물수건으로 가슴 부분을 두드렸다.

평상시의 안나는 평범한 이십대 여자 그 자체다. 하지만 십대에 첫 주연을 맡은 영화로 베를린영화제에서 상을 받은 이후 소속사에서 연기파 배우라는 이미지를 만들었고, 그 때문인지 아무 생각 없이 멍하게만 있어도 사람을 무시한다느니 잘난 척한다느니 하는 기사가 났다.

"뭐 모든 게 다 잘될 수는 없어. 안나는 일 쪽에서 순조롭게 풀리고 있으니까 플러스마이너스 제로인 거지."

"그래, 키리야 쪽은 장기전이라고 생각하고 있어."

"그게 좋아. 나는 반대로 조금 더 일을 열심히 해야지."

"한창 뜨는 중이라고 사장님이 그러던데?"

"TV는 그렇지. 연극은 계속 까이고 있어."

"키요이는 요즘 애답지 않게 연극을 좋아하네. 사장님이 한탄하더라. TV에 더 집중해주면 밀어주기도 쉬울 거라면서. 지금은 연극을 우선으로 찾고 있지?"

"일단 학생이고, 한정된 시간 내에서 활동하려고 연극을 선택했을 뿐이야. 졸업하면 더 다양하게 할 생각이야. 연극에만 집착해서 평생 안 팔리는 배우가 되는 것도 싫으니까."

"그런 부분은 균형을 잘 잡는 게 중요해. 시기를 놓치면 팔릴 것도 팔리지 않게 되니까."

이야기를 나누고 있는데 각자의 매니저가 부르러 왔다.

"둘 다 슬슬 가자. 다음은 데이TV고, 그다음은 ETV이야."

"밤까지 촬영이네. 아— TV는 싫어."

"불평하지 마. 앞으로 일곱 시간만 참으면 돼."

매니저들의 재촉에 그제야 두 사람은 느릿느릿 자리에서 일어났다.

지금까지는 활동 분야를 영화로 한정했던 안나가 처음으로 드라마 여주인공을 맡게 되었다. 오늘밤 드디어 첫 회가 방송되기 때문에 아침부터 준주연인 키요이와 방송국들을 돌며 홍보하고 있다.

"키요이, 잘 좀 웃어봐."

"웃고 있는데요?"

"더 웃어야지. TV에서는 지나치다 싶을 정도로 생글생글 웃어야 딱 좋아."

매니저가 말하며 식당 문을 열었다. 정보를 듣고 모인 팬들이 밖에서 기다리다가 주차장으로 걸어나가는 키요이와 안나를 향해 응원과 환호를 보낸다.

정보를 깊게 파는 팬들이 드라마 방영을 앞둔 배우들이 오늘 방송국을 돌며 홍보한다는 걸 이미 알고 동선을 예상해서 쫓아왔다. 피곤할 때는 귀찮기도 하지만, 인기의 척도이기도 하다. 안나와 키요이는 팬들에게 고맙다고 손을 흔들어주었다.

그러다 한 사람을 발견했다. 팬 무리에서 조금 떨어진 뒤쪽에 모자와 마스크, 선글라스를 쓴 히라가 있다. 수상함 만점임은 변함없지만, 최근 히라 옆에 언제나 똑같은 남자가 서 있다. 안나의 팬이자, 히라와 같은 공장에서 아르바이트를 한다고 했다. 낯을 가리는 히라가 그와는 대화도 곧잘 하는 것 같다. 웃는 얼굴의 팬들 사이에서 가만히 이쪽을 바라보기만 하는 두 사람에게서 이질적인 아우라가 뿜어나왔다.

"오랜만에 수상한 애 왔네."

이동하는 차에 올라타자마자 매니저가 말했다.

"수상한 애?"

"아, 안나는 모르는구나. 키요이의 열렬한 남자 팬인데 모자에 선글라스에 마스크까지 수상해 보이는 3종을 모두 하고 다녀서 우리는 수상한 애라고 불러."

"그러고 보니 왠지 기분 나쁜데."

고개를 끄덕이는 안나 옆에서 키요이는 팔짱을 끼고 씁쓸한 표정을 지었다.

그렇지, 기분 나쁘지. 그게 내 남자친구야.

게이이고 남자친구가 있다는 건 안나도 알지만, 그의 얼굴까지는 모른다.

"여름부터 조금씩 안 보여서 무슨 일 있나 하고 사장님이랑 이야기도 했었어."

노구치씨 작업실에서 아르바이트를 시작해서 바빠진 거야.

히라는 여름방학이 끝난 후로도 계속 노구치의 어시스턴트 일을 하고 있다. 히라의 병든 사진을 마음에 들어할 뿐 아니라, 의미를 알 수 없는 음습한 천성도 받아들여주는 스승을 만난 건 기적에 가깝다. 이대로 노구치에게 잘 배워서 반드시 프로 사진작가가 되었으면 한다.

부정적인 나님 제국의 황제인 히라가 커뮤니케이션 능력과 자기 어필이 필수인 취업 활동의 최전선을 돌파할 수 있으리라곤 생각하지 않는다. 히라는 무모한 노력으로 스스로를 갉아먹지 말고 재능을 마음껏 펼칠 수 있는 곳에서 살아가야 한다. 그보다, 그런 곳이 아니면 살아갈 수 없을 것 같은 느낌이 든다. 게다가 프로 사진작가가 되면 언젠가 함께 일할 수 있을지도 모른다.

언젠가 히라가 내 사진집을 찍어준다든가……

"키요이, 왜 히죽거리고 있어?"

안나가 쳐다보며 묻길래 아무것도 아니라고 답하며 정신을 바짝 차렸다. 기분 나쁜 남자에 대해서 생각하느라 기분 나쁨이 전염되었는지도 모른다.

"그사이에 다른 스타에게 가버렸나 했는데, 수상한 애는 여전히 키요이뿐이네."

매니저들은 아직도 히라 이야기를 하고 있다. 키요이는 뒷좌석에서 가볍게 고개를 끄덕였다.

당연하지. 그 녀석은 예나 지금이나 나 하나뿐이야.

지고한 왕이라느니 밤하늘에 빛나는 별이라느니 하며 찬양한다. 요전에는 아침에 일어나 침실에서 나가려는데 문이 잘 열리지 않아 애를 써서 열어보니 야간 아르바이트를 마치고 돌아온 히라가 침실 문에 기댄 채 잠들어 있었다. 왜 들어와서 자지 않았냐고 묻자, 문으로 분리된 키요이의 세상으로 불쑥불쑥 넘어가선 안 된다고, 키요이가 잠들어 있는 아름다운 세상을 망가뜨리고 싶지 않다고 말했다.

꼭두새벽부터 왜 그런 기분 나쁜 시 낭송을 들어야 하는 걸까.

"안나의 열렬한 팬인 형님도 왔던데."

"근데 수상한 애랑 친해 보이지 않았어?"

"두 사람은 열렬하지만 예의바른 팬의 양대 산맥이야."

매니저들이 웃으며 나누는 이야기를 키요이는 뭐라 표현할 수 없는 기분으로 들었다.

양대 산맥의 한쪽이 내 남자친구라고는 죽어도 말할 수 없어.

키요이는 함께 일해보고 싶은 연극 연출가가 몇 명 있다. 그 첫번째가 우에다 히데키다. 평소에도 자주 연극을 보러 가서 얼굴을 비치고, 기회가 생길 때마다 말을 걸어주길 바라고 있다. 오디션 소식을 들으면 작은 역할이라도 도전한다. 그리고 계속 떨어졌다.

"키요이군이 안 되는 이유? 그런 건 없어."

잡지 촬영을 하던 스튜디오에서 우연히 우에다를 만나자, 키요이는 마음먹고 그에게 물어보았다. 우에다는 간단히 대답하고는 말을 이었다.

"단지 그 역할은 꼭 해줬으면 하는 배우가 따로 있었을 뿐이야."

먼저 물어놓고 키요이는 침울해졌다. "꼭 해줬으면" 하는 배우는 자신이 아니었다. 그 차이가 뭐였을까 생각했다.

"예쁜 얼굴에 예쁜 연기였다. 나쁘지는 않지만 끌리지도 않는다."

예전에 단막극에 출연했을 때 그런 평가를 들었다. 지금 들은 말과 근본적으로 비슷하다. 좋게 말해도 나쁘게 말해도 호소력이 약하다는 것. 배우에게 치명적인 거 아닐까.

"아직 스무 살이니까 전혀 서두를 필요 없어."

일이 끝난 후 회사로 돌아가는 차 안에서 매니저가 위로해주었다.

"안나는 스무 살은커녕 열여덟 살에 베를린에서 상 받았잖아요."

안나의 연기를 눈앞에서 보면 알게 된다. 배우로서 눈에 띄는 미인은 아니지만, 역할에 빙의한 듯한 메소드 연기는 다른 이들을 압도한다. 십대에 첫 주연으로 하류 인간 역할을 맡았다. 처절한 장면을 어떻게 이렇게까지 연기할 수 있나 놀랄 정도로 소화해낸다. 아름다움을 완전히 버릴 수 있는 카멜레온 같은 타입이다.

"배우들은 각자 꽃피는 시기가 달라. 피는 곳도."

말의 흐름으로 보아 항상 듣는 그 말이 뒤따라붙을 것 같았다.

"잘 손질된 온실에서 섬세하게 피는 꽃도 있고, 한여름 밀림에서 활짝 피는 꽃도 있어. 안나는 영화 스크린이 어울리는 꽃이고, 키요이는 연극보다 TV에서 피는 꽃이지 않을까."

역시 그 말이 나오는구나.

"드라마 시청률도 아주 좋고."

안나 주연, 키요이가 준주연으로 출연한 드라마는 첫 회에서 이번 분기 최고 시청률을 찍었다. 첫 회만 그럴 거라고 야유하는 분위기도 있었지만, 2회에 시청률이 더 올라갔다.

"안나도 그렇고 키요이도 평판이 굉장히 좋아. 지금까지는 아는 사람만 아는 신인이라는 느낌이었지만, 드라마 영향으로 인지도가 아주 높아지고 있어. 관계자들 사이에서도 평가가 좋고, 여기저기 프로듀서한테서 차기작 이야기도 나오고."

"결정은 안 했죠?"

"응. 연극이 들어오면 그쪽부터 우선할게."

"고마워요."

그러나 연극 출연 제의는 들어오지 않는다. 동경하는 연출가의 눈에는 차지 않는 것이다.

소속사는 전혀 문제라고 인식하지 않는다. 돈이 되지 않는 연극보다는 TV로 얼굴을 알려서 광고로 수익을 올리는 것이 목표라, 일단은 키요이의 의지를 존중하는 자세를 취하면서도 TV 일을 부단하게 잡아온다.

"뭐, 자신이 좋아하는 것과 잘하는 것이 반드시 일치하진 않으니까."

"그렇죠. 그래도 '아직 스무 살'이니까 그렇게 빨리 포기하지 않을 거예요."

"아, 이건 한 방 먹었네."

매니저가 아하하 웃는다. 전혀 방심할 수 없다. 틈만 나면 키요이의 안테나를 TV로 돌리려 한다. 물론 회사의 입장도 이해되고, 자신 역시 연극만 고집하다가 성공할 시기를 놓치는 실수를 저지르고 싶지는 않다.

키요이가 연예계에 발을 들인 것에는 외로웠던 어린 시절의 영향이 크다. 많은 사람들에게 주목받는 배우를 천직이라 여기고 이 일을 하며 살아가고 싶다. 영화나 연극에서 실력을 갈고닦아 연기파 배우로서 가끔 TV에도 나오는 안나의 행보가 이상적이지만, 지금 키요이는 그 길에서 어긋나기만 할 뿐이었다.

오늘은 이미 일정이 끝나서 빨리 집에 가고 싶었지만, 사장의 호출로 회사에 돌아가게 되었다. 인사하며 회의실 문을 열자, 사장과 직원들이 난처한 얼굴로 험악하게 대치하고 있었다. 테이블에는 팬레터 뭉치가 놓여 있었다.

"키요이, 여기로 불러서 미안."

"괜찮아요. 무슨 일이에요?"

"음, 이거 봐봐."

사장이 건넨 편지에는 "음란한 년, 키요이에게 다가가지 마!"라는 문장이 작은 글씨로 빼곡히 적혀 있었다. 반대로 "안나에게 손대면 죽일 거야"라고 적힌 편지도 있었다. 더러운 악의가 들러붙을 것 같아 손끝으로 집듯이 편지를 테이블에 내려놓았다.

"양쪽 팬들이 보내온 협박 편지들이야. 드라마 홍보하려고 둘이서 방송국들 돌았잖아. 그 무렵부터 인터넷상에 욕설과 비방이 급격하게 늘었어."

"키요이 인기가 예상외로 높아져서 말이야. 기쁜 일이긴 하지만 이렇게 될 줄 알았다면 드라마 홍보도 두 사람 사이에 누구 하나 더 넣어서 할 걸 그랬어."

스태프가 한숨을 쉰다. 욕설과 비방은 인기와 비례한다. 드문 일도 아니지만, 최근에는 상식을 벗어난 팬도 많아서 회사도 긴장을 늦출 수 없다.

"키요이, 이런 상황이니까 당분간은 안나와 거리를 둬줘."

"소용없지 않을까요? 협박 편지를 보내거나 인터넷에 악플을 쓰는 녀석들은 이쪽에서 어떻게 대처해도 트집잡을 거예요."

키요이는 어깨를 으쓱하고 털썩 소파에 앉았다.

"그렇겠지. 과격한 팬은 현실과 허구를 구별 못하니까."

"응원해주는 건 고맙지만, 그 사람들이 내 행동을 제약할 순 없어요."

키요이가 차갑게 내뱉자, 한순간 모두가 조용해졌다.

"……좋아, 아주."

사장이 전율이라도 느낀 사람처럼 몸을 꼬았다.

"키요이에게는 언젠가 피도 눈물도 없는 냉혈한 역할을 시켜 보고 싶어. 진짜 어울릴 거야."

사장의 말에 스태프들도 고개를 끄덕이며 "멘탈이 너무 귀신 같아" "아니, 귀신 그 자체랄까" 하며 말을 주고받았다. 귀신이라 미안하군요. 키요이 역시 평범한 팬들에게는 늘 감사하고 있고, 올바른 의견에는 귀기울일 마음이 있다. 하지만 억울한 악의에 휘둘리는 건 사양한다.

"아니, 지금 모습 그대로 딱 좋아. SNS 때문에 무슨 일이든 툭 하면 비난으로 이어지는 시대이고, 역풍 속에서도 자신을 올바로 세울 수 있는 강인함은 인기를 사고파는 이 업계에서 필요한 자질이야."

매니저의 말에 스태프도 진지한 얼굴로 끄덕였다. 그러나 안나와도 관계되는 문제라서 키요이도 앞으로 신중하게 처신하는 방향으로 해가기로 이야기가 정리되었다.

"키요이, 이다음 일정 없으면 오랜만에 저녁이라도 할까?"

사장이 휴대폰을 꺼내더니, "젊으니까 아무래도 고기가 좋겠지?" 하고 식당을 고르기 시작했다.

"감사하지만 오늘은 일이 좀 있어요."

"데이트?"

"그런 거죠."

"동거하는데, 데이트도 해?"

"서로 바쁘거든요."

"남자친구가 학생이잖아?"

그렇다. 히라는 학업, 공장 알바, 노구치의 어시까지 세 가지 일을 하고 있다. 오늘도 히라는 열시부터 야간 근무라 지금 돌아가도 같이 있을 수 있는 시간은 몇 시간뿐이다.

"아, 그럼 남자친구도 부를래? 다 같이 먹자."

키요이는 신이 난 사장을 회의적인 눈으로 바라보았다.

"혹시, 그 녀석 스카우트하려는 거예요?"

"아니, 아니야, 그래도 뭐 약간은 관심 있지 않을까."

"그 녀석은 이런 일에 관심 없어요."

"그렇게까지 철벽 방어 할 건 없잖아."

"방어 아닌데요."

"또, 또, 홀딱 반했다고 얼굴에 적혀 있어."

"누가 그런 기분 나—"

중간에 아차 싶어 입을 다물었다.

"'기분 나' 뭐?"

"아무것도 아니에요. 바빠서 저는 이만."

재빨리 출구로 향하는 키요이의 등뒤로 사장과 스태프들 목소리가 들려온다.

"사장님, 키요이 남자친구 굉장히 잘생겼죠?"

"그렇다니까. 요즘 보기 드물게 어딘가 그늘이 있는 타입이야. 전에 배우 할 마음 없냐고 명함 건넸을 때도 키요이가 질투해대서 정말 힘들었다고."

"네? 멘탈 귀신 키요이가 질투를요?"

스태프들이 술렁이는 소리를 듣고는 곧장 돌아가서 반박하고 싶은 마음이 굴뚝같았지만, 더욱 구렁텅이로 떨어질 것 같아 그만두었다. 키요이는 항의 대신 거칠게 문을 닫았다.

그렇게 기분 나쁘고 짜증나는 녀석에게 누가 질투를 한다고. 애당초 반한 건 그쪽이야. 짜증을 부리며 손목시계를 보니, 벌써 다섯시였다. 안 되겠다. 꾸물대다간 히라와 같이 있을 시간이 사라진다. 사람들의 눈을 피하기 위해 선글라스를 쓰고 역으로 뛰었다.

집에 도착하자마자, 이제 막 외출하려는 히라와 현관에서 딱 마주쳤다.

"아, 어서 와, 키요이."

"다녀왔어. 어디 가?"

"노구치씨 작업실에. 고다 선배에게 급한 일이 생겨서 장비 챙길 사람이 필요하대."

뭐? 그럼 나는 뭐하러 이렇게 서둘러 온 거야? 하지만 이렇게 말할 수는 없다.

“그럼 빨리 하고 와. 돌아올 때까지 저녁 안 먹고 기다릴 거야.”

“그러지 마. 현장이 지바에 있으니까, 거기서 바로 공장으로 갈게.”

그러면 함께 있을 시간이 없다. 하지만 역시 그렇게 말할 수는 없다.

“일인데 어쩔 수 없지. 내일 일정은?”

“2교시부터니까 조금은 여유 있어. 학교 끝나면 노구치씨한테 갔다가 늦어도 아홉시쯤엔 돌아올 거 같아. 키요이는?”

“드라마 촬영 있어. 야간 신이라서 집에 오면 새벽이 될 수도 있어.”

즉, 또다시 엇갈리는 것이다. 절로 어깨가 처졌다.

“그럼 키요이, 적어도 내일 아침밥은 같이 먹자.”

“됐어, 무리하지 마. 밤새 일하고 오는 거니까, 학교 가기 전에 조금이라도 더 자.”

너그러운 말이지만, 삐친 말투가 되어버린 게 분하다.

“괜찮아. 자는 것보다 키요이와 밥 먹는 게 좋아. 아, 키요이가 싫지 않다면.”

“……뭐 별로, 같이 먹어도 상관은 없지만.”

"고마워. 먹고 싶은 거 있어? 오는 길에 재료 사 올게."

기뻐하는 히라의 표정에, 키요이는 파도치던 마음이 겨우 가라앉았다.

"그럼, 흰쌀밥이랑 연어구이. 감자 안 들어간 미소국."

"알겠어."

끄덕이는 히라를 보자 키요이는 단숨에 기분이 좋아졌다. 양팔을 뻗어 히라의 목을 감고 먼저 키스했다. 입술을 떼고 보니, 히라의 얼굴이 아이스크림처럼 흐물흐물 녹아 있었다.

"돌아오면 깨워."

"괜찮아. 푹 자야지."

"시끄러워. 내가 깨우라면 깨워."

반쯤 잠든 채 좋아하는 남자에게 키스를 받거나, 안기거나, 그대로 사랑을 나누는 건 언제나 최고다. 그런 상상을 하면서, 한 번 더 입을 맞췄다. 현관에서 신발을 신은 채 들러붙어 있으니 아쉬움이 커진다. 내일 아침까지 기다릴 수 없다. 이대로 여기서 하고 싶다.

"……키요이, 미안한데. 이제 가볼게."

히라가 미안해하며 말한다. 일이니 어쩔 수 없다. 하지만 떨어지기 싫어서 조금만 더 하고 조르듯 촌스러운 셔츠를 입은 히라의 어깨에 얼굴을 묻고 비볐다.

"무슨 일 있어?"

"뭐가?"

"평소랑 조금 달라."

"……다른 거 없는데."

별다를 것 없다. 낮에 우에다에게 들은 말이 머릿속에 들러붙어 있다든가, 동경하는 연출가가 음식 접시에서 먹기 싫어 집어내버린 재료가 된 듯한 기분이 든다든가, 아니면 나답지 않게 조금 응석을 부리고 싶은 기분이라든가, 그런 건 전혀 아니다.

"좀 이런저런 일이 있어서."

말하자마자 후회했다. 구체적으로 말하지 않고 왠지 우울하다는 듯이 말해버렸다. 어중간한 짓을 해버린 자신이 부끄러워 키요이는 히라에게서 몸을 뗐다.

"일 있잖아. 얼른 가."

꼴사나운 짓을 해버린 반동으로, 키요이는 차갑게 내뱉었다. 히라는 진지한 얼굴로 굳어 있다. 위로할 말을 생각하고 있겠지. 약한 모습 보이는 건 싫기 때문에 위로도 필요 없다. 하지만 어쩔 수 없는 상황이라면 들어주지 뭐.

"그럼, 다녀올게."

하지만 히라는 그대로 돌아섰다. 어?

"잠깐 기다려."

키요이가 자기도 모르게 붙잡자 히라가 고개를 돌렸다.

"왜?"

"왜라니, 나한테 뭐 할말 없어?"

"……할말?"

히라가 진지한 얼굴로 되묻는다. 어이 어이, 그럼 너는 굳어 있는 동안 무슨 생각을 한 거냐. 말주변 없는 건 알지만, 말하기 어려우면 안아주기라도 해. 머리를 쓰다듬어줄 수도 있고. 말해두지만, 키요이 소의 머리를 쓰다듬어도 되는 사람은 너뿐이라고.

자, 뭘 해도 좋으니까 내가 응석 부리게 해봐.

팔짱을 끼고 기다리자, 히라가 마침내 입을 열었다.

"할말은, 특별히 없어."

하아?

잠시 시간이 멈춘 것 같았다.

"뭐라고?"

"할말은, 특별히, 없어."

반복되는 똑같은 말에, 진정하자고 스스로 아무리 다독여도 눈썹이 치켜올라간다.

"왜?"

묻는 목소리가 낮아진다.

"왜 하나도 없는데?"

한 마디 한 마디 뚝뚝 끊어서 물었다. 불온한 기척을 느낀 히라가 한 발 뒤로 물러났다.

"나, 나는 키요이의 기분을 헤아리거나 하지 않아."

"그러니까, 왜?"

키요이가 더욱 몰아붙이자, 히라는 넓지 않은 현관에서 벽에 등을 딱 붙이고 섰다.

"그, 그, 그렇지만 키요이가 아무 말도 하지 않았는데, 키요이는 이렇게 생각할 거야, 이렇게 느낄 거야 하면서 멋대로 키요이 마음을 추측하는 건, 키, 키요이를 내 눈높이로 끌어내리는 일이야. 나는 시로타 녀석들 같은 멍청한 짓은 절대 안 할 거야."

시로타가 누구더라? 잊고 있던 이름을 잠시 떠올려보니 고등학교 때 같은 반이었던 애였다. 나를 질투하고, 유치하게 시샘하고, 참가했던 콘테스트에서 내가 입상하지 못했을 때는 아쉽지, 우울하지 하며 위로하는 척 조롱했던 놈. 정말 쓰레기 같은 녀석들이었다.

"그, 그런 거야. 그럼, 다녀올게."

키요이가 그런 게 어떤 거냐고 묻기도 전에 히라는 흡사 주인님의 말을 따르는 하인처럼 깊이 고개를 숙이더니 서둘러 나가버렸다.

현관에 혼자 남겨진 키요이는 망연자실했다.

뭐지, 이건. 나를 추앙하는 말처럼 들리지만, 결과적으로는 네 기분 같은 건 알 바 없다는, 새로운 스타일의 권력 선언 아닌가?

권력 선언? 히라 주제에? 감히 나한테?

억눌렀던 분노가 점점 차오르면서 키요이는 현관문을 발로 차듯이 신발을 벗어던졌다. 쾅쾅 큰 소리를 내며 거실로 가보니, 테이블에 저녁식사가 준비되어 있었다. 키요이가 좋아하는 새우크로켓이다. 동거를 시작한 이후로 히라의 요리 솜씨는 나날이 좋아지고 있다. 키요이는 랩을 벗기고 선 채로 크로켓을 들고 우걱우걱 먹었다.

할말은 특별히 없다고? 남이 내 기분을 멋대로 짐작하는 건 분명 싫고, 그런 오지랖을 떠는 무신경한 사람은 더욱 싫지만, 남자친구라면 경우가 다르지 않은가.

기분 나쁘고 짜증나는 히라 녀석. 어긋난 방법 말고 조금 더 평범하게 내 기분을 헤아려달란 말이야. 위로해줘. 안아줘. 머리를 쓰다듬으면서 '오늘은 아르바이트 쉴까?' 하고 물어봐달라고. 그럼 나는 '괜찮으니까, 빨리 다녀와' 하고 기분좋게 말해줄 수 있어. '그럼, 다녀올게' 하고 걱정스러운 듯이 등을 돌리고, 그러다 다시 고개를 돌려 '최대한 빨리 돌아올게' 하고 내 볼에 입맞추고…… 그런 흐름이면 좋지 않아? 그러기만 하면 될 텐데 시로타 같은 멍청한 짓은 하지 않겠다니. 너와 시로타는 다르잖아. 너는 남자친구잖아. 허구한 날 아래 계급이라는 구석에 틀어박혀 있지 말고 남자친구의 성안으로 들어오란 말이야!

속으로 욕을 퍼부으며 마지막 한입까지 다 삼키고서야 정신을 차렸다. 망했다. 먹다보니 새우 크로켓을 네 개나 먹어버렸다. 드라마 촬영 기간에는 절대 살이 찌면 안 되는데. 다 히라 녀석 때문이라고 생각하며 혀를 찼다.

급히 덤벨을 들고 근육운동을 시작했다. 살짝 땀이 흐르자, 끝나면 바로 목욕하기 위해 미리 온수 작동 버튼을 눌러놓았다. 한 시간 정도 열심히 운동하고 땀에 젖은 채 욕실로 갔다. 욕조에 이완 효과가 있는 입욕제를 풀고 어깨까지 천천히 몸을 담갔다.

아, 기분좋아. 숨을 내쉬고 눈을 감자 분노가 가라앉고 대신 그 자리에 허탈감이 차올랐다. 왜 목욕 따위로 위로받고 있는가. 사장의 저녁식사 제안을 거절하고 서둘러 돌아왔는데. 원래라면 지금쯤 히라와 저녁을 먹고 있어야 했는데.

그런데 히라가 급한 일이 생긴 것에 대해 나한테 미안하다고 했던가? 조금 전 대화를 곱씹어보았지만, 그런 사과는 없었다는 것을 깨닫고 깜짝 놀랐다. 이게 무슨 일인가. 욕조에서 몸을 일으켜 알몸인 채로 나가, 벗어둔 옷에서 휴대폰을 꺼내 히라에게 전화를 걸었다.

"여보세요, 나야. 물어보고 싶은 게 있어서. 지금 통화 괜찮아?"

"응, 전철역 플랫폼이야. 뭔데?"

"너 오늘 갑자기 일 생겨서 저녁 같이 못 먹게 됐잖아."

"응."

"그런데 왜 나한테 사과 안 해?"

"응? 그걸 내가 왜 사과해?"

오히려 책망하는 듯한 말투에 키요이는 고개를 갸웃했다.

"갑자기 일 생겨서 미안하다니, 그럼 키요이가 나랑 밥 먹는 걸 기대하고 있었다고 전제한 거 같잖아. 그런 주제넘은 생각을 어떻게 해."

맹점을 찔린 기분이었다. 대체 어떻게 하면 그런 생각을 할 수 있지. 결과는 또다시, 네게 사과 따위는 하지 않겠다는, 새로운 스타일의 권력 선언이 되었다.

"……아, 그래도, 혹시 그랬어?"

히라가 조심스럽게 물어오자, 자존심에 쫙 금이 갔다.

"그럴 리 있겠냐. 히라 주제에 우쭐대지 마!"

전화를 뚝 끊어버리고 휴대폰 전원을 끈 채 욕조로 돌아갔다.

물이 흘러넘칠 만큼 거칠게 욕조에 몸을 담그자, 욕조 가장자리에 두었던 오리대장이 넘치는 물에 휩쓸려 욕조 밖으로 떨어졌다. 이사한 날 히라에게 사준 것이다. 돌돌 말려올라간 속눈썹이 거슬리는 오리대장을 주워들고 젠장, 젠장, 히라 주제에 감히 하면서 화풀이하듯 물속에 푹 처박았다.

꼴좋다. 내가 훨씬 더 상처받았어.

하지만 천진한 얼굴로 욕조에 잠긴 오리대장이 히라의 웃는 얼굴과 겹쳐 보여서 도중에 손을 놓았다. 노란색 플라스틱 인형은 바로 떠올랐다. 옆으로 기울어진 오리대장을 들어 물에 똑바로 띄워주었다. 태평하게 둥둥 떠 있는 인형을 가만히 바라보았다.

히라에게는 우연히 눈에 띄었다고, 만 엔짜리 지폐를 깨려고 샀다고 말했지만 사실은 고르고 골라서 산 것이다. 그전처럼 어쩌다보니 같이 사는 게 아니라, 연인으로서 정식으로 동거를 시작하게 된 것이 기뻐서 기념으로 뭔가 사주고 싶었다.

히라에게 이 오리대장이 무척 소중한 것인 듯해서.

멍하게 생각에 잠겨 있는데, 천장에서 떨어진 물방울이 목덜미를 때려 정신을 차렸다. 아, 젠장, 스스로가 너무 기분 나빠서 혀를 찼다.

옛날부터 냉정하다는 말을 들었고, 지금은 멘탈 귀신이라는 소리까지 듣는다. 불특정 다수의 괴롭힘에도 꿋꿋하고, 협박 편지쯤은 코를 풀어 던져버릴 정도로 강한 키요이 소가.

하지만 히라와 연관되면 키요이의 정신은 두부처럼 흐물흐물해진다.

왜 나는 그런 녀석을 좋아하는 걸까.

분명 히라가 나를 죽을 만큼 좋아해주고 있는데, 동거까지 하는데, 전혀 만족할 수 없다. 햄버거가 먹고 싶은데 어쩔 수 없이 초밥을 먹고서 배만 잔뜩 부른 채로 여전히 불만스러운 듯한 느낌이 쌓인다. 나는 인내심이 강한 편이 아닌데. 앞으로도 계속 이렇다면, 머지않아 히라가 싫어지는 날이 올까.

차라리 그러면 편하겠지만, 역시 그건 싫다.
그토록 기분 나쁜 남자지만, 히라와 함께 있고 싶다.
함께 있고 싶다. 있고 싶다. 있고 싶다.
"………………한심해."
스스로 너무 지긋지긋해져서, 부그르르 욕조 물속에 머리까지 담갔다.

오후부터 시작되는 드라마 마지막 촬영에 맞춰, 안나에게 수고했다고 꽃다발을 건네주기 위해 키요이는 로케 현장으로 향했다. 이번 분기 최고 시청률을 기록한 드라마라서 여러 매체에서 취재를 올 예정이고, 먼저 촬영을 끝낸 다른 주역들도 전부 모인다.
"야마기시씨가 중간에 설 거니까 키요이는 안나 옆에는 서지 않도록 해."
"모두에게 웃어주고, 안나에게는 웃지 마."
현장으로 향하는 차 안에서, 매니저와 사장이 끈질길 정도로 거듭 주의를 주었다. 적당히 흘려듣고 있는데 사장의 휴대폰이 울렸다. 화면을 보고 "우와, 주간지" 하며 사장이 미간을 찌푸렸다.
"네, 여보세요. 아아, 〈주간 사계〉요. 오랜만입니다. 요전에는 감사했습니다. 오늘은 무슨 일로 전화를 주셨나요? 우리 배우들은 모두 예의가 발라서…… 에, 연애요? 누구요…… 안나?"

사장이 설마 하는 눈으로 키요이를 본다. 키요이는 당황해서 아니라고 고개를 저었다. 사장이 진지한 얼굴로 네, 네 하며 고개를 끄덕인다. 그의 옆얼굴이 점점 창백해졌다.

"……키리야 케이스케?"

신음하듯 중얼거리는 사장의 말소리에 듣고 있던 매니저도 흠칫했다.

"잠, 잠깐 기다리세요. 지금 거기로 갈 테니까 만나서 이야기합시다. 그쪽 조건은 뭔가요? 가능하면 받아들일 테니까 기사는 다른 걸로, 아, 그런, 잠깐 기다려요!"

일방적으로 전화가 끊겼고 사장의 얼굴은 이미 창백했다.

"사장님, 안나와 키리야 케이스케의 연애라니 무슨 말이에요? 지금 그 전화, 뭐예요?"

"〈사계〉 편집장인데, 안나와 키리야의 열애설 특종을 잡았다고."

"안나가 키리야랑 사귀고 있었어요?"

"나는 아무 얘기도 못 들었어. 하지만 〈사계〉가 잡았다면 사실이겠지."

〈사계〉는 올해 편집장이 바뀌고부터 특종을 연이어 터뜨리는 주간지로, 용의주도하고 억지스러운 보도 방식 때문에 연예계가 전전긍긍하고 있다. 〈사계〉의 표적이 되면 일단 도망갈 수 없다.

조금 전 대화에서 짐작건대, 다른 기사로 대체하자는 제안도 퇴짜를 맞은 듯하다. 사장은 곧장 안나의 매니저에게 전화를 걸어 오늘 인터뷰에 안나는 빠지도록 지시했다.

"이유? 몸이 안 좋다고 해둬. 어쨌든 거긴 내보내지 마"

평소 온화한 사장이 거친 목소리를 내자, 키요이도 큰일이다 싶어 얼굴을 찌푸렸다.

다음날 발간된 〈사계〉의 반향은 예상을 훨씬 뛰어넘었다.

파파라치가 찍은 사진 속 안나와 키리야는 과수원 같은 곳에서 함께 웃고 있었다. 그저 따뜻하고 정겨운 분위기지만 배경이 키리야의 본가에서 운영하는 포도농장인 듯했고, 두 사람이 호텔에서 밀회하는 정도의 사이가 아니라 진지한 관계임을 증명하는 결정적인 사진이기 때문에 더욱 난감했다.

기사 자체도 가혹했다. 싱글 남녀의 연애인데 표지에 '안하무인 여왕의 빼앗은 사랑'이라는 커다란 표제를 내세우고 일방적으로 안나만 나쁘게 몰아세웠다. 안나가 작품에 함께 출연했던 키리야에게 매달렸고 키리야가 결국 그녀의 유혹에 넘어갔다는 식이었다.

키리야 팬들이 난리치겠네.

오후가 되어 양쪽 소속사에서 〈사계〉에서 낸 기사 내용을 부인하는 입장문을 발표했지만, 결정적인 사진 때문에 불은 전혀 끄지 못하고 인터넷에 안나의 악플만 폭발적으로 늘어났다.

키리야는 인기 절정의 아이돌 그룹 멤버인데다 중학교 때부터 사귀어온, 약혼자와 다를 바 없는 여자친구가 있었다. 실제로는 헤어진 상태지만 그 사실을 모르는 키리야의 팬들은 모두 그 여자친구를 옹호했고, 근거 없는 이미지가 따라붙은 안나에게 무시무시한 악플이 쏟아졌다.

—키리야와 마리 사이에 끼어들지 마. 못생긴 주제에!

—약혼자 있는 남자에게 들이대는 건 불륜이나 마찬가지 아냐?

—집에 데려갔다는 건 마리를 버리고 안나와 결혼한단 거지?

—지금까지 쌓은 성실한 캐릭터는 뭐였어? 이제 키리야 팬 못하겠네.

—안나 얼굴 보기도 싫어. 앞으로 절대 TV에 나오지 마.

물론 냉정한 의견도 있었고 안나를 옹호하는 팬들의 매시지도 있었다. 하지만 국민 아이돌 그룹의 팬이라는 건 이미 개인을 초월한 집단이자 하나의 거대한 소용돌이다. 저항을 덮어버리면서 급속도로 거대하게 부풀고 빙글빙글 휘몰아치면서 마침내 대상을 짓뭉개버린다.

키리야의 소속사는 큰 회사라서 매스컴도 키리야에 대한 비방 기사는 쓰지 못하고, TV에 나온 평론가는 여론을 민감하게 의식해서 책임을 전부 안나에게 지운다. 누군지도 모르는 관계자라는 사람의 이야기로 만들어진, '안하무인 여왕의 빼앗은 사랑'이라는 이미지가 더 빠른 속도로 몸집을 불려간다.

안나는 악의 가득한 세력에 완전히 포위된 채 하루종일 매스컴에 쫓겼다. 집에도 돌아가지 못하고 시내 호텔들을 전전하게 되었다.

"키리야와 사귀고 있다고 미리 언질을 줬으면 우리도 사전에 대책을 세워뒀을 텐데, 아닌 밤중에 홍두깨 같은 스캔들이잖아. 대응이 늦어서 사장님도 머리를 싸매고 있어."

키요이는 일이 끝나고 매니저가 차로 데려다주는 사이 이야기를 들었다.

"안나는 지금 어때요?"

"최악이지. 키리야의 일부 과격한 팬들이 조직적으로 움직이면서 안나가 출연하는 광고나 지금 한창 찍고 있는 이마무라 감독 쪽에도 안나를 하차시키라고 압력을 넣고 있거든."

"그럼 어떻게 되는 거예요?"

"영화 쪽에선 이마무라 감독이 바보 같은 일이라며 무시해줬어."

"역시. 안나를 눈여겨보고 베를린에서 수상하도록 키워준 은인답네요."

"그래도 TV 쪽은 위험해. 사람들이 방송국뿐만 아니라 스폰서 기업에까지 클레임을 거니까. TV는 스폰서 의견을 절대 거역할 수가 없어서 이대로라면 TV 쪽 일은 끊길 거야."

"안나는 TV 탤런트가 아니니까 치명적이진 않잖아요?"

"그래도 광고가 내려가면 수억 단위 위약금을 물어야 할 수도 있어."

금액의 단위에 역시 미간이 찌푸려졌다.

"뭐야, 납득이 안 돼요. 싱글끼리 연애하는 건데 왜 그렇게까지 욕을 먹어야 해요? 안나를 욕하는 녀석들은 전부 첫사랑이랑 결혼했느냔 말이야."

키요이는 울컥해서 내뱉었다.

"팬심은 양날의 검이야. 열렬히 응원해주던 마음이 그대로 뾰족해져서 누군가를 찌르는 칼로 변하기도 하거든. 그렇게까지는 아니더라도 사람들은 대부분 연예인을 환상을 가지고 봐. 순정만화도 연애소설도 다 그렇잖아. 무의식적으로 자신의 이상을 투영하고 거기서 비껴가면 불쾌감을 느끼는 거야. 개인의 감정이 지금은 SNS를 통해 확산되니까."

"멋대로 환상을 가지고, 멋대로 실망해서 원한을 품는 건가."

"많은 적든 인기로 먹고살려면 그런 괴로움은 떼놓을 수 없는 한 세트지."

매니저의 말 속에는 너도 각오해두는 게 좋을 거란 의미가 내포된 것 같았다.

"팬들에게 환상을 심어주면서도 배우 개인의 인생도 소중히 해야 해. 유명인에게는 그런 균형감각과 강한 심지가 필요한데, 지금의 안나는 상당히 위험해. 우리도 어떻게든 도와주고 싶지만, 솔직히 손쓸 방법이 없어. 가족이라도 곁에 있으면 좋겠지만 안나는 가족을 일찍 여의었으니까."

이런 상황에 기댈 수 있는 가족이 없다는 건 힘들다. 소동이 일어난 후로 안나와는 딱 한 번 전화로 이야기했다. 괜찮아, 걱정해줘서 고마워. 하지만 그뒤로는 전화도 연결되지 않고 문자를 보내도 읽지 않았다. 전원을 꺼버린 걸까.

"안나 휴대폰은 사장님이 가지고 있어. 안나에게는 특정 번호만 연결되는 구형 폰을 줬고. 인터넷 보지 말라고 해도 자기도 모르게 보게 되니까. 정말 상황이 심각해. 여기저기 게시판에서 엄청 욕을 해대고, 안나 블로그에 댓글이 만 개 이상 달렸는데 70퍼센트가 매도하는 내용이야."

"익명으로 악플을 다는 행위를 부끄럽게 생각하지 않는구나. 정말 비겁한 사람들이에요."

그들의 인생은 쓰레기보다 못하다고 생각하며 키요이는 콧방귀를 뀌었다.

"안나가 키요이만큼 귀신 멘탈이면 좋을 텐데. 사람들은 악플 달기에 대체로 금세 질리는 편이지만, 개중엔 정말 악질들도 있어. 여기저기 게시판에 안나 욕을 부추기거든. 글이 정말 집요하고 음습해서 묘하게 무서운 느낌이랄까. 변호사와 의논하는 중이야."

"저기, 안나는 어느 호텔에 있어요?"

"일급비밀이야."

"잠깐만 이야기하게 해줘요. 이대로 고립돼서 우울증이라도 걸리면 어떡해요?"

우울증이란 말에 매니저가 얼굴을 찌푸렸다.

"혹시, 이미 그런 거예요?"

"우리끼리 하는 이야기지만, 안나는 지금 식욕도 잃고 잠도 별로 못 자서 안정제를 처방받고 있어. 세상 사람들 모두가 칼을 들고 자신을 위협하는 것 같다고 의사한테 말했다나봐."

"위험한 상태잖아요."

"나도 사장님도 그렇게 생각하고 있어."

매니저는 잠깐 기다리라며 사장에게 전화를 걸어주었다.

다음날, 키요이는 매니저가 알려준 호텔로 찾아갔고, 방에서 그새 눈에 띄게 수척해진 안나를 보고 깜짝 놀랐다. 눈은 흐리고 탁해서 힘이 없었다. 피부도 윤기 없이 까칠했다.

"룸서비스 시켜. 뭐라도 좋으니까 좀 먹어야지."

"음식이 안 넘어가."

안나는 소파에 앉아 힘없이 고개를 저었다. 이마무라 감독의 영화 촬영은 끝났고, 지금은 강제 휴업 상태다. 물론 이 상태라면 쉬는 편이 낫다.

“미안, 일부러 와줬는데 이래서.”

“조용히 해. 이런 때 쓸데없이 신경쓰지 마.”

“조용히 하라니. 참 키요이답다.”

안나가 조금이라도 웃으니 한시름 놓였다.

“그뒤로 키리야씨랑 이야기해봤어?”

안나는 고개를 숙인 채 다시 고개를 저었다.

“휴대폰은 계속 사장님이 가지고 있어.”

“돌려달라고 해.”

“됐어. 가지고 있으면 나도 모르게 인터넷 보게 되니까.”

“그래도 휴대폰 없이는 키리야씨랑 연락도 못하잖아.”

“있어도 못해. 지금 저쪽은 이십사 시간 매니저가 붙어 있어. 저쪽 소속사에서는 무척 화를 내는 것 같아. 꼭 헤어지게 만들겠다면서.”

톱클래스의 젊은 여자 배우와 인기 절정의 아이돌 그룹 멤버. 잘 어울리기도 하고, 평소라면 그렇게 눈에 핏발을 세울 일도 아니다.

“키리야는 웨딩 잡지와 가전제품 광고 모델을 하고 있거든. 일편단심 순수한 이미지라 모난 내 이미지와는 정반대잖아. 게다가 오랫동안 만난 여자친구가 있는데 뺏은 거니.”

안나는 모나지 않았고, 키리야는 전 여자친구와 이미 헤어진

상태였으니 뺏은 것도 아니다. 하지만 허상을 파는 TV는 이미지가 전부다. 두 사람의 연애는 소속사나 스폰서들의 이익이 얽혀 있어 이미 둘만의 문제가 아니다.

"믿고 기다려달라는 문자만 딱 한 번 왔어."

안나는 몹시도 지친 듯 고개를 숙였다.

"이해할 수 없어. 실제로 만나면 절대로 하지 못할 심한 말도 인터넷 너머 유명인에게는 너무 쉽게 해. 죽어라, 꺼져라, 한물갔다, 다들 너무 비겁해."

그날 밤 집에 돌아온 키요이는 히라에게 분노를 모조리 털어냈다.

"왜 안나만 욕을 먹어? 상대 남자는 어제 TV에도 나왔는데."

"대형 기획사 소속 인기 절정의 아이돌 그룹 멤버니까. 단순하게 팬의 머릿수만 봐도 단위가 다르고, 소속사 간 파워게임에서도 완전히 지고 있어."

"둘의 연애에는 아무런 상관도 없는 사람들이잖아."

"그래, 상관도 없는 놈들이 밖에서 돌을 던져서 안나는 죽기 직전이야."

키요이는 화를 내며 히라가 도우부터 직접 반죽해서 만든 피자를 베어 물었다. 짭조름한 안초비가 맛있다. 히라의 요리 솜씨는 끝을 모르고 발전하고 있다. 머지않아 케이크까지 구울 것 같아 겁이 난다.

"안나씨 그렇게 심각한 상태야?"

"생각해봐. 연애도 일도 한번에 잃게 생겼잖아. 네가 대학에서 퇴학당하고, 공장 알바도 노구치씨 어시도 짤리고, 나랑도 헤어지는 벼랑 끝 상황 같은 거야."

"차라리 죽여주는 게 나을 것 같겠다."

"안나는 인기로만 먹고사는 연예인이 아니어서 소동이 좀 가라앉으면 일은 하게 되겠지만, 연애는 힘들어질 거야. 아무리 그래도 그렇지, 한 번 정도는 만나러 와야지. 이 상태로 계속 호텔에서 혼자 지내는 생활이 길어지면 안나가 못 견딜지도 몰라."

"한동안 우리집에 와서 지내라고 하면 어때?"

"그런 어렵지. 얼마 전부터 내 팬 하나가 안나한테 '키요이에게 다가가지 마' '죽인다'며 협박 편지를 보낸대. 이 열애설이 터지기 전에는 나도 안나 팬들한테서 비슷한 협박을 받았어. '죽인다' '찌르겠다' 하는."

이 말을 한 순간 히라의 눈빛 온도가 순식간에 내려갔다.

"키요이를 해치려고 하면, 그전에 내가 죽일 거야."

평소에는 웅얼대는 히라가 드물게도 또박또박 말했다.

조금 긴 앞머리 사이로 엿보이는 눈이, 칼날처럼 빛난 것 같아 소름이 돋았다. 히라라면 정말 그럴지도 모른다. 고등학교 시절, 키요이를 억울하게 괴롭힌 동급생에게 달려든 것처럼. 하지 말라고 해야 하는데도 위험해 보이는 남자친구의 모습에 키요이의 가슴 한구석에서 기쁨이 샘솟았다.

"괜찮아. 보이지 않는 데서 익명으로 협박하는 녀석들은 대체로 현실에서는 아무 짓도 못하는 한심한 인간들이거든. 나는 전혀 신경 안 써."

키요이는 코웃음치며 가볍게 넘긴 후, 소파 위를 기어 히라에게 다가갔다. 오늘은 히라의 야간 아르바이트가 없는 날이라 오랜만에 느긋한 밤을 보낼 수 있다. 게다가 오늘은 기적적으로 히라가 멋있어 보이기까지 했다.

"……저."

키요이는 키스를 조르려고 얼굴을 가까이 들이밀었다.

"잠깐만, 미안."

히라가 소파에서 일어나버리는 바람에 달아오르던 기분이 허공에서 싹둑 잘렸다.

"어디 가?"

"잠깐만."

히라가 급히 거실을 빠져나간다. 이런 때 화장실이냐. 모처럼 분위기 좋았는데, 조금은 분위기를 읽으라고. 지금 건 아무리 봐도 키스로 가는 흐름이었잖아. 남자친구로서 얼마나 자질이 낮은 녀석인가 하고 홧김에 피자를 씹어대는데, 복도에서 소곤소곤 이야기하는 소리가 들려왔다.

“응, 알았어. 한동안 진정될 때까지만이라도 괜찮아.”

평소 잘 웃지 않는 히라가 웃고 있다. 살짝 문을 열자, 히라가 기척을 느낀 듯했다.

“정말 고마워. 그럼 이야기해보고 다시 전화할게. 응. 도모야한테도 안부 전해줘.”

도모야? 남자 아냐? 왜 호칭도 없이 이름만 불러? 그렇게 친한 남자가 있었어?

입을 앙다물고 엿보자, 히라가 이내 전화를 끊고 다가왔다.

“도모야가 누군데?”

“조카. 전에 우리가 살던 집, 숙부님네 손자.”

“아, 바람둥이 남편이랑 별거하고 다시 본가로 들어간다던 네 사촌누나의 아들?”

“응, 내가 나호 누나한테 전화했었거든. 안나씨가 그 집에서 지낼 수 있게 해달라고 부탁했어. 안나씨와 아무 관계도 없는 일반 가정집이니까 매스컴에서 알아내기 어려울 것 같아서. 안나씨와 회사 사장님이 괜찮다고 해야겠지만, 나호 누나는 오케이했어.”

“안나라고 말했어?”

“말하지 않으면 이야기가 진행되지 않으니까.”

키요이는 이마를 짚으며 난감해했다.

“마음은 고마워. 하지만 안나 일은 일급비밀이야. 네 가족을 못 믿는 건 아니지만 지금 그 일은 주목도 최상의 토픽이고, 만일 아는 사람에게 안나 이야기를 한다면 곤란해져."

"괜찮아. 나호 누나는 절대로 말하지 않을 거야."

"그걸 어떻게 장담해."

"그래도 나호 누나의 남편이……"

히라가 입에 올린 사람은 정치계는 전혀 모르는 키요이도 이름은 들어 아는 전 총리의 아들, 현재 정치계 프린스라는 별명으로 불리는 국회의원이었다. 키요이는 놀라서 눈을 크게 떴다.

"그래서 나호 누나도 늘 매스컴을 경계해. 매형도 선거가 얼마 남지 않은 시점이라 별거한다는 사실이 노출되지 않게 통제하고 있고, 그래서 그 집이라면 매스컴에서 건드릴 수가 없어."

"숨기에 최고네. 정치인의 아내라면 입이 무거운 건 보증할 수 있을 거고."

더이상 좋은 은신처가 없는 것 같아 잘했다며 히라를 끌어안았다.

"커뮤니케이션이 힘든 네가 한 일이라고 믿을 수 없을 정도로 최고에다가 누구보다 빠르게 일을 추진했네."

"나는 키요이에게 도움이 될 수 있다는 생각만으로도 죽을 만큼 기뻐."

히라가 기쁜 듯이 같이 끌어안아줘서, 애정 수치가 주욱 올라갔다.

아, 위험하다. 평소 히라는 정말 손쓸 수 없을 정도로 촌스럽고, 기분 나쁘고, 이해할 수 없다. 하지만 적시에 반드시 도움을 준다. 연극 연습할 장소를 찾고 있을 때도 재빨리 집을 준비해줬고, 동거를 계속하기로 했을 때는 아르바이트 자리도 재깍 구해왔다. 평소와 지금의 간극도 한몫해서인지, 타산적으로 생각해도 사실 히라만큼 남자친구로서 자질이 좋은 남자가 없다는 생각까지 들 정도다. 당장 키스하고 싶다. 침대로 가고 싶다. 엄청나게 야한 짓을 마구 하고 싶다. 키요이는 최고조로 달아오른 기분 그대로 입술을 내밀고 다가갔다.

"나는 무슨 일이 있더라도 언제나 키요이의 1호 팬이고 싶어."

"………………응?"

명중하기 직전 급커브를 해서 표적을 빗나간 듯한 히라의 말에 키요이는 냉정을 찾았다.

"지금 뭐라고 했어?"

"정말 키요이의 팬이라면 키요이가 소중하게 여기는 안나씨도 소중하게 여기는 게 마땅해. 설령 열애 사실이 밝혀지더라도, 황금색 병풍 앞에서 결혼을 발표하더라도, 팬이라면 결혼식에서 축가를 열창해야지, 협박은 말도 안 돼. 뒤에서 피눈물을 흘리더라도 축복해주는 게 진정한 팬이라고 생각해."

무슨 말인지 잘 알아들을 수 없었다.

"너, 내가 다른 사람이랑 연애하다 들켜도 나를 축복할 거야?"

히라는 괴로운 듯이 눈썹을 찌푸리면서도 고개를 끄덕였다.

"너, 내가 다른 사람이랑 결혼한다고 해도 축복할 거야?"

히라는 더욱 괴로운 표정을 지으면서도 역시 고개를 끄덕였다.

최고조에 달했던 기분이 곤두박질쳐 골짜기 밑으로 깊이 처박혔다. 왜 그런 생각을 하게 되는 거냐. 녀석의 머리를 열어 뇌를 스캔해보고 싶다. 아니면 지금 바로 인정사정없이 마구 패버리고 싶다. 아니, 조급하게 굴지 말자. 히라가 이상한 건 어제오늘 일이 아니다. 오늘은 오랜만에 같이 보내는 밤이다. 죽을 만큼 마음에 들지 않지만, 이번만큼은 내가 한번 어른이 되어주자.

"그럼, 남자친구로서는 기분이 어떨 것 같은데?"

유아교육 방송에 나오는 형처럼 차근차근 답으로 인도하듯 물었다. 아슬아슬하게 한계에 이를 만큼 키요이의 기준에서는 최대치의 다정함을 보이며 물었지만, 삐딱하게 어긋난 답이 날아왔다.

"더이상 남자친구가 아니더라도 스타와 팬의 관계만은 사수하고 싶어."

누가 그런 걸 물었냐. 다리에 힘이 빠져 넘어질 것 같았다. 대체 왜, 왜 히라는 언제나 헤어짐을 전제로 이야기할까. 누구보다도 히라에게서 사랑받고 있다고 자신할 수 있지만, 히라의 확고

한 말투와 표정을 눈앞에서 보면 기우뚱 흔들리고 만다.

"너, 나를 좋아해?"

"좋아해."

"얼마나?"

예상 못한 질문이었는지 히라가 눈을 깜박였다. 그러더니 공중에서 양팔을 크게 돌렸다.

"겨우 그 정도?"

"어, 아, 아니. 잠깐 기다려."

히라는 당황하며 양팔을 펼친 채 현관으로 뛰어가더니 거실을 거쳐 다시 돌아와서는 주인의 기분을 살피는 강아지 같은 표정으로 이 정도라고 말했다.

"결국, 이 집만큼이야?"

작은 목소리로 내뱉자, 히라는 진지한 얼굴로 좀더 시간을 달라고 말했다. 그리고 현관으로 가서 신발을 신으려고 했다. 집만큼이냐고 물으니까 집밖으로 나가려는 것이다. 젠장. 키요이는 큰 걸음으로 쫓아가 히라의 목덜미를 잡았다.

"됐어. 이제 알겠으니까."

"모, 모를 거야. 키요이를 향한 내 마음은—"

키요이는 한심한 얼굴로 고개를 돌렸다. 젠장 하고 혀를 찼다. 증명할 수 없는 것을 증명하라고 등을 떠민 자신에게도 화가 끓었다.

"알아. 너는 나를 정말 좋아하고 있어."

좋아하는 마음의 근원이 연인으로서인지 팬으로서인지 모를 뿐 히라는 키요이를 더없이 소중하게 여긴다. 연인이든 팬이든 호칭에만 구애받지 않으면 괜찮을지도 모른다. 호칭에만.

"너한테 팬과 연인의 차이는 뭐야?"

마지막으로 이것만은 확인해두려고 키요이가 묻자, 히라는 당황해서 눈을 크게 떴다.

"새, 생각해본 적 없어."

"왜?"

"연예인 중에서도 일반인 중에서도, 좋아하게 된 사람은 키요이밖에 없으니까."

비교할 대상이 없어서 지금의 이상함을 깨닫지 못한다는 것인가. 그렇다고 비교 대상을 만드는 건 허락할 수 없다. 그러니 결국은 계속 이 상태로 갈 수밖에 없다는 건가. 키요이는 암담한 기분이 들었다.

"너도 가끔은 남자의 본능이 앞설 때가 있지 않아?"

"무슨 말이야?"

"내가 드라마나 영화에서 러브신을 찍으면, 일이라는 걸 알면서도 분노가 확 솟구친다든가 하는 거. 그런 걸 본 날 밤에는 내가 울든 소리지르든 붙잡아서 억지로 침대에 밀어 눕히고 내가 싫다는데도 강제로 안아버린다거나, 다른 사람에게는 차마 말할 수 없는 플레이를 해버리거나, 그러고 싶은 기분 들 때 없어?"

"내가 그런 짓을 하면 망설이지 말고 쏘아 죽여줘."

그렇겠지…… 하고 키요이는 잔뜩 찌푸린 채 고개를 숙였다. 키요이 역시 잘난 척하는 남자는 혐오한다. 강제로 안으려 한다면, 보나마나 죽일 기세로 발길질을 할 것이다.

하지만 히라는 너무 순종한다. 그 반동처럼, 키요이는 발정한 수컷 히라에게 지배당하고 싶다는 생각을 자기도 모르게 할 때가 있다. 와주었으면 하는 곳에서는 자세를 낮추고 멈칫하고, 자세를 낮춰야 할 때는 새로운 스타일의 권력 선언을 밀어붙인다. 정말 이런 형편없는 연인도 괜찮은 걸까.

그다음주에 히라의 숙부 집에서는 작은 이사가 있었다. 회사에서도 안나의 거처를 바꿔야 한다고 생각하던 참이었는데 마침 찾아낸 은신처가 정치계 프린스의 아내가 살던 친정집이었다. 매스컴 대응 면에서 만전을 기한 셈이었으니, 쌍수를 들고 찬성할 만했다.

"키요이의 남자친구는 잘생긴데다 집안도 무지 좋네."

사장이 놀란 듯 말했지만, 키요이도 처음 알게 된 사실이었기 때문에 대답할 수 없었다. 하지만 전에 한번 만났던 히라의 어머니는 기품 있는 미인이었고, 히라도 상당히 이상한 스타일이긴 하지만 천박함과는 거리가 멀다.

"어서 와요, 기다렸어요. 거실이랑 이층 방을 비워뒀어요."

히라의 사촌누나가 사람 좋아 보이는 웃는 얼굴로 모두를 맞아주었다.

연인의 가족이라고 생각하니 왠지 긴장이 되어 키요이도 예의 바르게 웃으며 고개를 숙였다.

"처음 뵙겠습니다, 키요이 소입니다. 한동안 신세 지겠습니다."

"카즈의 사촌누나 나호예요. 어려워 말고 편히 지내주세요."

연예인을 대하는 과장된 반응이라곤 전혀 없는 평범한 대응에 키요이는 호감을 느꼈다.

"얘는 우리 아들 도모야예요. 도모야, 인사드려."

"안녕하세요, 오이즈미 도모야입니다. 성가브리엘유치원 밀반, 다섯 살입니다."

아이가 꾸벅 고개를 숙인다. 키요이는 아이를 별로 좋아하지 않지만, 도모야는 좋은 교육을 잘 받고 자란 아이 같았다. 게다가 혈육이라 그런지 어딘지 모르게 히라와도 닮았다. 좋아, 이 아이라면 봐줄 수 있어.

"안녕, 키요이 소라고 해. 한동안 잘 부탁할게."

하지만 도모야는 웃는 얼굴로 슬쩍슬쩍 반대쪽으로 가더니 히라 뒤로 숨어버렸다.

"왜 그래? 키요이는 내 친구야."

"……왠지…… 무서워."

히라의 다리에 꼭 매달리는 아이를 보자 키요이의 얼굴에서 웃음기가 가셨다.

연인의 가족이니까 유아교육 방송에 나오는 형 스타일로 웃어줬는데…… 눈썹을 찌푸리는 키요이를 보며 도모야가 더 겁을 먹고 히라가 곤란한 얼굴로 자연스레 도모야를 더 자기 뒤로 숨겨주자, 더 화가 났다. 방금 한 생각은 철회다. 역시 아이는 좋아하지 않는다. 가능하면 시야에서 제쳐놔야지.

그러는 사이 회사 사람들과 안나가 도착했다.

"대표 야마가타라고 합니다. 송구하게도, 베풀어주신 호의를 넙죽 받아들였습니다."

호텔에서 안나를 데려온 사장과 매니저가 나호에게 고개를 숙였다. 인사를 나누는 그들 옆에서 키요이는 안나에게 눈짓으로 신호를 보냈다. 안나가 고개를 끄덕였다. 오늘의 히라는 잘생긴 버전이 아니라서, 회사 사람들과 마주치지 않으려고 안쪽에 숨어 있다.

"책임지고 잘 챙길 테니 마음 놓으세요."

나호가 사장에게 말하고 안나를 보며 미소 지었다.

"힘들었죠? 맛있는 홍차 준비할게요. 모두 잠깐 쉬고 계세요."

감싸주는 듯한 포근한 미소와 목소리였다.

"고, 고맙습니다. 앞으로 신세……"

안나는 인사하다가 갑자기 멈췄다. 나호가 고개 숙인 안나의 어깨를 감싸안고 괜찮다며 언니처럼 머리를 쓰다듬었다. 두 사람 발밑에서 도모야가 안나의 원피스를 가볍게 잡아당겼다.

"누나, 울지 마. 저기 맛있는 쿠키 있어. 엄마가 만들었어."

안나가 눈물을 닦고 허리를 숙여 도모야와 눈을 맞췄다.

"고마워. 나는 안나라고 해. 사이좋게 지내자."

울다가 웃는 안나에게 도모야가 헤헤 웃으며 얼굴을 붉힌다. 이 녀석 봐라. 나를 대할 때와는 사뭇 다른데. 키요이는 세 배 더 기분이 상했다. 사람들이 돌아간 후, 히라와 키요이는 안나를 일층 거실에 두고 이층 빈방으로 짐을 옮겼고, 다시 거실로 내려와 나호가 구운 쿠키와 홍차를 먹으며 한숨 돌렸다.

"두 사람이 와줘서 다행이야. 도모야 돌봐주던 분이 급히 며칠을 쉬게 돼서."

이혼은 아직 보류 단계라 나호는 일단 정치인의 아내로서 지역 후원회에 얼굴을 내밀어야 했다. 집을 비우는 동안 아이를 돌봐줄 사람이 필요하던 참이었다.

"다음주부터 다시 나온다니까, 일주일만 부탁할게."

"응, 맡겨줘. 나도 잘 부탁할게."

히라가 아이 돌보는 일을 할 수 있을지 의문이지만, 그래도 그들은 가족이다. 도모야는 아까부터 히라의 무릎에 올라앉아 히라가 넘겨주는 입체 그림책을 보고 있다.

"저, 괜찮다면 저도 함께 돌볼게요."

안나가 조심스럽게 말했다.

"어머, 괜찮겠어요?"

"네. 도모야가 귀엽고, 저는 한동안 일을 쉴 거니까요."

"그럼, 미안하지만 부탁해도 될까요?"

안나가 물론이라며 고개를 끄덕였다. 나호는 쓸데없는 동정도 격려도 하지 않았다. 여자에게 아무 관심 없는 키요이 눈에도 나호는 호감이 가는 타입이었고, 여기로 오기로 한 것이 정답이었다는 생각이 들었다.

기본적으로 키요이는 여자와 아이를 별로 좋아하지 않아서 함께 지내기는 싫었다. 하지만 모르는 집에 안나만 맡겨놓을 순 없었다. 히라는 자기가 있으면 된다고 말했지만, 기분 나쁘고 짜증나는 녀석 하나가 덤으로 붙어 있어봐야 안나에게 무슨 도움이 되겠는가.

히라에게 딱 잘라 그렇게 말했더니 그건 그렇다며 히라는 너무 순순히 인정했다. 그렇게 담백하게 인정하는 점은 대단하다고 생각한다. 하지만 동시에 마음에 걸린다. 스스로는 각성하지 못하니 문제점은 영원히 방치되어 앞으로도 계속 키요이를 괴롭힐 것이다.

"키요이, 히라군, 정말 고마워."

안나의 말에 정신이 들었다. 나호는 홍차를 더 내오려고 주방으로 갔고, 도모야도 도와준다며 엄마를 따라가서 거실에는 히라와 안나와 키요이만 남았다.

"나호씨 멋진 분 같아. 이야기하고 있으면 마음이 편해져."

안나의 표정이 조금 풀어진 걸 보고, 키요이는 잘됐다며 고개를 끄덕였다.

"그대로 호텔에 혼자 계속 있었으면 이상해졌을 거야."

"아직도 키리야씨와 연락 안 돼?"

키요이가 묻자, 안나는 대답은 하지 않고 자조적으로 웃었다.

"히라군, 이렇게 신경써줘서 정말 고마워."

"음, 아니에요, 그게, 별로, 그런."

히라는 크게 당황해서 쩔쩔매며 눈동자를 이리저리 굴렸다.

"히라군처럼 기댈 수 있는 남자친구가 있는 키요이가 부러워."

"하, 어디가?"

그 말에 키요이가 끼어들었다. 오늘의 히라는 잘생긴 버전이 아니라 평소의 촌스러운 버전이다.

"그래도 이런 성가신 일에 얽혀 있는 사람을 챙겨달라고 자기 가족에게 부탁해주는 사람은 흔치 않을걸. 키요이한테 이야기 듣고 어떤 사람일까 궁금했는데."

"속지 마. 평소에는 이상하고 기분 나쁘고 짜증나는 녀석이라고."

본인을 앞에 앉혀두고 폭언을 하자 안나가 당황했다.

"아, 괜찮아요. 고등학교 때부터 계속 들었던 말이에요."

본인인 히라가 덧붙였다. 그것도 묘하게 생글거리며 기쁘다는 듯이.

"그, 그렇구나. 굉장한 신뢰 관계네."

약간 질색한 듯한 안나에게 키요이는 "거봐, 기분 나쁜 거 맞지?" 하고 물었다.

하지만 키요이는 어딘가 이해할 수 없었다. 오늘의 히라는 그럭저럭 평범하다. 키요이가 아주 약간의 서운함을 느낄 정도로 안나를 신경써주고, 자기 사촌누나에게는 어려운 부탁을 들어줘서 고맙다고 평범하게 인사를 했다. 뭐지?

내 기분 같은 건 추측하지 않는다고 하고, 약속을 갑작스럽게 취소하고도 사과 없이 상처 입은 나를 그냥 내버려둔 채 나가버리는 히라가 다른 사람들에게는 평범하게 신경을 쓴다.

잘 생각해보면, 히라는 예전부터 그랬다. 자기 엄마와 대화할 때는 무뚝뚝하고 어디에나 있을 법한 평범한 아들이고, 대학 동아리 친구들과 술을 마실 때도 웅얼거리긴 하지만 곧잘 어울려 캐치볼처럼 대화를 주고받고, 가끔은 웃기도 했다.

"왜 그러는 거냐?"

자기도 모르게 물음이 터져나왔다. 히라가 영문을 몰라 고개를 갸웃거렸다.

"뭐가?"

"왜 너는 다른 사람을 대할 때는 태도가 달라져?"

"키요이가 특별하기 때문인데?"

이제 와서 무슨 이야기를 하는 거냐는 듯이 히라가 되물어와, 키요이는 그런 특별한 대우 필요 없다고 소리치고 싶어졌다. 그냥 나도 평범하게 좋아해줘. 진심으로 그래주길 바란다. 하지만 평범하게 구는 히라에게 자신이 매력을 느낄까. 생각할수록 한층 깊은 심연이 보인다.

혹시 나는 이 녀석의 기분 나쁨을 좋아하는 건가?

키요이는 소름이 돋았다. 아니다. 연인과는 평범하게 사랑하고 사랑받고 싶다. 정체를 모르는 전파를 잡아 교신하느라 온갖 고생을 해야 하는 인생 따윈 사양하고 싶다.

"키요이는 좋겠다. 나도 키리야의 특별한 사람이 되고 싶었는데."

둘의 대화를 듣던 안나가 한숨을 내쉬었다.

"되고 싶었다니, 왜 과거형이야? 설마 헤어진 거야?"

안나는 고개를 저었다.

"그건 아니지만, 사장님한테 더이상 폐를 끼칠 수는 없어. 사과 기자회견을 열라고 저쪽 회사에서 압력을 넣고 있다잖아. 우리 회사 배우를 쓰면 자기네 소속 배우는 출연시키지 않겠다고 방송국에 이야기하고도 있대. 키요이도 일 몇 개 날아갔지?"

"안나가 책임을 느껴야 할 일이 아니야."

이런 스캔들이 터지기 전에는 오히려 안나 덕분에 몇몇 방송에 출연할 수 있었다. 지금 하고 있는 드라마도 그렇다. 좋을 때는 이용하고 상황이 나빠지면 손바닥 뒤집듯 달라지는 것. 키요이도 고등학교 때 그런 일을 당했다. 자신만 깨끗하다는 건 아니지만, 그래도 그런 인간들에게는 구역질이 난다.

"꼭 그 배우라야 한다는 생각을 심어주지 못한 배우 자신의 책임이지."

"아니, 그래도 역시 나 때문……"

"너, 그런 변명 하지 마!"

"변명?"

"키리야씨 포기할 거면, 그냥 안나 자신의 이유로 포기해. 사장님이나 다른 배우에게 미안하다든가 희생 운운하며 그럴싸한 변명을 한다면 당장은 괜찮을지 몰라도 나중에는 후회되고 몇 배 더 괴로울 거야. 나도 나 때문에 헤어졌다는 말 나중에 듣기 싫어."

안나가 눈썹을 찌푸렸다.

"키요이는 정말 선배라도 봐주질 않네. 너라고 하고."

"죄송하게 됐네요, 선배님. 싫은 말은 뒤에서 하지 않고 대놓고 하는 성격이라서."

안나는 분한 듯이 얼굴을 일그러뜨리며 시선을 내렸다.

"……미안. 그렇지. 나도 알고는 있어. 이대로 포기하고 기자회견을 하면 전부 거짓말이 돼. 상상만 해도 울고 싶어져. 하지만 이제 상황상 무리야."

안나의 어깨가 희미하게 떨린다. 울음을 삼키고 있다. 그동안의 소동과 몰라보게 야윈 모습으로 보아, 확실히 더이상은 견딜 수 없을 것이다. 그렇게 생각하자 키리야를 향한 분노가 일었다. 사랑하는 여자는 스스로 지켜야지.

"이런 상황일수록 더 버, 버텨야 하지 않나요?"

무겁고 괴로운 침묵 속에서 히라가 입을 열었다.

"누가 인정해주지 않아도, 더러운 용수로를 흘러가고 있어도, 자기 마음속에 빛나는 별 하나만 있으면 살아갈 수 있어요. 그게 사라질 때가 정말로 끝인 거예요. 저라면 죽을 각오로 그걸 지킬 거예요."

담담하게 말하지만 양보하지 않겠다는 투지로 가득한 히라의 말에 놀랐다.

키요이와 안나가 입을 떡 벌리고 히라를 쳐다보았다.

"아, 저, 저는 그렇단 거예요. 주제넘게 나서서 죄송합니다."

정신을 차리고 당황하는 히라를 보며 안나가 고개를 저었다.

"히라군의 빛나는 별은 뭐야?"

"키요이요."

좀전까지 머뭇거리던 주제에 대답에 망설임이 없었다.

"키요이가 있어준다면 온 세상 사람들이 제게 돌을 던져도 상관없어요. 아, 이, 이, 있어준다는 건 '옆'에 있어준다는 의미가 아니라, 세상에 존재해주기만 해도 좋다는 뜻이고, 옆에 있어준다면 물론 아주 행복하겠지만, 그렇지 않다고 행복이 사라지는 건 아니고……"

히라가 중얼중얼 말을 더듬으면서도 자신만의 확고한 세계를 선언한다.

도대체 어디까지 기분 나쁜 녀석인 거냐.

그렇게 생각하면서도 기분 나쁠 만큼 사랑받고 있다는 기쁨에 키요이는 가슴 한구석이 뜨거워졌다.

솟구치는 감정을 누르고 있는데, 주방에서 "카즈, 나 좀 도와줄래?" 하고 부르는 소리가 들리자 히라는 도망치듯 가버렸다. 기묘한 침묵이 내려앉았다. 어쩌지. 어색하다.

"굉장한 남자친구를 뒀네."

안나가 작게 웃었다.

"키요이가 말했던 의미를 알겠어. 정말로 기분 나빠."

역시 그런가. 하지만 히라에게도 좋은 점은 있다. 그것이 뭐냐고 묻지는 말아주면 좋겠다. 말로는 설명할 수 없다. 히라의 좋은 점은 키요이만 알 수 있는 부분이다.

"뭔가, 너무나 부러워."

“응?”

“나도 키리야가 나를 그렇게 생각해주면 좋겠어.”

“기분 나쁘고 짜증나는데?”

“기분 나쁠 정도로 사랑받는 게 부러워.”

안나는 울 것 같은 얼굴로 말을 이었다.

“자기 마음속에 빛나는 별 하나만 있으면, 이라고 했잖아. 그 말이 와닿았어. 히라군이라면 분명 어떤 역경이 닥쳐도 키요이 좋아하는 일을 포기하지 않을 것 같아.”

“헤어지면 스토커가 될 타입이지.”

“그건 무섭네.”

안나가 웃었다.

“나도 제대로 만나서 이야기할 수 있을 때까지 포기하지 않을래. 기자회견도 안 할 거야. 조금 더 버티겠다고 사장님한테 말해봐야겠어. 죄송하지만.”

“지금까지 돈 많이 벌어다줬으니까 이번에는 응석 좀 부려.”

“그런가? 그렇게 생각하면 마음이 좀 편할지도 모르겠네.”

안나가 작게 웃더니 쿠키를 하나 들어 베어 물었다.

“……아, 맛있다. 뭔가 먹으며 맛있다고 생각한 것도 오랜만이네.”

포슬포슬 부서지는 쿠키를 먹으며 안나는 눈을 가늘게 떴다. 벼랑 끝에 서 있던 안나에게 용기를 준 사람이 히라라는 너무 뜻밖의 전개에 복잡한 기분으로 앉아 있는데, 초인종이 울렸다. 누군가 현관으로 달려가는 소리에 이어, 어머 하며 놀라는 목소리, 오랜만이야 하는 인사 소리가 들렸다.

"카즈, 엄마 아빠 오셨네."

키요이는 마시던 홍차를 뿜을 뻔했다.

십 분 후, 거실에 말로 표현할 수 없는 긴장감이 감돌았다.

"키요이군? 우리 카즈나리가 늘 신세 지고 있어."

"아닙니다, 저야말로."

키요이는 등을 바르게 펴고 히라의 아버지에게 고개를 숙였다. 옆에는 전에 만나본 히라의 어머니도 있다.

"더 일찍 인사하고 싶었는데 웬일인지 카즈나리가 절대 오지 말라고 해서 못 왔어. 그래도 부모는 자식이 어떤 곳에서 어떤 사람과 사는지 늘 걱정이 되거든. 나호가 여기서 한동안 같이 지내게 됐다고 알려주길래 좋은 기회다 싶어서 와봤어."

새로 이사하고 한동안은 히라의 부모님이 언제 방문할지 경계하다가 그런 기미가 보이지 않아 안심했었다. 역시나 히라가 말린 것이었다.

키요이, 괜찮아. 우리 부모님과 키요이는 아무 관계도 없으니까.

우리 부모님과 키요이가 관계되는 일은 앞으로도 평생 없을 거야.

배려라는 껍데기를 뒤집어쓴, 섬세함이라고는 요만큼도 없는 말. 그때는 속이 뒤집어졌지만, 막상 얼굴을 마주하니 마음이 무척 무겁다. 게이 커플이다보니 어설프게 대답할 수 없을뿐더러, 히라를 괴롭힌다는 혐의까지 받고 있다. 히라의 아버지가 자연스럽게 슬쩍 떠보듯이 물었다.

"키요이군, 카즈나리가 폐를 끼치진 않아?"

폐라면 분 단위로 끼치고 있습니다만.

"전혀 그렇지 않아요. 히라는 밥도 청소도 세탁도 완벽하게 잘합니다(다만 기분 나쁠 뿐이죠)."

칭찬한다고 했는데 히라의 어머니의 표정이 변했다.

"대, 대단하네, 집에서는 아무것도 안 하던 애였는데."

어머니의 복잡한 미소를 보고 망했다 싶어 심장이 두근거렸다. 히라를 부려먹고 있는 걸로 비친 듯하다. 조금 더 생각하고 말했어야 하는데.

"그래도 남자애 둘이니 손을 못 대는 부분들이 있겠지. 괜찮다면 내가 한 달에 한 번 정도 청소나 밥 해주러 가도 될까?"

아니 아니, 절대로 안 왔으면 한다. 그저 부담될 뿐이다. 그것도 그렇고, 대학교 2학년이나 된 아들을 너무 과보호하는 거 아닌가 생각하면서, 표정에 드러내지 않으려 노력했다.

"대학생인데 이제 과보호는 적당히 하세요."

히라가 지극히 정상적인 대답을 해줘서 다행이었다.

"그래도 한 번도 불러주지 않으니까 오히려 걱정돼서."

어머니도 정상적으로 받아쳤다.

"혼자 사는 게 아니잖아요. 키요이에게도 실례니까 조심해주면 좋겠어."

다시 한번 궁지에 몰릴 뻔했지만, 히라가 한층 더 아주 평범한 아들 같은 모습을 발휘해주어 깜짝 놀랐다. 히라도 할 때는 하는 남자다.

"그래도 말이야."

"엄마 아빠가 걱정할 일은 아무것도 없어요. 집에 있을 때는 아무것도 못했고 할 마음도 없었는데, 지금은 여러 가지 일을 할 수 있게 됐어. 집안일도 그렇고 아르바이트도 그래요. 흘음 때문에 면접 같은 건 절대 못할 거라 생각했고, 내년에 해야 하는 취업도 솔직히 너무 무서웠어. 그래도 키요이가 지지해줬어요. 전부 키요이 덕분이야. 엄마, 나는, 지금, 공장에서 케이크 위에 밤을 올리는 일을 해요. 간단한 일이지만, 나한테는 굉장한 일이야."

굉장하다. 히라가 이렇게 긴 문장을 더듬지 않고 한번에 말하는 걸 처음 들었다. 게다가 우리가 사귀면서 사회적인 의미에서도 히라가 스스로 긍정적으로 변화하고 있다고 생각했다는 사실이 그저 기뻤다.

"……카즈."

"카즈나리."

히라의 부모님은 깜짝 놀란 얼굴이었다가, 서서히 감동으로 물들었다.

"카즈, 잠깐 사이에 놀랄 정도로 어른이 됐구나."

"키요이군, 고마워. 카즈나리에게 이런 긍정적인 말은 처음 들었어. 키요이군은 고등학생 때부터 연예계 일을 해왔다지? 역시 일찍부터 사회에 나가서 견실하게 잘해왔구나. 카즈나리가 키요이군과 같이 있는 것만으로 굉장히 좋은 영향을 받고 있나 봐."

"아닙니다, 그런 건."

기회를 놓치지 않고, 겸손이 미덕인 나라의 국민답게 우등생 가면을 썼다. 기분 나쁘고 짜증나는 히라에게 기대할 수 없을 만큼 기적적으로 좋은 전개였다. 괴롭힌다는 혐의를 벗은데다 키요이 소라는 주식이 빨간색으로 급상승하고 있다.

"나는 연예계는 잘 모르지만 키요이군이 무척 유망하다고 들었어. 우리 회사 부하직원이 그러더군. 요전의 드라마도 반응이 아주 좋았다고."

"네. 선배 배우들과 스태프들이 많이 도와주셔서—"

"그러니까. 키요이는 대단해."

겸손하면서도 호감 가는 청년 캐릭터를 한창 연기하고 있는데 히라가 불쑥 끼어들었다. 무슨 스위치라도 눌린 것처럼 히라의 눈빛이 기분 나쁘게 반짝거린다. 위험하다. 경험상 히라는 이럴 때 쓸데없는 말을 입에 올린다. 말릴 새도 없이 예상대로 기분 나쁘고 짜증나는 발언이 터졌다.

"고등학교 때부터 키요이는 특별한 존재였어."

반에서 군림하는 지고한 왕이었다는 잠꼬대 같은 소리부터 시작해, 밤하늘에 빛나는 별이라느니, 만지면 안 되는 예술품이라느니 히라는 흥분해서 말을 더듬어가면서도 열변을 토했다.

"키요이 같은 사람과 한 지붕 아래서 지내는 건 나한테 과분한 행복이야. 그러니까 나는 이제 언제 죽어도 이상하지 않아. 그래도 자식이 먼저 죽는 것만한 불효는 없다니까 가능한 한 오래 살려고 노력할 거예요."

히라 극장은 그렇게 막을 내렸고, 거실에는 절망스러울 정도의 정적이 내려앉았다.

히라의 부모님은 말을 잃었다. 아무 말도 할 수 없는 건 오히려 할말이 너무 많아 입안에서 꽉 막혀버린 탓이다. 괴롭힌다는 혐의는 벗었지만, 히라의 부모님 얼굴에 또다른 의혹이 떠올라 있었다.

우리 아들 혹시 게이인가?

그런 마음속 목소리가 들려오는 것 같아서 키요이는 머리를 쥐어뜯고 싶어졌다. 커밍아웃은 무척이나 민감한 사안이라 이렇게 만나자마자 교통사고 일으키듯 해버릴 일이 아니다.

도움을 구하려고 주변을 둘러보자, 도모야는 얌전하게 입체 그림책을 읽고 있고, 나호는 도모야의 머리를 쓰다듬으며 느긋하게 앉아 있다. 역시 정치인의 아내답다. 동요하지도 않고, '군자는 위태로운 곳에 발을 들이지 않는다'는 가르침을 철저히 따르고 있다. 이러면 믿을 사람은 안나밖에 없다. 안나에게 '이번에 진 빚을 갚아'라는 뜻이 담긴 눈빛을 보내자, 안나는 곤란한 표정을 지으면서도 과감하게 입을 열었다.

"저기, 히라군."

안나가 말을 걸자 히라는 고개를 갸웃했다.

"아까부터 생각했는데, 내가 히라군을 어디선가 본 것 같거든."

"이런 기분 나쁘고 짜증나는 녀석을?"

키요이는 아무 생각 없이 평소처럼 내뱉은 뒤에야 히라 부모님의 존재가 떠올랐다. 곁눈으로 살펴보니 두 사람의 얼굴이 완전히 굳어 있다. 망했다.

한번 사라졌던 괴롭힘 의혹이 다시 떠오르고, 이번에는 게이 커플 의혹까지 얽히며 히라의 부모님을 더욱 혼란스럽게 만들었다.

"음, 그러니까, 어디였더라? 사적으로가 아니라 일하다가."

어둡게 가라앉은 분위기를 띄워보려는 듯 안나가 밝게 이야기를 이어나가려 애쓴다.

"……저기, 아마도, 여름에 잡지 촬영 했을 때 같은데요."

조금 전 활기 넘치던 때와는 전혀 다르게 히라가 나직이 대답했다.

"촬영?"

"저녁에 게릴라성 호우가 왔었던 날, 오다이바에서……"

"호우? 아, 혹시 〈마리〉 촬영 말이야? 어, 근데 어떻게?"

"히라가 노구치씨 어시스턴트를 하고 있어."

키요이가 말해주자, 안나는 놀라며 감탄사를 쏟아냈다. 그리고 미처 기억 못했다며 히라에게 사과하고는, "얼마 전 어느 사진작가 지망생이 말하던 소문 속 어시스턴트가 히라군이었구나" 하면서 한층 더 놀라워했다.

"소문이라니?"

"노구치씨가 누구를 직접 불러서 채용한 경우는 처음이래. 아, 노구치씨가 까다롭다는 소리가 아니라, 오히려 포용력이 있어서 사람을 별로 가리지 않는다는 것 같아. 그런데 이번에 들어온 어시스턴트는 노구치씨가 일부러 데려온 거라고 업계에 조금 소문이 났었어."

"노구치씨가 히라의 재능을 인정했다는 건가?"

"그것 말고 다른 이유는 없을 것 같은데."

둘이서만 대화를 이어가는데, 히라의 어머니가 몸을 내밀며 물었다.

"카즈, 프로 사진작가의 어시스턴트로 일하고 있어?"

"아, 응."

"공장에서 케이크에 밤을 올리고 있다고 했잖아?"

"투잡 하고 있어."

"가르쳐주시는 분 성함이?"

"노구치 히로미씨."

히라의 어머니가 눈치를 주자 히라의 아버지가 재빨리 휴대폰으로 검색했다. 끝없이 이어지는 노구치 관련 기사를 보며 굉장하네, 유명한 분이구나 하고 감탄했다.

"어릴 때 카즈나리에게 카메라 사주길 잘했나봐."

"카즈가 나중에 프로 사진작가가 되는 건가?"

흥분한 부모님의 대화를 듣던 히라가 흠칫했다.

"아, 그렇게 너무 큰 기대는 하지 말아요. 그냥 어시스턴트일 뿐이고—"

키요이는 부정하는 히라의 다리를 몰래 걷어차서 입다물게 했다.

"노구치씨가 일부러 불러서 채용했다는 건 네게 충분히 가능성이 있다는 거잖아. 노구치씨한테 잘 배워서 재능을 갈고닦아야 해. 나중에는 독립해야 할 테니까 지금부터 인맥을 잘 만들어둬야지."

키요이는 소용돌이치는 게이 의혹과 괴롭힘 혐의를 벗기 위해 바로 이때다 하며 말을 얹었다.

"그래, 히라군, 프로가 돼서 언젠가 내 사진도 찍어주면 좋겠어."

안나도 키요이의 의도를 알아채 분위기를 띄워주었다.

"아, 죄송해요. 인물 사진은 키요이만 찍을 거라서요."

하지만 히라의 단호한 거절에 거실에 다시 한번 침묵이 내려앉았다.

학교에 갔다가 돌아오니 집안에서 향긋한 토마토소스 냄새가 풍겼다. 안나가 주방에서 냄비를 휘젓고 있었다. 키요이가 다녀왔다고 인사하자, 안나가 어서 와 하고 맞아주었다.

"저녁은 미트볼 스파게티랑 샐러드야. 먹을래?"

먹겠다고 대답하며 의자에 앉자, 안나가 파스타 삶을 물을 올렸다.

"히라랑 나호씨는?"

"히라군은 이층에 있고, 나호씨는 도모야 영어교실에 가셨어."

"유치원생인데 학원에 다녀?"

"나호씨와 히라군 집안은 자연스러운 셀럽이잖아. 이 집도 값나가는 전통가옥이고, 히라 부모님도 무척 품위 있으시더라. 아,

요전에는 큰일을 겪으셨지만."

안나가 재미있다는 듯 웃자, 키요이는 얼굴을 찌푸렸다. 그날의 일은 큰일을 넘어서 대참사였다. 히라의 부모님은 전혀 예상치 못한 곳에서 지뢰가 폭발하듯 아들의 게이 의혹이 불거지자 무척 동요했지만, 그래도 감정적으로 무너지지 않고 마지막까지 품위 있게 대응했다.

많이 부족한 아이지만 잘 부탁해요.

돌아갈 때 히라의 어머니가 그렇게 말하며 고개를 숙였을 때는, 키요이도 속칭 그 귀신 멘탈이 날아가는 것 같았다. 무시무시한 히라 일족.

"히라군은 키요이를 위해서라면 정말 목숨도 바칠 것 같아."

"평범한 남자로 다시 태어나주면 좋겠어."

안나는 코웃음치며 흘려들었다.

"그건 그렇고, 다음달부터 복귀한다며?"

"응, 사와다 감독 영화 크랭크인하니까."

스캔들이 난 지 거의 한 달이 되어가며 조금씩 잠잠해지고 있다. 키리야의 일부 과격한 팬들은 아직 그대로지만 상식적인 일반 팬들 사이에서는 당사자들끼리 진지하게 만나는 게 무슨 문제냐는 여론이 형성되고 있다. 애당초 싱글 남녀의 연애이니 당연한 말이지만.

"문제는 저쪽 회사지."

오랫동안 잘 가꾸고 키워서 마침내 꽃을 피운 간판 아이돌에게 흠집이 난 꼴이라 저쪽 회사에서는 체면을 구겼다고 생각한다고 한다.

"흠집이라니 남자 쪽에서 할 말은 아니지 않나? 한심해."

"키리야 탓이 아니야. 회사에서 그러는 건 어쩔 수 없는 일인지도 몰라. 키리야가 교제를 인정해주지 않으면 은퇴하겠다고 했대."

갑작스러운 이야기 전개에 키요이는 깜짝 놀랐다.

"내가 이 집에서 지내고부터는 사태가 어느 정도 진정돼서 사장님에게 휴대폰을 돌려받았거든. 그래서 키리야랑 문자는 주고받게 됐어. 키리야는 저쪽 사장님과 매일 이야기하는 것 같아."

"잠깐만. 이번 일은 키리야씨로서도 억울하겠지만, 자기 요구를 들어주지 않는다고 은퇴하겠다는 것도 프로로서는 좀 아니지 않아? 솔로가 아니잖아. 그룹 멤버이면서."

"꼭 이번 일 때문이 아니라, 키리야는 전부터 은퇴를 생각하고 있었어."

인기 절정의 아이돌 멤버로서 화려하기만 할 것 같은 이미지와는 반대로, 키리야는 천성이 소박하고 성실한 타입이다. 중학생 때 사촌누나가 대신 응모해준 오디션에 합격한 뒤, 성실한 성격대로 모든 일을 열심히 했고, 그 결과 스타덤에 오를 수 있었다.

"키리야는 지금까지 선배들의 연애와 결혼이 깨지는 걸 여러

번 봐왔어."

키리야의 소속사는 나이 어린 아이돌도 많기에 연애에 관해 엄격하다. 선배들도 지켜온 회사 전통이라고 할 만한 규칙이지만, 언제나 매체를 의식하면서 연애를 하려면 스트레스가 쌓이기 마련이다. 당당하게 하고 싶어도 회사가 허락하지 않으면 결혼도 할 수 없고, 그러다보니 일반인인 상대방이 지쳐 결국은 파국을 맞게 된다. 키리야는 그런 선배들을 가까이에서 꽤 많이 보아온 것이다.

키리야는 올해 스물여덟 살이다. 지금부터 안나와의 교제를 공식화하고, 소꿉친구였던 전 여자친구의 그림자가 사라질 때까지 천천히 단계를 밟아 팬들에게 인정받고 결혼으로 가기까지, 지금의 회사에서라면 십 년이 걸릴 수도 있다. 이제는 개인의 일생이 걸린 문제라 할 수도 있다. 화목한 가정에서 자라고 아이를 좋아하는 키리야는 마흔 전에 가정을 이루지 못할 수도 있다는 현실이 상당히 괴로운 것 같다.

"키리야 소속사에는 마흔 전후의 독신 선배들이 꽤 많거든."

"상식적으로 생각하면 확실히 터무니없긴 하지. 평범한 회사에서 일이라는 명목으로 사원의 결혼을 규제한다면 인권 침해일 거야. 그래도 지금까지 해왔는데, 은퇴는 평생이 걸린 문제잖아. 연예인 그만두고 일반인으로 돌아가면 뭘 어떻게 할 생각이래? 그리고 안나와는 또 어떻게 한대?"

"키리야네 집은 포도농장을 하고, 외동아들이니까 만일 그만두면 가업을 이을 것 같아. 나는 키리야가 은퇴하면 따라가고 싶어."

"하아? 따라간다니, 설마 동반 은퇴?"

키요이는 자기도 모르게 눈을 크게 떴다.

"나는 가족을 일찍 잃어서 중학교 졸업 때까지 보호시설에서 자랐어. 고등학교도 가지 못했어. 중학교만 졸업하고 연예계에 들어와서, 이 세상에 내가 기댈 수 있는 사람은 없다, 혼자서 살아갈 수밖에 없다 생각하면서 필사적으로 연기에 매달리며 노력해왔어. 그래도 지금은 모든 게 허무해. 내가 쌓아왔던 게 이렇게 무너지기 쉬운 거였다는 걸 새삼 깨달았어."

오직 비난할 거리를 찾으려고 드는 악의적인 관찰자들 덕분에 드라마 시청률은 훌쩍 뛰었지만, 방영이 끝나자 인터넷에서는 끔찍한 혹평이 잇따랐다. 못생겼어. 죽어라. 사라져. 음란해. 몸 팔면서 일하는 거지.

"'그래, 알았어, 이제 사라져줄 테니까, 너희도 사라져.' 그런 마음이야. 그래도 키리야의 손은 놓지 않을 거야. 인기는 허상일 뿐이지만 키리야 손은 보이고 잡을 수도 있으니까. 온기가 있어. 살아 있어."

포기한 듯한 말투에 키요이는 속이 탔다.

"뭐, 지금은 힘내라고 쉽게 말할 수도 없네. 그런데 일이 불안해지니까 남자에 대한 애정으로 치환하려는 건 아니지? 그건 위험해. 일을 하다가 진 빚은 결국 일로만 갚을 수 있어. 버텨봐. 안나 정도의 재능이라면, 나는 절대 그만두지 않을 거야. 그런 재능을 썩히면서 평범한 여자가 될 생각이야?"

"나는 평범한 여자야."

"사생활 면에서는 평범하지만, 배우로서는 천부적이잖아?"

그러자 안나는 어이없다는 표정으로 키요이를 바라보았다.

"나는 한 번도 그렇게 생각해본 적 없어. 굳이 말하자면, 평범한 생활조차 해보지 못한 평균 이하라는 열등감이 있어. 솔직히, 그게 나의 원동력이야. 부모님 밑에서 평범한 행복을 누리며 살아온 키요이는 모를 거야."

"나도 그렇게 행복했던 건 아닌데."

빈집을 지키던 어린 시절, 벽 너머 옆집 가족의 단란한 목소리를 들으며 전자레인지에 데운 저녁을 늘 혼자 먹었다. 어린 남동생과 여동생이 엄마를 독점하자 항상 무릎을 끌어안고 TV만 보았다. 하지만 이제 와서 그런 얘긴 하고 싶지 않다.

"안나는 너무 마음이 여려. 어릴 적부터 고생이 많았을 거라고 생각해. 하지만 앞으로도 무슨 일이 생길 때마다 그걸 끌어내서 도망갈 길을 만들 생각이야? 나는 불쌍하니까 하고?"

안나의 눈빛이 바뀌었다. 아픈 곳을 찔린 것이다.

"……키요이는 지금 이대로는 안 돼."

“응?”

“배우에게 강한 멘탈은 필요한 거지만, 키요이는 너무 강해서 마음이 약한 사람을 잘 이해하지 못해. 그런 아픔을 모르는 사람이 어떻게 인간의 희로애락을 연기할 수 있겠어?”

“나도 약해질 때 있어. 그걸 다른 사람들에게 보이기가 싫을 뿐이지.”

“왜?”

“그런 꼴사나운 모습을 뭐하러 보여?”

“그게 키요이의 벽이야. 배우라는 일을 뭐라고 생각해?”

그 물음은 메이저리그 투수의 강속구처럼 날아와 머릿속을 직격했다.

나쁘지 않지만, 좋지도 않다. 꼭 자신이 아니면 안 된다는 확신을 연출가에게 주지 못하는 이유. 스스로도 깨닫지 못했던 약점을 지적당하자 키요이는 차가운 물을 뒤집어쓴 기분이 들었다. 얼어붙은 키요이를 보고 안나는 표정을 풀었다.

“……미안. 말이 너무 심했어.”

“괜찮아. 틀린 말도 아닌 것 같고.”

어깨를 으쓱하면서, 아, 바로 이런 부분이구나 하고 키요이는 다시 한번 깨달았다. 안나의 말에 충격을 받았으면서도, 그런 자신의 감정을 드러낼 수 없다. 아무렇지 않은 척 껍질을 뒤집어써 버린다.

"밥은 안 먹을래."

키요이는 무뚝뚝한 얼굴로 주방을 나오다가 깜짝 놀라 뒷걸음쳤다.

바로 앞 복도에 히라가 무릎을 끌어안고 앉아 있었다.

"왜 이런 데 앉아 있어? 언제부터야?"

"조금 전부터."

꼴사나운 이야기를 들었나 생각하자, 키요이는 얼굴이 확 달아올랐다.

"엿듣지 마. 인기척을 내라고."

"미안. 신들의 전쟁에 끼어들 수 없어서."

역시나 기분 나쁜 대답에 질색하는데 주머니에서 휴대폰이 울렸다. 사장이다. 앉아 있는 히라의 머리를 툭 친 후 전화를 받았다.

"키요이, 지금 집이야? 안나랑 같이 있어?"

궁지에 몰린 듯한 목소리였다.

"네. 여기 있어요. 바꿔드릴까요?"

"아니. 그것보다, 지금 키요이는 바로 키요이 집으로 돌아가."

"갑자기 무슨 일인데요?"

"사정은 나중에 설명할 테니까! 빨리!"

옆에서도 다 들릴 정도로 큰 소리가 나자 발밑에 있던 히라도 깜짝 놀라 올려다보았다.

오랜만에 돌아온 집에서 하룻밤 자고 아침 일찍 눈뜨자마자 히라에게 스포츠신문을 사다달라고 부탁했다.

"으아, 난리났네."

모든 스포츠신문 일면이 안나와 키요이 소의 밀회 기사였다.

—안나, 키리야 케이스케와 키요이 소 사이에서 양다리 들통!

—국민 아이돌을 농락한 여왕.

—근신중에도 반성의 기색 없이.

호텔 지하주차장에서 안나가 모자에 선글라스를 쓴 키요이에게 손을 흔들며 배웅하는 사진이다. 화장하지 않은 얼굴에 평상복을 입은 안나가 관점에 따라서는 더 묘하게 보일 수 있는, 정사 후의 사진이라 해도 납득할 것 같은 전형적인 파파라치 컷.

"히라, 이거 사실 아니야. 전에 안나가 어떤지 걱정돼서 보러 갔을 때야."

"알아. 설사 진짜 밀회라고 해도 나는 참을 수 있어."

참지 마. 평범한 남자친구처럼 화를 내.

정말 화를 돋우는 남자다. 하지만 지금은 기분 나쁘고 짜증나는 녀석에게 휘둘리고 있을 때가 아니었다.

어제 사장이 얘기한 사태가 바로 이것이었다. 사장이 어제 밤늦게 매니저와 함께 집으로 찾아와 특종 이야기를 해줬고, 당분간 활동 정지란 말에 억울한 분노가 솟아올랐다.

"물론 키요이는 전혀 잘못한 거 없어. 그래도 부탁할게. 조금만 참아줘."

사장이 고개를 숙여서 키요이는 더이상 토를 달 수 없었다.

사장은 앞으로 어떻게 대응할지도 알려주었다. 기사는 내일자 스포츠신문에 일제히 나올 것 같고, 당연히 아침 버라이어티에도 나올 것 같다. 정신건강상 봐서 좋을 게 없으니 TV도 인터넷도 보지 말라고 했다. 아는 기자들에게 메일이나 전화가 와도 절대 답하지 말고, 아무리 친한 사이여도, 반박 기사를 써준다고 해도 방심하면 안 된다 등등.

하지만 보지 말라면 더 보고 싶어지는 게 사람 마음이다.

"히라, 리모컨."

"응."

스포츠신문을 보면서, 히라가 가져다준 리모컨으로 TV를 켰다. 아침 버라이어티 방송이 시작되고, 예상대로 안나와 키요이 소 밀회 소식이 톱뉴스로 나왔다. 독설로 유명한 해설자가 비아냥거리는 표정으로 이야기했다.

"소문이 났던 게 한 달 전이잖습니까. 그후에 또다른 남성과 밀회한 거죠. 게다가 이번에 만난 키요이 소는 연하입니다. 자유분방한 건가요? 하고 싶은 대로 다 할 수 있다는 게 부럽네요."

스튜디오에 웃음이 퍼지고, 전파를 타고 사실과 동떨어진 이미지도 확산된다.

"상대인 키요이 소는 안나와 같은 회사 소속 배우이고, 바로 며칠 전 이번 분기 최고 시청률을 기록하며 종영한 드라마에도 함께 출연했던, 현재 가장 주목받는 미남 배우 중 하나입니다."

설명과 함께 번갈아가며 패널들이 화면에 잡혔고, 안나와 키요이의 얼굴은 사진이 아니라 일러스트로 처리되었다. 사진 사용료도 내지 못하는 쓰레기 같은 저예산 방송 주제에. 다음 개편 때 사라져버려라.

무엇보다도 화나는 건, 안나와 키요이 이름은 계속 언급되지만 키리야의 이름은 전혀 나오지 않는다는 점이었다. 아예 언급하지 않고는 이야기를 이어갈 수 없으니까 예전 연애 이야기라느니 저쪽 상대방이라느니 하며 교묘하게 얼버무린다.

"이놈도 저놈도 다 저쪽 눈치만 보고."

혀를 차면서 휴대폰으로 인터넷 상황을 확인했다. 아니나 다를까 겨우 불이 꺼져가던 안나를 향한 악플은 키요이의 등장으로 다시 활활 타오르고 있었다.

—안나 같은 걸레에게 손을 대다니 키요이 소도 남자로서 수준 떨어져.

—삼류 기획사 쓰레기들끼리 잘 만났지. 둘이 같이 연예계에서 사라져주세요.

—키요이는 좀더 멋진 사람과 사귀길 바랐어. 이제 팬 그만둘 거야.

키요이는 얼굴을 찌푸린 채 악의어린 글들을 읽어내려갔다.

사장이 TV와 인터넷을 보지 말라고 했지만, 키요이는 대수롭지 않게 코웃음치며 떨쳐버릴 수 있을 거라 생각했었다. 스스로 과신했는지도 모른다. 마음 깊은 곳에서 응어리진 뭔가가 부피를 키워간다.

실력파 배우로 자리매김해 TV 출연에 목을 매지 않는 안나는 그렇다 쳐도, 지금부터 인기를 높여가야 할 키요이에게는 치명타가 될지도 모를 스캔들이다. 악플 리스크를 짊어지고도 키요이 소를 기용하겠다는 연출가나 프로듀서가 있을까? 현시점에서는 없다. 객관적인 판단이 그렇다.

팔리지 않는 배우는 하늘의 별만큼이나 많다.

마이너라도 괜찮다면, 길이 없지는 않다.

스스로 포기하지 않으면 되는 이야기다.

하지만 '그만큼만'이라는 게 가장 어렵다.

익명의 인간들에게서 끝없이 터져나오는 저주 같은 말. 눈을 가늘게 뜨고서 사람을 제물 삼아 웃어대는 TV 속 군상을 노려보았다. 너희 같은 것들에게 질 것 같으냐. 나는 끝까지 배우로서 살아남을 것이다. 하지만 생각보다 어려운 길이 될지도 모른다.

옆에 앉은 히라를 흘끔 보았다. 어제부터 계속 가까이에서 지켜보았으니, 내가 궁지에 몰렸다는 것을 알 것이다. 그런데도 위로하지도 격려하지도 않는다.

"어이."

키요이가 부르자 히라가 고개를 돌려 쳐다보았다.

"응, 왜?"

"왜냐니……"

가끔은 다정하게 대해달란 말이야.

불쑥 치밀어오른 진심에 키요이의 볼이 뜨거워졌다. 다정하게라니, 뭐냐. 한심하다. 꼴사납다.

"아무것도 아냐."

자기가 불러놓고는 고개를 돌려버렸다.

그게 키요이의 벽이야. 배우라는 일을 뭐라고 생각해?

불편한 시점에 안나의 말을 떠올려버리고는 낙담했다. 선천적으로 타고난 성격은 일할 때뿐만 아니라 모든 상황에서 고개를 든다. 완전히 달라지는 건 어렵겠지만, 그렇다고 이대로 둔다면 언젠가 나 자신을 칠지도 모른다. 그렇다면 고치는 수밖에 없다. 우선 지금은 이 꼴사나운 진심을 히라에게 전하는 것부터 해볼까……

다정하게 대해달라고 히라에게 솔직하게 부탁해보자.

머릿속에서 시뮬레이션을 해보았지만, 자동반사적으로 소름이 돋아 그만두었다. 어렵다. 너무 기분 나쁘다. 게다가 잘 생각해보면, 히라는 전에도 이해할 수 없는 심한 말을 했었다.

나는 키요이의 기분을 헤아리려고 하지 않아.

멋대로 키요이 마음을 추측하는 건, 키요이를 내 눈높이로 끌어내리는 일이야.

새로운 스타일의 권력 선언을 떠올리자, 그때의 분노가 되살아났다. 그렇다, 히라는 그런 녀석이다. 추앙하고 떠받들면서도 현실적인 애정은 주지 않는다.

"히라!"

이름을 부르자 히라가 깜짝 놀라 돌아보았다.

"왜, 왜 그래?"

"배고파. 밥 줘."

평소 같은 투로 명령하자 히라가 벌떡 일어나 주방으로 달려갔다. 아침식사를 준비하는 자각 없는 폭군을 식탁 너머로 울컥한 심정으로 바라보는데, 그 폭군의 휴대폰이 울렸다.

"네, 히라입니다. 고생하시겠네요."

히라의 대답에 노구치가 건 전화라는 걸 알았다.

"어, 낮부터요? 오늘은 쉬는 날인데요."

급하게 일을 부탁하는 모양이다. 키요이는 승낙하지 말라고 잔뜩 힘을 준 눈빛을 쏘았다. 다정하게 대해달라고는 하지 않을 테니까 최소한 곁에 있어줘. 이젠 그것만으로 충분해. 그 이상은 바라지도 않아.

"네…… 네…… 알겠습니다. 그럼 열한시까지 작업실로 갈게요."

키요이는 자기도 모르게 소파에서 일어섰다. 히라가 돌아본다.

"키요이, 나 일이 생겼어. 밥 먹고 다녀올게."

키요이는 욱하는 마음에 당장 헤어지자고 말할까 생각했다. 이제 더는 안 되겠어. 용서할 수 없어. 별거할 정도의 문제라고.

"키리야씨 촬영이라니까 무슨 이야기를 들을 수 있을지도 몰라."

"응?"

"키리야씨 단독 촬영이고, 시기가 그래서 너무 눈에 띄지 않게, 노구치씨 작업실에서 스태프도 최소한으로 찍기로 했대. 그런데 지금 작업실 상태가 너무 엉망이라, 쇼핑몰 광고 사진 정도는 찍겠지만, 인물 사진이라 크로마키 스크린 걸려 있는 안쪽 방을 치워야 하거든. 방이 좁아 촬영할 때는 키리야씨랑 노구치씨, 그리고 어시스턴트인 나만 들어가게 될 것 같아."

키요이는 그제야 겨우 히라의 의도를 알 수 있었다.

"노구치씨가 있으면 키리야씨랑 따로 이야기할 수 없잖아."

"내가 중간에 노구치씨를 내보내고 문을 잠글게."

"바보냐? 그런 짓 하면 잘릴 거야. 경찰이라도 부르면 어쩌려고."

"부르라지 뭐. 키리야씨와 안나씨 일이지만 이제 키요이까지 휘말려서 활동도 할 수 없게 됐잖아. 이 문제를 해결하기 위해서라면 난 무슨 일이든 할 수 있어."

히라가 달걀을 깨 미리 달군 프라이팬에 올렸다. 히라의 담담한 태도를 보자, 키요이는 등줄기가 서늘해졌다. 한 발 잘못 내디디면 범죄의 늪으로 굴러떨어질 것 같달까. 한편으로는, 말보다 행동으로 보여주는 히라가 남자답다고 생각했다. 남자친구 점수가 너무 널뛰듯 올라갔다 내려갔다 한다. 하지만…… 뭐…… 기쁘다.

"……고마워."

평소답지 않게 키요이가 솔직하게 인사하자, 히라는 칠칠치 못한 멍한 표정을 지었다. 연인에게 홀딱 빠져 있는 한심한 남자 얼굴. 하지만 별로 싫지 않아서 키요이는 기분이 꽤 나아졌다.

"뭐 방에 가두고 잠그는 건 바람직하지 않지만, 이렇게까지 일이 꼬여버렸으니 키리야씨가 조커란 느낌은 드네. 저쪽 회사를 진정시킬 수 있는 사람은 키리야씨밖에 없으니까."

키리야를 따로 만나볼 수 있는 유일한 기회를 히라가 만들어 주었다. 이 기회를 놓칠 순 없다. 문제가 되지 않게 만나는 방법이 있다면 키리야와 만나 직접 이야기해보고 싶다. 그 생각에 빠져 있는데, 히라가 말했다.

"그럼, 노구치씨한테 따로 부탁해볼게."

"응?"

"솔직하게 전부 이야기하고 도와달라고 부탁해볼게. 촬영하는 동안 현장의 주도권은 사진작가에게 있으니까. 노구치씨가 스태프 없이 혼자서 찍겠다고 하면 누구도 반대 못해."

"다른 사람에게 이야기하면 어쩌려고?"

"노구치씨는 그럴 사람이 아……닐 거야."

"그걸 어떻게 알아?"

"몇 달 같이 일해보니까, 어쩐지 그래."

"그럼 처음부터 그 평화로운 대책부터 내놨어야지."

키요이가 질렸다는 듯이 말하자, 히라는 이제야 깨달은 듯 맞는 말이라며 고개를 끄덕였다. 그럼 그렇지, 역시 히라의 머릿속 회선은 몇 개쯤 끊어져 있다.

"너는 왜 이런 엄청난 폭탄을 끌어안고 온 거냐?"

작업실로 가기 전 노구치의 집에 들러 사정을 설명하고 도와달라 부탁했다. 노구치는 소파 맞은편에 나란히 앉은 히라와 안나와 키요이를 차례차례 바라보았다.

"아무리 생각해도 어눌한 히라에게 연예인 친구들이 있다는 게 정말 가장 깜짝 놀랄 일이지만, 그건 그렇다 치고, 두 사람 다 용케 여기까지 왔네. 매스컴에서 쫓아오거나 하진 않았고?"

"그렇진 않았을 거예요. 아무도 우릴 못 알아본 것 같거든요."

노구치는 그렇게 대답하는 키요이와 안나를 뚫어지게 바라보았다.

"응, 꼬일 대로 꼬인 성격일 거 같고 별로 가까이하고 싶지 않은 사람들로 보일 뿐이네."

키요이는 모자와 선글라스와 마스크로 가리면서 사실은 연예인이라고 주장하는 듯한 차림을 버리고 애니메이션 미소년 캐릭터가 그려진 티에 체크무늬 셔츠, 발목으로 갈수록 통이 좁아지는 80년대 후반 스타일의 물 빠진 청바지를 입고, LOVE라고 자수가 된 야구모자를 쓰고 앞머리를 내려 눈을 가렸다.

한편 안나는 공주풍 가발에 커다란 인조 장미가 달린 머리띠, 프릴 가득한 롤리타풍 검은색 미니원피스에, 역시 프릴이 달린 하이삭스와 통굽 에나멜 구두를 신었다. 또렷한 쌍꺼풀 라인에는 속눈썹용 테이프를 붙여 홑꺼풀로 만들었다. 360도 어디서 보아도 비주얼 밴드의 열성팬인 고스로리• 같다.

"배우들은 굉장해. 영 딴사람들이네. 둘 다 엄청 못 봐주겠어."

감탄하는 노구치 앞에서 키요이는 입술을 깨물었다. 정체를 들키지 않기 위해서긴 하지만 너무 굴욕적인 차림새다. 하지만 안나는 고맙다고 고개 숙여 인사했다. 칭찬으로 받아들인 것이다. 같은 배우지만 자신과는 기본 태도부터 다르다는 걸 다시금 깨닫는다.

"불편하게 해드려 죄송해요. 이야기 듣고 제가 억지로 따라온

• 고딕풍과 롤리타 패션의 요소를 접목한 일본의 패션 스타일.

거예요. 오늘 아침 기사를 보고 이대로 두면 키요이까지 휘말리겠구나 싶었거든요. 제가 어떻게든 해야 할 것 같아요. 저와 키리야 일로 키요이의 미래까지 망치면 안 되잖아요."

안나가 비통하게 말하자, 노구치는 "뭐 그렇지, 요즘 좀 심하긴 해" 하고 고개를 끄덕였다.

"하지만 내가 멋대로 판단해서 둘을 만나게 했다는 식으로 말이 퍼진다면 내 입장이 상당히 난처해질 거야. 키리야네 소속사는 상당히 지독한 짓도 하니까."

너무나 공감이 가는 말이라서 안나는 할말이 없었다. 자신을 지키기 위해, 아무 관계도 없는 노구치에게 위험한 다리를 건너달라고 하는 격이었다. 이어지는 침묵 속에서 의외로 입을 연 건 히라였다.

"도와주세요. 노구치씨밖에 의지할 수 있는 사람이 없습니다."

고개를 꾸벅 숙이며 부탁하는 히라에게 노구치는 묘한 웃음을 지었다.

"아니, 나도 가능하면 도와주고 싶지. 귀여운 제자가 처음 하는 부탁이니까. 내가 이렇게 귀여워해주는데 일 있다고 와달라고 해도 편의점 케이크 만드는 야간 알바 일이랑 저울질이나 하는, 한 대 쥐어박고 싶을 정도로 귀여운 제자 부탁이니까."

굉장히 비아냥대는 말투였지만, 그만큼이나 노구치가 히라를 인정하고 있음을 알 수 있었다.

"나는 나를 좀더 도와주었으면 좋겠고 사진에 좀더 집중해주면 좋겠지만, 편의점 케이크 만드는 일을 그렇게나 좋아하니 그만두라 말할 수도 없고, 참. 그래, 케이크 많이 좋아하지? 내 어시 하는 것보다 좋지? 공장 그만두고 싶지 않잖아?"

부탁을 들어줄 테니 전속 어시스턴트가 되어달라는 이야기였다. 믿을 수 없는 일이다. 히라, 그러겠다고 대답해. 너처럼 기분 나쁘고 짜증나는 녀석을 일류 사진작가가 인정해주고 있잖아. 우리뿐만 아니라 네 장래를 위해서도 이 기회를 놓치지 마.

"맞아요. 공장은 제 정신의 균형을 유지시켜주는 소중한 곳이에요."

하지만 히라는 간단하게 거절했고, 키요이도 안나도 흠칫하며 히라를 바라보았다. 이 일은 거들떠보지도 않는 거야? 하고 눈빛으로 말하면서. 노구치의 얼굴이 한껏 일그러지고 어깨는 축 처졌다.

"젠장, 매번 스승의 마음을 짓밟다니."

"노구치씨가 제 스승입니까?"

"잠깐, 어이. 이제 적당히 인정할 때도 되지 않았어?"

"아니요, 저 같은 게 그런 당치도 않은 자리를 차지한다는 게 말이 안 되죠."

굉장한 녀석이다. 억지 이론을 펼치면서 스승과 제자라는 관계마저 거절한다. 얼굴이 일그러진 노구치에게 키요이는 더없이 공감해버리고 만다. 스스로 자각하지 못하는 폭군, 히라를 사랑하게 되는 사람은 숙명적으로 그런 억울한 상황에 처하는 것이다. 하지만 '매번'이라는 노구치의 말에서, 두 사람이 빈번히 이런 대화를 나누어왔다는 것을 눈치챌 수 있었다. 히라는 집에서 말수가 적고 일 이야기는 거의 하지 않는다. 그래서 이렇게 안타까운 상황이 벌어지고 있는 것도 몰랐다.

대체 노구치는 히라의 어떤 점이 마음에 드는 걸까.

의아해하고 있는데, 노구치가 뭔가 생각난 듯 히죽 웃었다.

"알겠다. 그럼 다른 방법으로 손을 써보지."

복수를 떠올린 사디스트 같은 노구치의 웃음에 히라는 어깨를 움찔거렸다.

"나를 웃겨봐."

"……네에?"

"지금 여기서 내가 폭소할 만큼 재미있는 말을 하면 그 부탁 들어줄게."

"못합니다."

히라는 일 초 만에 백기를 흔들었다. 키요이도 그건 정말 불가능하다고 생각했다.

"그럼, 모두 돌아가주세요."

노구치가 토라진 듯 등을 돌렸다. 촬영차 만났을 때는 여유 있고 즐거운 어른 이미지였는데, 이쪽이 본모습인지 상당히 어린애 같다. 어떻게 하면 좋을까? 희로애락 중에서도 사람을 웃기는 일은 정말 어렵다. 매사 기분 나쁘고 짜증나고 부정적인 히라가, 토라져서 제대로 말을 듣지 않는 스승을 웃길 수 있을 리 없다. 이어지는 침묵을 끝내듯 히라가 고개를 들었다.

"알겠습니다. 그럼, 짧은 이야기 하나 할게요."

씁쓸한 얼굴로 중얼거리는 히라를 노구치가 히죽대며 쳐다본다. 안나는 기도하듯이 손을 모았다. 모든 것은 히라에게 달렸다. 히라, 뭐든 해봐.

"기무라이헤이사진상을 노린다던 무서운 대학교 2학년이 바로 접니다."

순간 노구치가 굳은 채 눈을 휘둥그레 떴다.

뭐냐. 그게 뭐가 재미있는 이야기냐.

끝났다 생각하며 키요이가 낙담하던 순간, 굳었던 노구치가 갑자기 푸흡 하고 크게 웃음을 터뜨렸다.

"그, 그게, 너였어? 으하하하하하하, 최곤데, 으하하."

숨이 넘어가도록 웃어젖히는 노구치를 멍하니 바라보았다. 방금 전 이야기의 어느 부분이 그렇게 웃긴 건지 알 수 없었다. 히라는 얼굴이 시뻘게진 채 고개 숙이고 있다. 아무래도 두 사람밖에 모르는 뭔가가 있는 것 같다.

"아, 처음부터 정말 감쪽같이 속았네. 너무 웃겨서 죽을 뻔했다."

웃음의 소용돌이에 빠졌다가 겨우 기어올라온 노구치가 손목 시계로 시간을 확인하더니 자리에서 일어섰다.

"그럼, 슬슬 시간 돼가니까 다 같이 작업실로 가자."

"괜찮으시겠어요?"

키요이의 물음에 노구치는 약속했으니까 지킨다며 어깨를 으쓱했다.

"그리고 나랑 히라가 운명으로 이어진 사제라는 걸 알았어."

"운명이요?"

키요이의 미간이 찌푸려졌다. 노구치는 뾰로통해진 키요이는 전혀 아랑곳없이 히라의 어깨를 감싸 끌어당겼다.

"이봐, 너 정말 기무라이헤이사진상 노리고 있어?"

"……잊어주십시오."

"그럼 먼저 사진집을 내. 아니면 개인전을 열든가. 그전에 마음 다잡고 여기 취직해."

"……못합니다."

"우리가 만나기도 전에 내가 네 글에 베스트 댓글을 달았다니, 이건 이미 운명이야."

"……그저 우연이라고 생각합니다."

두 사람은 키요이가 전혀 모르는 이야기를 하고 있다.

노구치처럼 유명한 사진작가가 한눈에 마음에 들어하다니, 히라는 운이 좋다.

그건 그런데, 키요이의 내면에서 묘한 초조감이 피어올랐다. 노구치가 이렇게까지 히라를 아낀다는 걸 몰랐고, 히라도 구시렁대긴 하지만 노구치를 신뢰하는 것 같아 보였다.

커뮤니케이션이 힘들고 낯을 가리는 히라 녀석이…… 왠지 개운하지 않고 떨떠름했다.

노구치의 작업실에 도착한 후 키요이와 안나는 촬영 장소인 안쪽 작은방에 미리 들어가 숨어 있기로 했다. 하지만 여기서부터 난관이 있었다.

스타일리스트나 헤어메이크업 담당은 최소 인원만 왔지만, 매니저가 키리야 옆에 딱 달라붙어 있었다. 노구치가 어떻게든 이 남자를 떼어내줘야 한다.

"왜 촬영을 지켜보면 안 된다는 건가요?"

문 너머로 귀를 기울이니 키리야의 매니저 목소리가 들렸다.

"이 작업실에서 인물 사진을 찍는 건 특별한 경우뿐입니다. 세세한 이유가 있긴 한데, 아무튼 촬영에 제약이 많아서 웬만해서는 여기서 찍지 않아요. 하지만 이번에는 사정도 있고 해서 사람들 눈에 띄지 않는 여길 빌려드린 겁니다."

크리에이터 특유의 예민함을 내세우며 노구치가 말하자, 짧은 침묵 후 알겠다고 수긍하는 담담한 목소리가 들렸다. 한동안 숨

죽이고 기다리자, 문이 열리고 닫히는 소리에 이어서 "잘 부탁드립니다" 하는 젊은 남자의 목소리가 들렸다.

"키리야군, 오랜만이네."

"오랜만에 뵙습니다. 오늘 무리한 부탁을 드려서 죄송합니다. 잘 부탁드립니다."

대형 기획사 아이돌답게 키리야는 예의바르고 정중하게 인사했다.

"키리야군, 미안한데 문 좀 잠가주겠어?"

"음, 잠그라고요?"

"이유는 지금부터 이야기하겠지만, 조금 놀라더라도 절대로 큰 목소리는 내지 마. 알겠지?"

"네, 네."

"사실은 키리야군을 만나고 싶다는 사람이 여기 와 있어."

"……네?"

"가장 만나고 싶은 사람이라면 좋겠는데."

키리야가 설마…… 하고 중얼거리더니 서둘러서 문을 잠그는 소리가 들렸다.

"됐어. 이제 나와도 돼."

노구치가 작은 목소리로 말하자, 크로마키 스크린 뒤에서 키요이와 안나가 고개를 내밀었다. 키리야에게 키요이는 보이지 않는 듯 그의 시선은 곧바로 홑꺼풀에 고스로리 차림을 한 안나에게 꽂혔다.

"……키리야."

안나가 눈물어린 목소리로 부르고, 두 연인의 애틋한 재회가 시작됐다. 꼭 끌어안은 둘의 모습을 가능하면 보지 않고 방해도 하지 않으려고 노구치와 키요이는 방 한구석에 조용히 서 있었다. 아마도 히라는 문밖에서 지키고 있을 것이다.

"모두 젊고 앞날이 창창한 사람들이잖아. 상황이 조금이라도 나아지면 좋겠어."

노구치의 말에 키요이는 고개를 끄덕였다.

"키요이한테도 엄청난 불똥이 튀었겠네."

"정말 무지 성가셔요. 하지만 트러블이라는 건 노력한다고 피할 수 있는 게 아니잖아요. 그러니까 해결하는 방법을 미리 터득해두는 편이 좋아요. 조용히 얻어맞기만 하는 건 성격에 안 맞거든요."

"어린데도 멘탈이 단단하네."

"일할 때는 그게 장점이기도 하고 단점이기도 해요."

"아, 뭐 그렇지. 둔감해지지 않고 늘 강인하기는 어려운 일이야."

그저 한마디였지만, 노구치는 키요이가 하고 싶은 이야기를 정확하게 짚었다. 사소한 일에 휘둘려도 주눅들지 않는 강인함, 작은 감정까지 알아차리고 표현할 수 있는 섬세함. 이 두 가지가 양립하고 있다. 지금까지 키요이가 자신의 장점이라고 생각해왔던 부분이 지금은 벽이 되어 앞을 가로막고 있다.

"히라는 어떻게 아는 사이야?"

"고등학교 동창이에요."

"아, 그래서 친구로 지내는 거야? 두 사람은 접점이라곤 전혀 없었을 것 같은데."

"뭐, 접점은 딱히 없었어요."

"고등학교 때는 특히 그랬을 거 같은데. 비좁은 상자에 과, 속, 종 모두 다른 암수 생물이 한꺼번에 밀려들어가 있으니까 아직 다 발달하지 못한 생물의 육성 환경으로서는 영 아니지. 키요이와 히라라면, 괴롭힌 아이와 괴롭힘 당한 아이 정도의 접점밖에 떠오르지 않는데?"

노구치가 킥킥 웃다가 말을 이었다.

"뭐, 그래도 히라는 양의 탈을 쓴 군주니까, 그렇게 매치가 안 되는 것도 아니네."

"네?"

"마음이 약한 것처럼 보이지만 사실은 엄청 고집 세잖아. 평소에는 사람들 뜻을 거역하지 않으면서 음침하고 묵묵하고 성실하게 움직이지만, 자기 안에 누구의 침범도 허락하지 않는 부분이 있어서, 거길 건드리면 바로 이빨을 드러내는 타입이랄까. 의외로 쉽게 레일에서 이탈해버릴 것 같아서 위험해."

옳은 지적이다. 날카로운 관찰력은 사진작가라는 직업 때문인가, 아니면 히라에게 느끼는 개인적 흥미 때문인가. 개인적인 흥미 때문일지도 모른다는 생각이 들자 키요이는 가슴 한구석이 왠지 찌릿찌릿 타들어가는 것 같았다.

"위험하지만, 좋아. 자기 안에 성역을 가진 크리에이터는 강하거든. 그것이 앞으로 방해가 되는 족쇄로 작용할지, 장점이 될지는 본인이 어떻게 하느냐에 달렸지만."

"히라가 그걸 장점으로 승화시킬 수 있을 거라고 생각하세요?"

"그건 누구도 몰라."

"그래도 가능성이 있어 보이니까 히라를 가까이에 두시려는 거잖아요?"

잠깐 침묵이 흘렀다.

"내가 그 녀석에게 느끼는 건 그런 순수한 게 아니야."

"……그럼, 뭔데요?"

순수의 반대는 불순인데.

"부끄러우니까, 비밀."

농담 같은 대답에 짜증이 나서, 아까부터 느껴지던 개운치 않은 떨떠름한 감정이 불안과 걱정의 빛을 띠기 시작한다. 설마 노구치도 게이인가. 그리고 히라에게 발칙한 흥미를 느끼는 건가. 그 기분 나쁘고 짜증나는 녀석에게? 부정하고 싶지만, 키요이 역시 같은 굴 속의 너구리 같은 처지라 완전히 부정할 수 없다.

"하지만 기무라이헤이사진상을 노린다는 대학생이 저 녀석이었을 줄이야."

노구치가 좀전의 이야기가 생각난 듯 다시 웃기 시작하자, 키요이는 일단 의혹을 옆으로 밀쳐두었다.

"굉장한 상 아니에요? 저 녀석이 받을 수 있을 것 같아요?"

"지금으로선 말도 안 되지. 학생 연극으로 아카데미상을 받을 수 있겠어?"

역시 현실은 어려운 건가.

"게다가 '찍고 싶은 건 없다'는 상태라면 말이지."

"네?"

"전에 뭘 찍고 싶냐고 물은 적이 있었거든. 히라는 찍고 싶은 건 없다고 대답했어. 분명하게, 그것도 두 번이나 반복해서."

키요이는 갑자기 머릿속이 하얘지는 듯했다.

"……아, 그랬군요."

아무렇지도 않은 척하기 위해서는 노력이 필요했다.

"그건 상관없어. 욕망이란 부정할수록 나타나는 거니까. 조만간 싫어도 인정할 수밖에 없을 때가 올 거야. 자신이 뭘 원하는지 뭘 바라는지. 욕망은 대개 볼품없는 형태를 띠고 있지만 그걸 인정해야만 겨우 출발선에 설 수 있는 거야."

노구치가 계속 이야기를 이었지만, 전부 한쪽 귀로 흘러나갔다.

자기 안으로만 틀어박히려는 히라가 유일하게 스스로를 해방하는 일이 사진을 찍는 것이고, 그런 히라가 가장 찍고 싶어하는 건 나라고 생각하고 있었다. 실제로 언제나 히라는 키요이를 찍었다. 비슷한 컷을 질리지도 않고 찍고, 새끼손가락에 새끼발톱까지 즐거운 듯 애정을 담아 찍어대지 않았는가.

그런데 '찍고 싶은 건 없다'고?

짧은 시간이었지만 안나와 키리야는 서로의 마음을 확인할 수 있었다. 복잡한 이야기는 할 수 없었지만 얼굴을 보고 직접 이야기하는 것만으로도 통하는 것이 있다.

앞으로 상황이 어떻게 되어갈지 알 수는 없지만, 나쁜 쪽으로 흘러가지는 않으리라 생각한다. 두 사람의 마음이 단단하니 양쪽 회사에서는 은퇴를 막기 위해 서로에게 이득이 되는 결론을 찾을 수밖에 없을 것이다. 회사 역시 황금알을 낳는 닭을 밟아 죽이는 일은 하지 않을 것이다.

집에 돌아오니 이미 한밤이어서 먼저 오타쿠 같은 옷을 벗어버리고 욕조로 들어갔다. 따뜻한 물에 몸을 담그면 개운치 않은 감정도 씻기리라 생각했지만, 그렇지 않았다.

"키요이, 밥 다 됐어. 먹자."

목욕을 하고 나오니 식사가 차려져 있었지만, 키요이는 무시하고 냉장고로 가 물을 꺼내 그 자리에 선 채 마셨다. 히라가 카메라를 들었다. 이어지는 셔터 소리. 평소라면 기분좋게 들렸을 셔터 소리가 지금은 겨우 억눌러놓았던 짜증에 불을 붙였다.

"찍지 마."

성큼성큼 다가가 손으로 카메라를 내리눌렀다.

"키요이?"

히라가 당황한 듯 눈을 깜박거린다.

"너, 찍고 싶은 게 없다며?"

"응?"

"노구치씨한테 들었어. 사실은 날 별로 찍고 싶지 않은 거 아냐?"

"그럴 리가, 찌, 찍고 싶어. 굉장히 찍고 싶어."

"그럼 왜 노구치씨한테 그런 말을 했어?"

"……그건."

히라는 입을 다물었다. 짜증이 분노로 바뀌었다.

"똑바로 말해."

목소리에 압력을 신자, 히라가 고개를 들었다. 무척 곤란해하는 얼굴이다.

"……그, 그건, 그…… 노구치씨가 물어본 건 '프로로서 찍고 싶은 것'이란 의미였는데, 사생활에서 찍고 싶은 거랑 프로로서 찍고 싶은 건, 나, 나는, 다, 다르다고 생각해."

오늘의 두번째 충격이었다. 첫번째 받은 충격보다 컸다.

"대상을 대하는 마음가짐도 그렇고, 더 진지한 마음이어야 하고, 자, 장난으로는 찍을 수 없어."

장난으로는 찍을 수 없어? 그럼, 나를 찍는 건 장난에 불과하다는 거야?

허둥대며 횡설수설하는 히라를 보자, 말로 표현할 수 없는 분통함이 솟구쳤다. 크리에이터에게 '연인'과 '창작의 원천'이 꼭 일치한다고 할 수는 없다. 셰프가 레스토랑에서 만드는 요리와 집에서 만드는 요리는 다르다. 가수가 무대에서 부르는 노래와 집에서 부르는 콧노래는 다르다. 알고 있다. 하지만 그렇게나 날 떠받들듯 모셔놓고는 이제 와서 이런 말을 할 줄은 몰랐다.

어느 날 갑자기 히라에게 창작의 뮤즈가 나타나면 어떻게 되는 걸까? 물건이나 풍경이라면 몰라도, 사람이라면? 그럼 나는 어떻게 되는 걸까. 뮤즈는 뮤즈, 연인은 연인이 되는 건가? 그런 일은 허용할 수 없다.

몸과 마음을 다해 사랑을 바치지 않는 히라라면 아무 가치 없다.

내가 사랑하는 남자의 영혼을 누군가와 나눠 갖는다는 굴욕도 받아들일 수 없다.

속이 부글부글 끓었다. 언뜻 보면 뭐든 내 생각대로 다 해주는 순종적인 연인 같지만 사실은 자기만의 룰로 똘똘 뭉친 나님인 데다 본인 스스로는 그걸 깨닫지 못하는 기분 나쁜 남자, 그래도 그런 히라의 첫번째는 나라고 생각했다. 노구치가 말하는 히라의 '성역'에 있는 건 나라고 믿었다. 그렇게 믿었으니까 그토록 무신경한 나님 히라도 참을 수 있었다.

발을 구르고 싶다. 멱살을 쥐고 분이 풀릴 때까지 때려주고 외치고 싶다.

나만 봐. 네 창작의 원천은 나야. 나를 찍고 싶다고 말해.

"……젠장."

참기 어려운 감정이 입으로 새어나왔다. 뭐냐 이건. 죽을 만큼 꼴사납다. 어째서 히라는 항상 나를 이렇게 꼴사납게 만드는 걸까. 히라와 사귀기로 했을 때도, 마지막에는 내가 매달리는 모양새였다. 동거하자고 주도한 것도 나였다. 언제나, 언제나, 내가 그랬다.

"……이제 됐어."

"응?"

키요이는 침실로 들어가 옷장에서 트렁크를 꺼냈다.

"키요이, 뭐하는 거야?"

"나갈 거야."

히라의 눈이 휘둥그레졌다.

"너랑 있고 싶지 않아."

히라의 얼굴이 창백해졌다. 꼴좋다. 너만 조커를 가진 게 아니야. 알았으면 사과해. 가끔은 네가 져달라고. 한계에 달한 눈빛으로 노려보자, 히라는 천천히 고개를 숙였다.

"………알았어."

"하아?"

"그런데, 내가 나갈게. 이 집은 키요이네 회사에서 해준 거니까."

히라가 자기 가방을 꺼내더니 옷을 챙겨넣기 시작했다. 잠깐 기다려. 그렇게 쉽게 받아들이지 마. 위기를 돌파하려는 노력을 하라고. 하지만 히라는 이내 가방을 들고 침실에서 나갔다. 그리고 거실 테이블에 두었던 카메라와 노트북까지 가방에 넣었다.

정말 나가려는 거야?

말을 꺼낸 건 자신이니 잡을 수도 없다. 히라는 말없이 현관으로 향했고, 죽은 생선 같은 눈으로 키요이를 마주보았다. 그리고 말없이 눈으로만 인사하고 나가버렸다.

현관문 너머로 발소리가 멀어진다.

히라를 쫓아낸 게 아니라 히라가 나를 홀로 남겨둔 기분이 들었다.

히라와 별거한 지 열흘, 상황은 아직 교착상태다.

히라는 전화를 걸지도 않고, 문자를 보내지도 않고, 당연하지만 화해하자고 매달리지도 않는다. 이번뿐 아니라 히라는 기본적으로 키요이에게 부탁이란 걸 하지 않는다. 부탁 자체를 주제넘은 일이라 생각한다.

그러면서도 스캔들에 연루되기 전에 촬영했던 키요이의 잡지 화보와 인터뷰 기사에 대해 감상을 적은 편지를 소속사로 보내왔다. 계속되는 악플 세례에 가라앉은 기분을 조금이나마 달래주려는 듯 회사 스태프가 "수상한 애 편지가 또 왔어요" 하고 장난스럽게 그 편지를 건네주자, 키요이는 더 화가 치밀었다.

편지에 사적인 내용은 전혀 없었다. 화보 속 키요이가 정말 멋있었다는 둥 인터뷰에 재치있게 답했다는 둥 강한 의지가 보였다는 둥 전부 칭찬 일색이었고, 읽어갈수록 너는 그저 한 명의 팬일 뿐이냐고 묻고 싶은 답답함만 쌓였다.

연인이면서 왜 회사에 팬레터 따위를 보내는 거냐. 한마디면 되는데, "지난번에는 미안"이라고 훨씬 간단하고 편하게 한마디만 하면. 내가 그걸 바라는데. 그런데 대체 왜?

다시 잘해보자고 말해주지 않으니 키요이가 먼저 연락할 수도 없다. 자존심을 지키면서 화해할 방법은 없을까 고민하는 매일이 이제 정말 지긋지긋할 정도다.

일 쪽으로는 빛이 들기 시작했다. 키리야와 안나의 마음이 흔들릴 것 같지 않다고 판단한 키리야의 소속사에서 마침내 태도를 부드럽게 바꾸기 시작한 것이다. 아마도 한풀 접을 타이밍을 찾고 있었을 것이다. 안나는 영화계 거장 감독들의 러브콜을 받고, 해외에서도 높이 평가받는 배우다. 그런 배우를 소속된 아이돌 하나를 지키기 위해 뭉개버렸다고 한다면 자신들 역시 진흙을 뒤집어쓰게 될 것이다. 앞으로 영화계 쪽 일을 해나가기 어려워질지도 모른다.

진흙탕 싸움으로 번지기 전에 지금은 양쪽 회사에서 수습을 위해 움직이고 있다. 일단은 두 사람의 교제를 인정하고, 어떤 형태로 알릴지 고민중이다. 매스컴에도 그런 취지로 사실을 전하자, TV와 잡지에 들끓던 공격적인 가십이 싹 사라졌다. 정말 속물 같은 녀석들이다.

하지만 그 덕분에 키요이도 복귀할 수 있게 되었다. 너무 튀지 않으려고 라디오 녹음 방송으로 시작했지만, 오랜만의 현장 복귀에 마음이 들떴다. 녹음은 순조롭게 진행되었고 중간중간 자연스럽게 이번 스캔들이 오해였다는 걸 직접 말할 수 있어서 후련했다. 그래도 뒷말을 하는 사람들은 험담 자체가 목적일 테니 상대하지 않으면 그만이다.

매니저가 운전하는 차에 타 방송국을 나서자, 경사진 길에 꽤 많은 팬들이 기다리고 있었다. 모두가 키요이를 연호하고 있다. 저들이 한결같이 자신의 복귀를 기다려주었다고 생각하자, 성가시다 생각했던 출퇴근길의 팬들에게도 고마운 마음이 들었다.

"가능한 한 천천히 가주세요."

"응응, 그래야지."

느릿느릿 나아가는 차의 창문 너머로 팬들을 향해 웃으며 손을 흔들었다. 울음을 터뜨리는 여자애도 있었다. 무대 위 아이돌에게 닿지 않을 것을 알면서도 손을 뻗던 사람들, 초등학생 시절 가슴에 새겨졌던 바로 그 장면 속에 자신이 있었다.

여자들 무리에서 조금 떨어진 곳에서 익숙한 한 남자를 발견했다. 모자, 선글라스, 마스크를 쓰고 수상한 분위기를 풍기는 남자가 가만히 이쪽을 바라본다. 히라다. 그렇게 그리우면 돌아오라고 한마디만 하면 되잖아. 대체 얼마나 얄미운 남자인 거냐.

차는 천천히 아름다운 은행나무 가로숫길로 들어섰다.

"키요이, 오랜만에 일해서 피곤하지? 스케줄 다 끝났는데 바로 집으로 갈까? 아니면 뭐 맛있는 거라도 먹으러 갈래?"

복귀 첫날이라 매니저도 신경을 써주고 있다. 하지만 조금 전 보았던 히라의 모습이 머릿속에 강하게 박혀 떠나지 않는다. 모처럼 기분좋았는데. 키요이는 두 손으로 거칠게 머리를 헝클어뜨렸다.

"잠깐 들를 데 있으니까 여기서 내려주세요."

"음, 그래도 혼자 다니는 건 좀 그런데. 아직 첫날이고."

"계속 집에만 틀어박혀 있었더니 오랜만에 좀 걷고 싶어요."

"그럼 어쩔 수 없지. 선글라스랑 마스크는 꼭 쓰고 다녀."

매니저가 길옆에 차를 세워주었다. 무슨 일이 생기면 바로 연락하라며 걱정하는 매니저에게 고개를 끄덕이고, 수고했다고 인사하고 차에서 내렸다.

주머니에 손을 찔러넣고 고개를 숙인 채 황금색으로 물든 은행나무 가로숫길을 걷기 시작했다. 주머니 속 오른손에 휴대폰을 꽉 쥐고 있다. 히라는 아직 근처에 있을까.

이럴 생각은 아니었는데, 키요이는 절로 얼굴이 찌푸려졌다.

왜 이렇게 생각대로 되지 않을까. 히라와 사귄 뒤로 전혀 의도하지 않던 일이 연달아 일어났고, 서로를 좋아하지만 서로에 대해 이해할 수 없는 부분이 80퍼센트는 되는 것 같다. 키요이는 그동안 줄곧 히라가 이상하기 때문이라고 생각했지만, 그 이유만이 아닐지도 모른다는 생각이 들었다.

사실 우리는 굉장히 맞지 않는 커플일지도 몰라.

좋아하는 마음만으로는 커버할 수 없을 정도로.

나는 먼저 나서서 사과하지 못하는 타입이다.

내가 결코 이해할 수 없는 사고 회로를 가진 히라 역시 먼저 사과해오지 않을 타입이다.

그런 두 사람이 다투면 상황은 악화되기만 할 것이다. 나보다 고집 센 녀석은 없을 것 같았는데 히라는 그 이상의 나님이고, 결국 내가 먼저 손을 내밀지 않는 한 화해할 길은 없다. 하지만 아니꼽다. 왜 나만 항상.

아, 이제 생각하는 것 자체가 지긋지긋해지기 시작했어.

정말 이러는 건 나답지 않아. 우울해하면서 걷다보니 큰길에서 벗어나 인적 드문 골목에 들어서 있었다. 여기는 어디지? 키요이는 멈춰 서서 크게 한숨을 내쉬었다.

싫은 일은 빨리빨리 정리해버리자.

각오하고 주머니에서 휴대폰을 꺼내 히라에게 보낼 문자를 입력하기 시작했다. 하지만 미안하다는 말은 절대 하고 싶지 않다. 사과하지 않고 화해할 수 있는 문장을 고심하는데, 죄송합니다 하고 누군가 말을 걸었다.

"저기, 혹시 이 근처에 서점이 있나요?"

선글라스를 쓴 남자의 물음에 키요이는 길 쪽을 바라보았다.

"큰길까지 직진해서 오른쪽으로 돌면 대형 서점이 있어요."

"고마워요, 키요이군."

그가 이름을 불렀고, 키요이가 그를 향해 고개를 돌리려는 찰나, 두꺼운 팔이 키요이의 목을 휘감았다. 등뒤에서 겨드랑이 밑으로 양팔을 넣어 목 뒤를 아주 강하게 조였다. 발버둥쳐봤지만 빠져나갈 수 없었다.

아…… 위험해……

단번에 온몸의 핏기가 사라지듯 의식이 멀어졌다.

눈을 떠보니 더러운 다다미에 서 있는 누군가의 신발 끝이 보였다. 양손이 뒤로 묶이고 양발이 케이블타이로 꽁꽁 묶인 채 엎드려 있어 일어날 수가 없다. 눈만 굴려 보니 오래전부터 사람이 살지 않는 빈집 같았고, 어디인지는 특정할 수 없었다.

"정신 들었어?"

남자가 발로 키요이의 허리 쪽을 거칠게 올려차자, 몸이 굴러 위를 보고 눕게 되었다. 선글라스를 벗고 내려다보는 남자와 눈이 마주친 키요이는 깜짝 놀랐다. 출퇴근길에 히라 옆에서 자주 같이 기다리던 안나의 팬이었다. 시타라라고 했던가. 그렇다면, 열애 보도 때문인가? 납치한 동기를 짐작할 수 있었다.

"비밀번호 불러."

기절한 동안 가져간 듯 남자의 손에 키요이의 휴대폰이 들려 있었다.

"죽어버려, 쓰레기 같은 놈."

말하자마자 시타라가 옆구리를 힘껏 걷어찼다. 충격으로 숨이 막혔다. 시타라가 키요이의 머리카락을 움켜쥐고 상체를 일으켰다. 그러고는 바닥에 한쪽 무릎을 꿇고, 눈을 똑바로 보며 말했다.

"말해."

시타라가 두꺼운 손으로 키요이의 뺨을 후려쳤다.

"말해."

다시 한번 강하게 쳤다. 입술로 뜨끈한 액체가 흘러내린다. 입안에 퍼지는 쇠 맛. 코피다. 입안도 찢어졌다. 시타라는 아랑곳없이 두 뺨을 번갈아가며 때렸다. 그 충격에 새빨간 비말이 시타라의 얼굴과 셔츠에 튀었다. 그러나 그는 무표정이었고 눈에 핏발이 가득 섰다.

완전히 돌았네.

견디지 못하고 비밀번호를 말했다. 시타라가 키요이를 밀치더니 새빨간 피가 잔뜩 튄 손으로 휴대폰 잠금을 풀었다. 연락처에서 누군가를 찾아 전화를 건다. 키요이는 그의 이상한 옆얼굴을 멍하니 바라보았다. 통증이 퍼지며 얼굴 전체가 저렸다.

"여보세요, 안나?"

역시 안나 때문이었구나 생각하며 눈썹을 찌푸렸다.

"아, 맞아, 이건 키요이군 휴대폰이야. 안나에게 전화하고 싶어서 빌렸어. 전화 목소리는 조금 다르구나. TV보다 좀더 낮아서 어른스럽네. 응? 나는 시타라라고 해. 당신 팬이야. 늘 당신 보러 가는데. 물론 기억 못하겠지만."

다정한 목소리가 오히려 더 섬뜩했다.

"지금 여기로 키요이군 만나러 올래? 아무한테도 말하지 말고 안나 혼자 와주면 좋겠어. 안 그럼 키요이군 죽일지도 몰라. 거짓말 아니야. 진심이야. 키요이군 휴대폰이니까, 지금 내가 키요이군이랑 같이 있는 건 알겠지? 안 오면 키요이군은 정말 죽을 거야. 그렇게 되면 안나 때문이 되겠지? 알아들었어?"

시타라가 주소를 불렀다. 아까 키요이가 있던 곳에서 그리 멀지 않은 곳이었다.

"……나는 안나랑 아무 사이 아니야. 그냥 친구야."

키요이가 힘없이 널브러진 채 말했지만, 시타라는 쳐다보지도 않았다. 낡고 더러워진 다다미에 무릎을 세우고 앉아 자기 휴대폰을 만지고 있다. 문득 안나의 목소리가 들렸다. 목소리를 덮으며 BGM이 흘러나왔다. 익숙한 대사. 안나가 출연한 영화다. 베를린에서 상을 받은 데뷔작.

옆으로 쓰러진 키요이의 시야 속 시타라는 가만히 화면을 바라보고 있다. 황홀하게 완전히 빠져 있는 눈. 굉장히 조용하고, 굉장히 열렬해서, 키요이는 히라가 자신을 볼 때의 눈과 비슷하다고 생각했다. 이런 이상한 짓을 저지르는 남자와 히라가 비슷하다니, 인정하고 싶지 않아 두 눈을 꾹 감아버렸다.

대사와 음악만 흐르는데, 문을 두드리는 작은 소리가 들려왔다. 영화에 빠져 있던 시타라의 안면이 꿈틀했다. 꿈에서 깬 것처럼 천천히 문 쪽을 바라본다.

"……안나."

비틀거리며 일어난 시타라가 방을 나갔다. 저쪽이 현관인가. 안나 혼자 온 걸까. 설마 아니겠지. 사장이나 매니저에게 연락했을 것이다. 그 두 사람이 있다면 안나는 괜찮을 것이다. 문제는 갇혀 있는 자신이다. 고삐 풀린 시타라가 무슨 짓을 할지 모른다.

"……히라? 네가 어떻게 여기를?"

시타라의 당황한 목소리가 들렸다. 히라가?

"키요이 휴대폰으로 안나씨에게 전화했잖아."

정말 히라의 목소리였다. 안나가 히라에게 연락해준 것이다.

"키요이 어디 있어?"

"안나랑 히라는 어떻게 아는 거야?"

시타라의 목소리에 평온하지 못한 기색이 섞였다.

키요이는 몸을 비틀며 기어가려 했다.

"히라!"

한순간 고요하다가 격렬한 소리가 시끄럽게 겹쳤다. 쿵쿵거리는 발소리들. 그 소리가 순식간에 키요이가 있는 방에 도달했다. 열린 문 너머에 히라가 서 있었다.

"키요이!"

키요이는 일으켜지며 히라의 품에 안긴 순간 온몸의 힘이 빠졌다.

"키요이, 피……"

히라가 울 것 같은 얼굴로 들여다본다. 코피로 엉망이 된 부은 얼굴을 보이고 싶지 않다. 바로 병원으로 가자며 히라가 키요이를 일으키려는 순간, 시타라가 등뒤에서 히라를 발로 걷어찼다.

"멋대로 굴지 마."

"키요이에게 무슨 짓을 했어!"

히라가 눈을 치켜뜨며 시타라를 노려보았다.

"겨우 이 정도 가지고 난리—"

히라가 일어서면서 주먹으로 힘껏 후려쳤고, 시타라는 뒤쪽 벽

에 세게 부딪혔다. 멱살을 끌어잡고 더 치려는데, 이번에는 시타라가 히라의 발을 걸어찼다. 히라는 얼굴부터 바닥에 처박혀 코피를 흘렸다. 시타라가 히라의 몸을 거칠게 뒤집고는 올라탔다.

"너는 안나랑 무슨 사이야?"

"당신이랑 상관없잖아."

"나는 안나의 팬이야."

"팬이라면서 왜 안나씨 친구를 괴롭혀?"

"친구? 남자잖아."

"안나씨보다 주간지에서 떠드는 얘기를 더 믿어?"

"……시, 시끄러워!"

시타라가 히라를 위에서 짓누르며 목을 감아쥐었다.

"안나를 믿었어. 믿으려고 했고, 키리야까진 용서할 수 있었어. 머리 빈 아이돌이라 실망하긴 했지만 안나는 십대 때부터 일만 했으니까 숨 돌릴 시간도 필요하다고 생각했어. 그런데 키리야의 팬이라는 것들이 수준 차이도 모르고 안나를 폄하하잖아. 나는 팬으로서 안나를 지켜주려고 했어. 그런데……!"

시타라가 히라의 목을 감아쥔 손가락에 힘을 주기 시작했다.

"안나가 반성도 하지 않고 얼굴밖에 내세울 게 없는 어리고 시시껄렁한 신인 배우랑 몰래 만난다잖아. 무슨 짓을 해도 팬들이 계속 붙어 있으니까, 사랑받는 게 당연한 줄 착각하는 거야. 웃기지 말라고 해!"

시타라의 눈에 점점 더 핏발이 섰다. 히라의 목 안에서 끄윽 하고 비틀린 소리가 새어나온다. 계속 두면 위험하다. 키요이는 손도 발도 묶인 상태로 필사적으로 옆으로 기어갔다.

"……아무 말이나…… 지껄이지 마!"

히라가 목을 조르고 있던 시타라의 손을 잡아당겨 겨우 그 손아귀에서 벗어났다. 그리고 바로 튀어오르듯 몸을 일으키며 이마로 시타라의 얼굴을 힘껏 들이받았다. 퍽 하고 둔한 소리가 났고, 시타라가 손으로 코를 감싸쥐었다. 고통스러운 듯 몸을 동그랗게 웅크린다. 코뼈가 부러졌을지도 모른다.

"상대를 자기 마음대로 움직이게 하고 싶어졌다면, 더는 팬이 아니야."

콜록거리면서 내뱉은 히라의 말을 듣고 시타라는 증오에 차 얼굴을 일그러뜨렸다.

"내 마음대로 하려는 게 아니야. 하지만 연예인은 꿈을 꾸게 해주는 게 일이잖아. 우리를 실망시키지 않을 의무가 있어. 그 기대를 배신하지 않길 바랄 뿐이야."

"멋대로 기대하고, 멋대로 배신당했다니, 다 당신 주장이잖아."

"팬은 그런 거야."

"난 기대 같은 건 하지 않아. 존재해주는 것만으로도 만족해."

"나, 나도 그래. 안나만이 내 존재를 증명해줘."

"나는 키요이가 세상에 존재해주는 것만으로도 좋아. 아무것도 증명해주지 않아도 돼."

둘 다 머리가 이상해.

그것이 키요이의 솔직한 기분이었다. 얼굴이 온통 피투성이가 된 채 마주보고 있는 둘의 모습을 보며, 이 두 사람을 팬의 양대 산맥이라고 평가했던 매니저의 말을 떠올렸다. 하지만 한 발도 물러서지 않으려는 히라의 자세와 달리 시타라의 눈에는 망설임이 있었다.

"……시, 시끄러워, 시끄러워! 맘 편한 대학생이 뭘 알아! 내가 안나 때문에 얼마나 많은 희생을 해왔는지 알기나 해? 영화든 TV든 연극이든 안나가 나온다면 뭐든 보고 어디든 찾아가려고 직장도 안 구하고 야간 허드렛일을 하면서 살아. 내 생활은 안나, 안나, 안나, 아침부터 밤까지 안나뿐이야. 나는 인생을 안나에게 바치고 있어. 그걸 안나가 엉망진창으로 만들고 짓밟은 거야!"

"싫어졌으면, 그만두면 되잖아."

히라의 말에 시타라가 울 것처럼 얼굴을 일그러뜨렸다.

"……좋아하니까, 그만둘 수가 없어."

그 말에 히라의 눈동자가 흔들렸다.

"……그래, 히라는 알잖아. 안나가 가진 인력을. 싫으면 그만두면 된다는 거, 나도 그건 알아. 그래도 그럴 수가 없어. 안나가 그렇게 하게 해주질 않거든."

시타라의 눈에 눈물이 고였다. 수많은 동료의 사체를 보면서도 유혹하는 불빛에 이끌려 결국 몸을 던지고 마는 한여름의 곤충처럼 무력한 모습이었다. 히라가 괴로운 듯이 눈썹을 찌푸렸다.

"……알아."

시타라의 얼굴에 희미한 빛이 비쳤다.

"알지만, 그래도 안 돼. 절대로 안 돼. 괴로워져서 상대를 죽이고 싶어지면, 그전에 스스로 죽으면 돼. 상대를 죽이는 것보다 훨씬 간단하고, 자신도 편할 거야."

그런 설득이 어디 있냐. 어이가 없었다. 사람을 죽이고 싶어지면 스스로를 죽이면 된다고 권하는 녀석은 처음 보았다. 귀신이냐. 그러나 잔인하고 인정머리 없는 히라의 말이 어떤 수수께끼 같은 루트를 더듬어갔는지 알 수 없지만, 시타라의 가슴에는 가닿은 것 같았다. 핏발 섰던 눈에 이성이 돌아오려 하고 있다.

"그래도…… 죽는 건 무서워."

"응, 나도 무서워. 만약 키요이를 잃는다면 한없이 절망하겠지만, 그래도 그렇게 간단하게 죽지는 못할 것 같아. 그래서 나는 마음만으로라도 계속 키요이와 이어질 수 있는 방법을 선택할 거야."

"……?"

"팬으로 남는 것."

"……뭐야 그게."

"방금 당신이 말했잖아. 연예인은 꿈을 꾸게 해준다고. 팬은 그걸 사는 거야. 그럼 계속 사고 또 사고, 계속 꿈을 꾸면 돼. 꿈속에선 어떤 망상도 할 수 있어. 안나씨와 결혼하는 것도, 아이를 낳는 것도 가능해."

정말 엄청나게 기분 나쁘다. 그러나 가만 생각해보면 그것이 팬과 연예인의 이상적인 관계일지도 모른다. 완벽하게 폐쇄된 환경 속에서 오직 자신이 꾸고 싶은 꿈을 계속 꾸는 것. 마음을 바칠수록 고독과 절망만 더해가는 일그러진 이상향이더라도.

"……키요이."

문득 등뒤에서 목소리가 들렸다.

"……대답하지 마. 나, 뒤에 있어."

안나였다. 다다미에 널브러진 키요이의 뒤쪽에 방이 있었다. 안나가 두 공간을 가른 미닫이 장지문 뒤에 숨어 있는 듯했다.

"가만히 있어. 바로 그거 잘라줄게."

안나의 손이 키요이의 손목에 묶인 케이블타이에 닿았다. 커터칼 같은 것으로 절단해보려고 애쓰는 듯하다. 미닫이문 뒤에 숨어 문틈으로 팔만 뻗었는지 움직임이 부자연스러웠다.

"안나, 그만둬. 회사랑 경찰한테 연락해."

키요이가 작게 속삭였다. 시타라는 히라에게 몰두한 채 이쪽 상황을 알아채지 못한 듯하다.

“회사에는 이미 연락했어. 바로 와주실 거야. 히라군이 못 기다린다면서 먼저 간다길래 나도 급히 따라왔어.”

“미쳤어? 빨리 나가. 들키면 어쩌려고 그래?”

“……그래도, 내 팬이 저지른 일이잖아.”

안나는 눈물어린 목소리로 말하며 커터칼을 움직였다. 안나가 코를 훌쩍이는 소리에 사타라가 고개를 돌렸다. 가만히 응시하더니 성큼성큼 다가와 키요이의 등뒤 미닫이문을 확 열어젖혔다.

“……안나.”

시타라의 눈이 휘둥그레졌다. 처음 떠오른 것은 환희의 표정이었다. 하지만 안나가 키요이를 구하려 했다는 사실을 깨달은 듯 눈 깜짝할 사이 짙은 절망의 색이 퍼졌다.

“……뭐야.”

시타라가 나직이 중얼거렸다.

“……뭐야, 뭐냐고! 뭐냐고!”

고개를 숙이고 양 주먹을 꽉 쥔 채 시타라가 발을 쿵쿵 구르더니 일순 차분해졌다. 잠시 침묵한 뒤 고개를 든 시타라의 모습에 키요이는 오싹함을 느꼈다.

“……이제 다 필요 없어.”

사람의 얼굴이 그렇게 변할 수 있다는 것이 놀라웠다. 두 눈만 칼날처럼 빛나고 있었다. 완전히 미쳤다. 시타라가 주머니에서 뭔가를 꺼냈다. 버터플라이 나이프다. 칼날이 펼쳐지는 철커덕 소리. 그가 천천히 다가온다. 키요이는 공포로 몸이 굳어 까딱도 할 수 없었다.

눈을 감을 수도 없는 상황에서, 히라가 시타라를 발로 차 뒤로 나자빠지게 했다. 시타라는 더러운 다다미에 쓰러졌다. 하지만 손에는 아직도 칼이 들려 있다.

"키요이, 도망쳐!"

하지만 묶인 상태라 일어날 수 없다. 히라는 키요이를 끌어안고 맞은편 방으로 옮기려 했다. 히라의 등뒤에서 시타라가 비틀거리며 일어섰다.

"히라, 뒤에!"

안나가 비명을 질렀다.

히라가 그 즉시 키요이를 옆방으로 던지듯 밀쳐냈다.

"안나씨, 키요이 데리고 도망쳐요."

"너, 너도."

"난 괜찮으니까, 빨리!"

"안 돼. 같이―"

"시끄러워! 빨리 가!"

화가 나 소리치는 듯한 우렁찬 목소리였다. 멍해진 키요이의 눈앞에서 히라가 미닫이문을 거칠게 닫아버렸다.

히라가, 나한테, 소리를 질렀어?

시끄럽다고 했어?

"키요이, 빨리 나가자."

안나가 키요이를 어깨로 부축하며 일어서려 한다.

"먼저 이것 좀 풀어줘."

"하지만."

"부탁이야."

필사적인 눈으로 바라보자, 안나가 입술을 깨물었다.

"미안. 그렇지. 좋아하는 사람을 내버려두고 혼자만 도망칠 순 없어."

안나가 키요이의 손목에 감긴 케이블타이에 커터칼을 댔다.

그사이 미닫이문 건너편에서 히라와 시타라의 목소리가 들려온다.

"비켜."

"안 돼. 키요이한테 손대지 마."

"닥쳐. 안나도 키요이도 키리야 케이스케도 다 죽여버릴 거야."

시타라의 말이 끝나자, 짧은 침묵이 내려앉았다.

"……키요이 몸에 손끝 하나라도 대면 내가 당신을 죽일 거야."

처음 들어보는 목소리, 바닥에 깔리는 것처럼 낮은 히라의 목소리에 키요이는 몸이 떨렸다.

두 사람의 거친 호흡 소리밖에 들리지 않았다.

일촉즉발의 상황에 심장이 쿵쿵 뛰었다. 빨리 좀 잘라줘. 빨리 빨리 하고 애원하는 사이 플라스틱이 뚝 잘려나갔다. 마침내 양손이 자유로워졌다. 안나가 발목에 커터칼을 가져다댔다.

"괜찮아, 이건 내가 할게, 안나는 얼른 도망쳐."

"싫어. 나만 가는 건."

"여기까지 와준 것만으로도 충분해. 제발 부탁이니까 빨리 가."

"……그럼 바로 사람들을 불러올게."

안나는 방 창문을 넘어 내달렸고, 키요이는 발목의 케이블타이에 칼날을 댔다. 서두르다 살갗을 벴다. 피가 흘렀지만 아픈 줄도 몰랐다. 빨리 히라를 도우러 가야 하는데—

옆방에서 두 사람이 격렬하게 뒤엉켜 싸우는 소리가 이어진다. 방안 이곳저곳에 부딪치는 소리. 큰 목소리가 울리지만 어느 쪽도 말이 되지는 못한다. 마치 짐승들이 싸우는 것 같았다.

빨리, 빨리, 시타라한테 칼이 있어.

다리를 결박했던 케이블타이가 드디어 잘렸다. 완전히 자유로워진 채 일어선 순간, 한층 큰 소리가 울렸다. 짧은 신음소리가 들리더니, 이내 조용해졌다.

두려움에 떨며 시선을 돌리자, 미닫이문 틈새로 바닥에 흘러내린 붉은 액체가 보였다. 심장이 곤두박질치듯 내려앉았다. 미닫이문을 밀어젖히자, 두 사람이 포개진 상태로 다다미에 쓰러져 있었다.

"……히라?"

히라를 끌어안고 흔들어보았지만 눈을 뜨지 않는다. 두 사람 다 의식이 없고 셔츠 가슴부터 배 부근까지 피로 물들어 새빨갛다. 옆에는 칼이 떨어져 있었다.

"……히라, 히라, 눈 좀 떠봐."

계속 히라를 부르는 키요이의 머릿속에서 묵직하고 탁한 것이 천천히 소용돌이친다. 소리와 시야가 제멋대로 일그러져간다. 히라와 제대로 이야기한 게 언제가 마지막이었지? 아무 맥락도 없이 떠오른다. 열흘하고도 며칠 전, 히라와 싸웠을 때다. 똑똑히 기억난다.

너랑 있고 싶지 않아.

딱딱하고 커다란 돌로 맞은 기분이었다. 설마 그게 히라에게 한 마지막 말이 되는 건가. 그런 생각을 하고 있는 스스로가 냉정하다고 생각했다. 어떻게 이렇게 냉정할 수 있지. 아니, 그렇다면 그나마 다행이다. 괜찮다며 고개를 끄덕인 순간 숨이 턱 막혀왔다. 어? 숨을 못 쉬겠어. 괴로워. 숨을 들이마시는데 공기가 들어오지 않아.

괴로워. 숨막혀. 도움을 구하듯 히라에게 매달렸다.

이해 같은 거 할 수 없어도 돼.

나 말고 찍고 싶은 게 있어도 돼.

다른 누군가와 공유한다고 해도 괜찮으니까, 내 곁에 있어줘.

난 너 없으면 안 돼.

"키요이, 이제 놔줘. 구급차 왔어."

어느새 사장이 옆에 와 있었다. 매니저와 안나도 있다. 구급대원과 남색 제복을 입은 경찰관도. 모두가 키요이와 히라를 떼어놓으려 한다. 키요이는 떨어지지 않으려고 필사적으로 저항했다. 진정해, 괜찮을 거야, 모두가 입을 모아 말한다. 얼굴이 미끌미끌하다. 내가 울고 있나?

항상 나 자신을 눌러왔던 뚜껑이 활짝 열린 듯, 이미 억제할 수가 없다.

항상 이렇다. 항상, 항상, 히라는 나를 꼴사납게 만든다.

다른 누구도 아닌 히라만이, 나를 엉망진창으로 만든다.

칼에 찔린 사람은 시타라였고 피도 시타라의 것이었다.

히라와 뒤엉켜 싸우다가 자기 칼에 자기가 찔렸다는 것 같은데 생명에는 지장이 없어 깨어난 후 바로 경찰에게 조사를 받고 있다. 시타라에게는 납치, 감금, 상해 혐의가 적용되었다고 한다. 아무 목적도 이루지 못하고 자기가 자기를 찔러 체포당하는 얼빠진 결말이었다.

당연히 히라는 살아 있다. 시타라를 제압하다가 뒤쪽 기둥에 머리를 부딪혀 정신을 잃었을 뿐이었다. 굳이 다친 데를 꼽자면, 오른쪽 손목을 삔 정도다.

혹시 몰라서 하루 입원하지만 내일은 돌아갈 수 있을 거라는 말을 들었을 때는 무릎에 힘이 풀려 주저앉을 정도로 안도했고, 인생 최대의 착각에 존재 자체가 휘발되어 날아가길 바랄 정도의 수치심이 몰려왔다.

히라와 이야기하고 싶었지만 면회는 할 수 없었다. 바로 경찰이 왔고, 히라는 병실에서, 키요이와 안나는 경찰서로 가서 참고인 조사를 받았다. 조사가 끝났을 때는 밤도 늦어서 사장과 매니저들과 저녁을 먹으러 갔다.

"모두 무사해서 정말 다행이야. 현장에 갔을 때는 얼굴이 노래졌지만."

원탁에 둘러앉아 중국요리를 앞에 두고 사장이 안도의 숨을 내쉬었다.

히라를 끌어안은 채 코피와 눈물과 콧물이 범벅된 얼굴로 울고 있는 키요이를 보았을 때, 사장은 키요이의 연예인 생명은 여기서 끝인가 싶어 가슴이 철렁했다고 한다. 코피를 닦아내고 보니 다행히 볼만 약간 부은 정도여서 천만다행이었다고.

"앞으로도 이런 사건이 더 늘어날까요?"

매니저가 피곤하고 고달픈 몸짓으로 원탁을 돌렸다. 사장은 누구나 좋아하는 것을 생각하는 그대로 SNS에 올릴 수 있는 시대가 되어서 지금까지의 연예인과 팬의 관계는 전부 무너졌다고 투덜거렸다.

"극단적인 애정과 악감정을 동시에 받는 게 연예인의 숙명이라지만, 요즘은 점점 더 심해져서 어디까지 받아줘야 할지 알 수 없게 됐어. 연예인은 팬들이 뭘 던지든 티끌 하나 가닿을 수 없는 밤하늘의 별 같은 존재다, 지금까지는 뭐 다들 그렇게 인식하며 애정을 쏟았지만."

하지만 팬이 직접 연예인에게 하고 싶은 말을 전할 수 있고, 연예인이 이에 대해 반론하기도 하고 실시간으로 진심을 토로할 수 있는 수단이 생겨버렸다. 올려다볼 수밖에 없었던 별이 자신과 같은 인간이라는 걸 들켜버리고 말았다. 그러면서 지금까지의 거리감이 무너진 것이다.

연예인과 팬에 국한된 문제만은 아니다. 평범한 친구 사이, 연인 사이, 동료, 상사와 부하, 지금까지 보이지 않았던 부분을 볼 수 있게 되면서, 모든 인간관계가 변화를 맞았다.

그중에서도 연예인을 향한 비난이 현저한 것은 단순한 숫자의 논리다. 스타 한 사람당 몇만의 팬. 개별의 목소리는 작아도, 모이면 커다란 의견이 된다. 작은 빌미만 생겨도 애정은 티셔츠를 뒤집는 것만큼 쉽게 단숨에 악의로 뒤바뀐다.

"앞으로도 계속 늘어나겠지. 시대는 역행하지 않아. 그러니까 우리도 열성적인 팬은 다 나쁘다고 차단해버릴 것이 아니라, 그들과 함께 새로운 룰을 만들어가야 해. 어렵겠지만, 한번 더 서로 즐겁고 아름다운 꿈을 공유할 수 있는 방법을 찾아야겠지."

사장의 말에 모두가 왠지 진지한 얼굴로 요리를 바라보았다.

"……그래요. 저, 그 사람 기억해요. 항상 출퇴근길에서 기다려주던 팬이었어요. 그렇게 열렬하게 애정을 쏟아주던 팬이 괴물로 변하게 된 게 저 때문일지도 모른다는 생각이 들어요."

"안나, 자신을 탓하면 안 돼."

매니저가 안나를 위로하는 동안, 키요이는 우롱차를 단숨에 들이켰다.

"왜 자책하는 거야? 나는 화만 나는데."

모두의 눈이 키요이에게 집중되었다.

"열성적인 팬들 모두가 범죄를 저지르지는 않아. 일반론으로 그렇게 정리해서 특수한 경우까지 모두 연예인의 잘못인 양 책임 전가당하는 건 사절이야. 나도 안나도 맡은 일을 제대로 하고 있어. 그러면서 사적으로 연애를 한 게 왜 잘못이야? 보여주지 않아도 될 부분을 들춰내 부채질하는 매스컴이 나쁜 거라고."

"그래도, 그게 매스컴이 하는 일이니까."

"그래, 그건 그 녀석들 일이야. 그런데 왜 항상 이쪽에 불똥이 튀는 건데? 시타라의 꿈을 깨버린 건 안나가 아니라 매스컴이야. 멋대로 사생활을 들춰내고 인생을 난도질하는 주제에 그 사람들은 아무런 책임도 지지 않잖아. 그게 화난다는 거야."

키요이의 솔직한 발언에 사장과 모두의 표정이 바뀌었다.

"아니, 음, 그래도 확실히 그렇지. 연예인과 팬 사이의 새로운 룰을 찾는 일과는 별개로, 안 되는 일은 안 된다고 엄격하게 선을 긋는 자세도 중요해. 물론 우리 배우들을 상처 입히는 놈들하고는 철저하게 싸울 거야. 키요이의 귀신 멘탈을 본받아야지."

"이미 매스컴에서 냄새를 맡은 것 같은데, 내일부터 또 한바탕 소동이겠네요."

"일단은 온 힘을 다해 안나와 키요이를 매스컴으로부터 지켜야지."

사장은 산초향이 나는 엄청나게 매운 마파두부를 먹으며, 지지 않겠다고 불을 뿜었다.

"아, 하지만 그 수상한 애가 키요이의 남자친구였다니."

갑자기 떠오른 듯 사장이 말을 꺼내자, 키요이는 불쾌했다.

"아, 맞다. 그 잘생긴 남자친구가 수상한 애와 동일인이었어!"

매니저가 고개를 크게 주억거렸다. 그 이야기는 안 했으면 하는데. 좀전의 강한 모습이 와르르 무너진다. 사람들의 추궁이 이어졌다.

"저, 저기, 왜 숨긴 거야? 솔직해 말해주면 좋았을 텐데."

그런 얘길 어떻게 하겠어. 그렇게 수상해 보이는 녀석이 남자친구라는 얘기를.

"전에 수상한 팬 이야기했을 때 화냈던 거, 남자친구라서 그랬던 거지?"

당연하지. 남의 남자친구를 눈이 작은 광어라며 웃음거리로 삼았으면서.

"그런데 키요이 남자친구는 왜 계속 스케줄마다 쫓아다니는 거야?"

그건 나도 알고 싶어.

"저기 키요이, 이참에 제대로 소개해주지 않을래? 그렇게 분위기가 달라질 수 있다니 정말 굉장하다 싶어. 전부터 배우 상이라고 생각했지만, 이번에 확신했어. 배우를 하면 정말 잘할 것 같은데 말이지."

"안 돼요."

"왜?"

"그 녀석은 사진작가 지망생이에요. 이미 노구치씨 밑에서 배우고 있어요."

그러자 사장과 매니저가 화들짝 놀랐다. 높은 퀄리티 외에 어떤 것도 신경쓰지 않는다는 노구치가 요즘 새로 들인 어시스턴트가 있다는 소문을 이미 들은 듯했다.

"노구치씨 눈에 들었다니, 그렇게나 재능 있는 애였어?"

"뭐, 그럴지도."

전도유망한 히라가 찍고 싶어하는 피사체 후보 중에 키요이는 없다. 키요이의 기분이 좋지 않아 보이자 사장과 매니저가 자연스레 화제를 바꿨다. 대형 기획사 사장과 그 애인의 칼부림 사건 이야기와 어느 인기 아이돌 이적 문제에 연예계가 크게 들썩이고 있다는 이야기에 열을 올리던 사장과 매니저 옆에서 안나가 작은 목소리로 말을 걸었다.

"키요이, 전에 내가 했던 말 취소할게."

"무슨 말?"

"전에 내가 그랬잖아. 키요이는 아픔을 모르는 사람이라고."

"아, 그거."

배우에게 강한 멘탈은 필요한 거지만, 키요이는 너무 강해서 마음이 약한 사람을 잘 이해하지 못해. 그런 아픔을 모르는 사람이 어떻게 인간의 희로애락을 연기할 수 있겠어?

키요이의 깊은 곳을 찌른 말, 아직 마음속 깊이 박혀 있는 그 말을 빼낼 방법을 찾지 못하고 있다.

"그때 했던 말 취소할게. 미안해. 키요이가 아픔을 모르는 사람이라니, 당치도 않은 오해였어. 키요이가 그렇게 무너지는 모습 처음 봤어."

무슨 이야기인지 물어보지 않아도 알 수 있었다. 뺨이 이글이글 타올랐다.

"울면서 히라군 이름을 불렀잖아."

"기억 안 나."

키요이는 시선을 휙 돌려버렸다. 귀까지 뜨거워져서 더 심통이 났다.

“패닉에 빠져서는 코피에 콧물에 눈물에 얼굴이 흠뻑 젖은 채로. 그때 키요이는 귀신 멘탈을 가진 왕도, 빛나는 별도 아니었어. 남자친구에게 완전히 사로잡힌 평범한 남자애였어.”

그렇게 말하며 안나는 놀리듯 웃었고, 멋쩍어진 키요이는 괜히 시끄럽다고 핀잔하며 말을 가로막았다. 안나는 선배한테 시끄럽다고 말하면 안 된다고 맞받아치며 계속 웃었다. 키요이는 눈살을 찌푸린 채 허공만 멀뚱히 보았다.

“그 감정을 연기할 때 꺼낼 수 있다면, 정말 천하무적이 될 거야.”

안나는 치킨 캐슈너트 볶음이 맛있다며 천연덕스럽게 입에 넣었다.

식사를 마치고 매니저가 집까지 데려다주었다. 집에 들어오자마자 완전히 긴장이 풀린 듯 키요이는 어두컴컴한 침실의 침대에 쓰러졌다.

히라는 내일 퇴원하지만, 키요이가 데리러 갈 수는 없다. 사건 직후 당연히 히라의 부모님에게도 연락이 갔고, 안나와 키요이가 경찰 조사를 받으러 병원을 나설 때쯤 교대하듯 히라의 어머니가 병원에 도착했다. 병원 수속은 어머니가 하고 히라는 그대로 본가로 돌아갈 것이다. 원래도 별거중이었으니까.

어쩌지, 너무 보고 싶어.

비틀비틀 몸을 일으켜 욕실로 갔다. 욕조 가장자리에 있던 노란색 오리 인형을 거칠게 잡아채 다시 침실로 돌아가 침대에 쓰러졌다. 오리 인형을 가슴에 대고 꾹 누르듯 끌어안았다. 하지만 이런 인형 따위가 히라를 대신할 수는 없다. 기껏 욕실에서 가지고 와놓고 그대로 벽에 던져버렸다.

젠장, 젠장, 젠장! 내 마음을 이렇게 만들어놓고 녀석은 더없이 느긋하게 병원 침대에서 자고 있잖아! 보고 싶다. 지금 바로 만나서, 미안하다고 말하게 시키고 싶다. 키요이는 분노에 휩싸인 채 일어나 맹렬하게 집을 뛰쳐나왔다.

길가에서 택시를 잡아타고 히라가 있는 병원으로 달렸다. 야간전용 출입구를 통해 병원 안으로 들어가 히라의 병실로 향했다. 환하게 불을 밝힌 간호사 스테이션 앞을 몸을 한껏 수그리고서 몰래 지나친 다음, 불이 꺼진 어두운 복도를 지나 '히라' 이름표가 붙은 병실로 숨어들어갔다.

2인 병실이지만 맞은편 침대는 비어 있다. 발소리를 죽여 히라에게 다가갔다. 침대 맡에는 작은 전등이 켜져 있다. 어슴푸레한 조명 속에서 잠든 히라의 얼굴을 들여다보았다.

"……히라."

호흡하듯이 이름을 불러보았다.

아무리 깊이 잠들었더라도, 내가 부르면 눈을 떠.

아무리 깊이 상처 입었더라도, 내가 부르면 달려와.

가만히 바라보고 있자, 히라가 천천히 눈을 떴다.

"……신이시여."

키요이를 보자마자 히라가 갈라진 목소리로 중얼거렸다.

첫마디가 그거냐. 어떤 일을 당해도 역시 변함없이 기분 나쁜 남자다.

"신이 아니야. 나야."

키요이는 허리를 굽혀 얼굴을 가까이 댔다.

"……이렇게 아름다운 꿈을 꾸게 해주셔서 감사합니다, 신이시여."

아무래도 잠이 덜 깬 것 같았다. 키요이는 더 가까이 다가가 키스했다. 혀를 밀어넣자 히라가 움찔하더니 완전히 잠에서 깼다.

"키, 키요이? 어, 어 어떻게 여기……"

키요이는 검지를 입술에 대며 말했다.

"쉿! 널 보러 왔어."

"나를?"

"그럼 누구겠어?"

히라가 황급히 몸을 일으키려 했다. 아무 생각 없이 접질린 오른손으로 침대를 짚다가 튕겨나듯이 손을 뗐다.

"바보, 오른손은 쓰지 마."

"나도 모르게."

"아파?"

당연히 아플 것이다. 바보 같은 물음에 히라는 고개를 가로저었다.

"안 아파. 그보다 키요이가 무사해서 다행이야."

말만이 아니었다. 히라는 키요이를 지키기 위해서라면 얼마든지 제 몸을 내던질 남자다.

어슴푸레한 어둠 속에서도 형형하게 키요이를 바라보는 히라의 눈. 안쪽에서 이글이글 끓어오르는 열기에 덴 듯한 눈, 누구의 눈과도 다른 이 눈이 키요이를 붙잡고 놓아주지 않는다. 열기라고도 한기라고도 할 수 없는 뭔가에 휩쓸려 키요이는 히라에게 꽉 매달렸다.

"……키요이, 무슨 일 있어?"

히라가 조심스럽게 키요이의 허리에 팔을 감았다.

"더."

"응?"

"더 꽉 안으라고."

키요이는 자신이 먼저 히라에게 매달렸다는 사실을 믿을 수 없었다. 하지만 이 얼굴이 보고 싶어 견딜 수 없었다. 얼굴을 보자, 만지고 싶어 견딜 수 없었다. 만졌더니, 꽉 안기고 싶어 견딜 수 없었다. 히라가 꽉 끌어안아주자, 사과를 받아내는 일 따위는 아무래도 상관없어졌다.

몇 번이나 사과를 받아내도, 몇 번이나 간지러울 정도로 달콤한 말을 바치게 해도, 어차피 마지막의 마지막에는 키요이의 생각대로 되지 않는 남자다. 어느 쪽에 주도권이 있는지 이제 알 수 없었다. 좋아하는 마음만, 괴로운 마음만 있는 것이 아니다. 화도 나고, 발을 동동 구르고 싶기도 하고, 그런 마음만큼 강렬하게 이 손을 놓고 싶지 않다고 생각한다.

"……나, 다 젖어서 엉망이야."

몸을 가려주던 것이 모두 발가벗겨진 기분이었다. 히라는 어쩔 줄 모르고 당혹스러워하는 것 같다. 둔한 녀석.

"너, 나한테 소리질렀어."

시타라에게서 도망치라고 하는데도 가지 않겠다며 고집을 부리던 키요이에게 히라가 처음으로 크게 소리를 질렀다.

시끄러워! 빨리 가!

처음 들어본 히라의 커다란 목소리를 다시 떠올리자, 울고 싶기도 하고 웃고 싶기도 했다. 언젠가 너무 순종적이기만 하던 히라에게 애가 타서 자신이 했던 말이 떠올랐다.

내가 드라마나 영화에서 러브신을 찍으면, 일이라는 건 알면서도 분노가 확 솟구친다든가 하는 거. 그런 걸 본 날 밤에는 내가 울든 소리지르든 붙잡아서 억지로 침대에 밀어 눕히고 내가 싫다는데도 강제로 안아버린다거나, 다른 사람에게는 차마 말할 수 없는 플레이를 해버리거나, 그러고 싶은 기분 들 때 없어?

우습기 짝이 없다. 히라가 어떤 남자보다 나님이라는 사실을 짜증날 만큼 잘 알고 있으면서. 그런 자신이 바보 같다. 키요이를 끌어안은 히라의 팔에 미세하게 더 힘이 실렸다.

"미안. 하지만 그런 일이 또 생긴다 해도 난 역시 소리지를 거야."

히라가 단호하게 말했다.

"키요이를 지키기 위해서라면 백 번이고 천 번이고 소리지를 거야."

그렇구나. 그렇겠지. 히라라면 그럴 것이다. 이제 항복이다.

"……응, 알았어."

히라의 품안에서 키요이는 고개를 들었다.

"너는 나한테 소리질러도 돼. 기분 나쁘고 짜증나는 사고방식으로 나를 휘둘러도 돼. 네가 하고 싶은 대로 다 해. 그 대신 내 옆에서 절대로 떨어지지 마. 내가 싫다고 해도 옆에 있어."

히라는 믿을 수 없다는 표정을 지었다.

"그것만 약속하면, 너한테, 나를, 전부 줄게."

똑바로 시선을 맞추자, 히라의 얼굴이 어둠 속에서도 뚜렷이 드러날 정도로 붉게 물들었다.

"……키, 키, 키, 키."

이름조차 부르지 못하는 히라의 팔에 점점 힘이 들어간다. 이대로 끌어안긴 채 짓뭉개질 것 같다. 그것도 좋다. 더 세게 안아주면 좋겠다. 갑자기 요골 부분에 지잉 열기가 올랐다.

아, 곤란한데. 지금, 엄청 하고 싶어.

몸의 중심이 괴로울 정도로 뜨거워진다. 그 기둥이 희미하게 형태를 바꾸어간다. 마음이 달아오르면 하반신이 즉시 반응하는 남성의 신체 구조가 원망스럽다.

더 달라붙어 있으면 정말 멈추지 못할 것 같았다. 몸을 떨어뜨리자, 히라가 침대에서 내려왔다. 왼손으로 키요이의 손을 잡고 서둘러 병실을 나서려 한다.

"지금 당장, 죽을 만큼, 키요이와 하고 싶어."

히라의 입술이 귓가에 닿자 등줄기가 맥없이 비틀거리는 듯했다.

이제 더이상은 못 참겠다. 역시 히라만이 나를 사로잡아 맥도 못 추게 만든다.

함께 택시를 타고 집으로 돌아가 불도 켜지 않고 곧장 침실로 향했다.

너무 흥분해서 키스하며 제대로 호흡하기가 힘들었다. 귀 뒤에서 목덜미까지, 큰 혈관이 있는 부분에서 쿵쿵 맥박이 요동친다. 몸속 압력이 점점 높아져 숨을 쉬기가 괴롭다.

입술을 맞댄 채 서로의 옷을 벗기기 시작했다. 히라가 꾸물거린다. 오른손이 자유롭지 못하다는 걸 떠올리고 곧바로 촌스러운 병원 파자마를 거칠게 벗겨버렸다.

"히라, 빨리."

키요이가 손과 발로 먼저 히라를 휘감았다. 밀착한 두 몸은 현기증이 날 정도로 뜨겁다.

"……키요이."

숨을 헐떡이면서 히라가 손끝으로 키요이의 가슴을 만진다. 가볍게 원을 그리기만 했는데도 민감한 그곳이 단단해진다. 작은 돌기에 히라의 혀가 닿는다.

"……응, 읏."

혀와 손가락으로 양쪽을 계속 자극하자, 전조 같은 쾌감이 하복부로 퍼진다. 처음에는 간지럽기만 했는데 히라에게 안긴 이후로 감도가 높아져서 이제는 거기만 만져도 절정을 느낄 정도가 되었다.

"……이제, 그만……"

오랜만이라 절정이 빠르게 찾아왔다. 이대로는 싫어. 히라와 제대로 이어졌을 때 가고 싶어. 하지만 참을 수 없다. 지금의 쾌감을 거부할 수 없다.

"……아, 아…… 읏."

소리가 혀끝에서 튕겨나온 순간, 키요이는 절정에 도달했다. 맞닿은 몸 사이에서 뜨거운 액체가 터져나오고, 홀린 듯 입을 벌려 서로의 혀를 휘감았다. 타액과 함께 달콤하게 조르는 말이 흘러나온다.

"이제, 이제…… 빨리."

부끄럽지만 나른한 목소리로 조른다. 재촉하듯 허리를 붙이자, 히라가 옆에 있는 윤활제 상자로 손을 뻗었다. 동작이 어색하다.

"됐어, 손, 쓰지 마."

키요이가 빙그르르 몸을 굴려 자세를 바꾸었다. 조금 전까지는 히라를 올려다보다가 이제 내려다보게 되었다. 사랑을 나눌 때 이 자세는 처음이다.

"키요이, 괜찮아. 할 수 있어."

"괜찮아. 내가 할게."

히라 위에 올라탄 자세로, 윤활제를 집어 손바닥에 쭉 짜냈다. 미끌미끌해진 손으로 직접 자신의 뒤를 만졌다. 그리고 천천히 손가락을 넣었다.

"……읏."

불처럼 뜨거웠다. 처음의 이물감을 참아내자 곧 안으로 끌어당겨지듯 움직이게 된다. 히라와 사랑을 나누다보니 어느새 성기만으로 느끼기에는 부족한 몸이 되어버렸다.

천천히 손가락을 움직여 풀어간다. 쾌감을 느끼는 지점이 어디인지 이미 알고 있다. 성기 뒤쪽의 얕은 한 부분. 그곳이 자극될 때마다 움찔움찔 허리가 흔들린다.

어슴푸레한 어둠 속에서 히라가 숨을 헐떡이며 키요이를 올려다본다. 살갗이 이글이글 타들어갈 것 같은 수치심이 곧 흥분으로 바뀌어 브레이크가 고장난 차에 올라탄 듯 더 야한 짓을 하고 싶어진다. 키요이는 엎드린 채 히라의 무릎까지 스르륵 내려갔다.

"……키, 키요이?"

히라가 눈치챈 듯 버둥댔다. 키요이는 아랑곳없이 히라의 성기에 입을 가져다댔다. 쿠퍼액을 흘리는 선단에 입술이 닿았다. 미끌미끌한 감촉. 주저하지 않고 입안 가득 물었다.

"우…… 읏."

머리 위에서 히라가 신음했다. 안 된다고 말하고 싶겠지만, 너무 동요해서 제대로 말을 뱉지 못한다. 하지만 몸은 솔직하다. 입속 히라의 것이 한층 더 부푼다.

언제나 히라가 해줬고 키요이는 처음이었다. 하지만 같은 남자이니 어디가 어떤 느낌인지 안다. 아래에서 위로 핥고, 움푹한 부분을 혀로 원을 그리며 누른다. 평소에는 강하게 조여져 있던 이성의 나사가 풀려 날아가버린 듯 몰입했다. 질척거리는 야한 소리를 들으며 혀를 움직이는데 갑자기 시야가 환해졌다. 키요이는 놀라서 입술을 뗐다.

"……미안, 안 돼?"

히라가 스탠드를 켠 것이다. 히라의 호흡이 더없이 거칠고, 극도로 흥분한 듯 눈이 번뜩거린다. 행위 도중 언뜻 봤을 뿐이었던 완연한 수컷의 모습에 키요이는 더 달아올랐다.

"보고 싶은 만큼 봐."

서로 눈을 맞춘 채 키요이는 다시 히라의 것을 입에 머금었다. 히라가 눈도 깜박이지 않고 내려다본다. 히라의 시선이 닿자 제 손가락을 넣은 키요이의 뒤가 조르는 듯 움찔거렸다. 히라가 몸을 일으켜 키요이의 가슴으로 손을 뻗었다.

"……읏, 아."

히라가 민감해진 키요이의 유두를 만지자, 키요이의 허리가 요동치듯 뒤로 휘었다.

"하지 마…… 아니, 아, 아앗."

히라가 빨갛게 부푼 돌기를 거칠고 울퉁불퉁한 손으로 원을 그리며 문지르자, 제 손가락을 넣은 키요이의 안쪽이 더 세게 조여든다. 몸을 비틀어 도망가려 해도 가슴의 자극이 끊이지 않는다.

못 견딜 것 같은 기분에 키요이는 주의를 돌리려고 뒤에 손가락 하나를 더 넣었다. 그러자 잔뜩 녹은 그곳이 조금 더, 조금 더 하고 보채듯 손가락들을 물고 조였다.

"응, 아, 아앗."

단속적으로 밀려드는 사정감을 참으려고 키요이는 펠라티오에 더욱 집중했다. 히라의 선단에서 흘러나오는 쿠퍼액이 더 많아지고 침과 섞여 키요이의 입안이 한없이 미끌거렸다.

"……키요이, 이제…… 갈 것 같아."

거친 호흡을 참으며 히라가 한계라고 말했다. 그래도 그만두고 싶지 않았다. 더욱 깊게 빨아들이자 히라가 키요이의 머리를 잡았다. 떼려고 끌어당기는 힘에 입술이 떨어질 것 같자 힘을 줘서 버텼다.

"키, 키요이, 그만해, 이제 정말…… 하아……"

실이 끊어진 것 같은 중얼거림 끝에 히라의 성기에서 크게 맥박이 뛰었다. 뜨뜻미지근한 것이 기세 좋게 키요이의 입속을 채운다. 짧은 간격으로 연속되는 방출. 전부 받아내고 흘러내리지 않게 입술을 오므려 천천히 입을 뗐다.

"……하, 하아, ……키요이, 미…… 미안."

사정으로 새빨갛게 달아오른 히라의 얼굴이 온통 땀으로 흥건하다.

"뱉어, 전부 뱉어."

몸을 일으킨 히라가 양손을 우묵하게 받치며 내밀었다. 아, 뱉고 싶다. 이런 기분 나쁜 거. 하지만 키요이는 눈물이 그렁그렁한 눈으로 히라를 바라보며 꿀꺽 삼켰다.

목이 울리는 작은 소리. 울대뼈가 위아래로 움직였다.

숨을 쉬자 혀끝에 그 맛이 생생하게 느껴졌다.

끈적이는 감각. 짭짤한 듯 씁쓸한 듯 비릿한 듯. 형편없는 맛이다. 아니다. 맛있다거나 맛없다는 미각의 잣대로 판단하고 싶지 않다. 원래 먹는 것이 아니다. 본능이 판정했다. 그런데도 만족했다. 이상하다. 이제 뭐가 뭔지 모르겠다.

"으, 맛없어."

눈물이 그렁그렁한 눈으로 혀를 내밀자, 히라가 멍하니 바라본다. 히라의 관자놀이 부근이 실룩거리다가 얼굴이 잔뜩 일그러진다. 차오르는 감정을 억누르는 얼굴이다.

"……키요이."

"엄청 맛없어. 그래도 용서해줄게."

이건 히라의 맛이다. 유일하게 키요이를 엉망진창으로 만들 수 있는 권리를 가진 남자의 맛. 맛있다느니 맛없다느니 판단하는 건 히라를 소홀히 대하는 일이다. 지금은 히라의 전부를 원한다. 남김없이 전부를 원한다.

"……히라."

히라 옆에 쓰러져서 머리를 힘껏 끌어안고 키스했다. 아, 어째서, 어째서 하고 키요이는 반복했다. 뭘 물으려는 건지 스스로도 잘 알 수 없었다.

"나, 너를, 엄청 좋아하는 것 같아."

이 말을 하면서 정신없이 혀를 뒤얽었다. 히라는 자기 정액 맛이 느껴질 키요이의 혀를 망설임 없이 빨아들였다. 강하게 끌어안아준다. 그래도 키요이는 절대로 부족하다.

"히라, 네가 하고 싶은 거, 오늘밤에 전부 하자."

혀를 뒤얽은 상태여서, 말이 어눌하게 흘러나왔다.

"아, 안 돼, 이 이상 하면 죽임당할 거야."

"누구한테?"

"신한테."

"무슨 상관이야?"

뜨거운 호흡과 타액을 나누면서, 굶주린 짐승처럼 서로의 입술을 욕심냈다.

"히라, 내가 뭘 해주면 좋겠어? 어떻게 하고 싶어?"

말해주지 않으면, 원해주지 않으면 이 기분이 진정될 것 같지 않다. 히라가 바라는 것을 하면서 자신도 만족하고 싶다. 주고 싶은 욕망에는 자신의 욕망이 포함되어 있다. 마치 상자 안에 상자가 든 선물처럼.

"말해봐. 말 안 하면 화낼 거야."

히라의 입속에서 혀를 휘감으며 협박하듯 말했다.

망설임에 미간을 잔뜩 찌푸리며 히라가 겨우 입을 열었다.

"키요이와…… 하는 모습을 보고 싶어."

"그런 건 맨날 보잖아."

"조금 더 객관적으로 보고 싶어."

그 의미를 알 수 없었다.

"거울 앞에서 하고 싶어."

그 소리에 정신이 돌아왔다. 거울? 거울 앞에서 섹스하자는 거야?

"안 해도 괜찮아. 지금도 충분하니까."

히라가 그렇게 말한 순간, 키요이는 어떻게든 '그것'이 하고 싶어졌다. 키요이가 말하라고 한 것이다. 키요이에게 아무것도 바라지 않는 히라가 원하는 것이다.

"……괜찮아. 하자."

키요이는 히라의 몸 위에서 내려와 거칠게 왼손을 끌어당겨 일으켰다.

"어, 괘, 괜찮아?"

자기가 원해놓고는 당혹스러워한다. 겁쟁이 히라.

"자, 가자."

벽에 세워둔 거울 앞으로 히라를 끌어당겼다. 그런데 이제 어떻게 해야 하는 거지? 역시 하지 말자고 했어야 하나 잠시 생각에 빠졌는데, 히라가 조심스럽게 키요이의 손을 잡아당겼다.

바닥에 앉는 히라에게 이끌려 그대로 히라 위에 겹쳐 앉았다. 마주보는 자세가 되자 히라는 키요이에게 돌아앉으라고 했다. 키요이는 뒤돌아 등을 기댄 자세로 히라의 무릎에 앉았다.

앞쪽 거울에 자신의 벗은 몸이 비쳐 키요이는 반사적으로 눈을 돌렸다.

"키요이, 거울 봐."

"……싫어."

"굉장히 예쁜데."

황홀한 듯한 속삭임. 히라가 목덜미에 입을 맞춰오자, 등줄기가 오싹했다. 히라의 손이 키요이의 옆구리를 어루만지며 올라와 좀전의 애무로 여전히 뜨거운 유두에 닿았다.

"다리, 벌려봐."

키요이는 고개를 저었다.

"그럼, 이대로."

히라가 얌전히 물러난다. 아, 제길. 그렇게 쉽게 물러나지 마. 조금 더 강하게 밀어붙이면 그럭저럭 따라줄 수 있는데. 키요이는 입술을 깨물고, 굳게 닫았던 무릎을 열었다.

거울을 보지 않으려 시선을 피하며 서서히 다리를 벌렸다. 히라의 눈에는 어떻게 비치고 있을까. 상상만으로도 부끄러워 피부가 움찔거렸다.

"……읏."

히라가 발기한 키요이의 중심을 만지자, 무릎이 반사적으로 오므려졌다.

"오므리지 마."

귓가에 속삭이는 소리에 이제는 눈물이 날 것 같았다. 엄청난 모습인 채로, 히라가 부드럽게 키요이의 것을 위아래로 문지르자 젖은 피부가 마찰하는 소리가 울렸다. 쿠퍼액이 흘러넘쳐 히라가 손을 움직일 때마다 쩍쩍 소리가 난다. 사정한 지 얼마 되지도 않았는데 믿을 수 없을 만큼 흘러넘친다.

"굉장해. 평소보다 많아."

야한 행위에 흥분한 자신을 들켜버리고 말았다.

"시끄러워…… 앗."

키요이의 무릎이 들어올려지고 등뒤에 히라의 기둥이 닿았다. 뜨거운 선단은 쿠퍼액으로 젖어 가볍게 눌러 문지르기만 하는데도 전율이 흐른다.

"넣어도 돼?"

눈앞의 먹이를 오래 기다려온 짐승처럼 히라가 잔뜩 흐트러진 호흡으로 묻는다. 이렇게까지 해놓고서 하나하나 확인하는 남자에게 애가 타서 참을 수 없을 지경이다.

"……괜찮아, 이제, 빨리."

허락하는 입장이지만 목소리는 흐물흐물 녹아 있다. 히라가 허리를 밀며 단단하고 뜨거운 기둥으로 좁은 곳을 열어간다. 숨이 막힌다. 괴롭다. 하지만 기분좋다.

"……읏, 아, 아, 앗."

도중에 목소리가 뒤집어졌다. 체위가 달라서인지 평소보다 훨씬 깊은 곳까지 들어온다. 생각지 못한 깊이에 키요이가 두려움을 느낀 순간, 드디어 움직임이 멈췄다.

"……키요이, 거울 봐."

몹시 적나라하게 이어진 채 히라가 귓불에 입을 맞춘다. 뜨거운 숨결이 내려온다. 그것만으로 피부에 달콤하게 소름이 돋았다. 말하지 마. 키요이는 거절하는 것처럼 고개를 흔들었다.

"어쩌지. 보기만 해도 갈 것 같아."

밀착된 피부 틈에서 히라의 땀냄새가 난다. 아, 위험해. 머리가 멍해져서 힘이 빠져나간다. 느릿느릿 정면으로 얼굴을 돌리고 작게 눈을 떴다. 넓게 벌어진 다리 사이로 히라의 것을 삼킨 자신의 모습이 너무 생생해서 온몸에 수치의 땀이 번진다.

"……이거, 역시 싫어."

고개를 숙이고 가로저으며 거부해본다. 그러나 빳빳하게 선 것은 조르는 듯 쿠퍼액을 흘리며 어이없게 자신의 말을 배신한다. 이대로 버티기 힘든 느낌과 쾌락이 맞서 싸워서 키요이는 어떻게 해야 좋을지 알 수 없다. 눈물이 고인 눈을 들어 거울 속 시선과 불시에 마주치자, 가슴이 두근두근 뛰었다.

거울을 통해 눈을 마주치고 있지만 히라의 눈은 조금도 움직이지 않는다. 완연하게 흥분한 상태지만, 눈빛은 지금 보이는 모든 것을 극명하게 잡아두려는 듯 날카롭다. 언제나 카메라에 숨겨져 보이지 않았지만 파인더를 들여다보는 히라의 눈이 저런 빛을 띠었을까.

내 눈으로 내 눈앞에 있는 것을 파헤치고 싶어.

욕망을 숨기지 않는 노골적인 눈빛에, 키요이의 안에서 뭔가가 펑 튀어올랐다. 지배당하고 있다는 감각에 속수무책으로 집어삼켜지는 느낌이다. 더욱 부끄러운 일을 당하고 싶다. 사정없이 당하고 싶다. 다른 남자에게는 죽어도 허락하지 않는다. 히라에게만, 오직 히라에게만.

셔츠가 뒤집히듯이 평소의 우위가 간단히 전복되었다.

현기증이 날 정도의 해방감이었다.

"……히라."

연유처럼 달콤한 목소리가 울린다.

"……음, 해줘. 빨리……"

키요이가 고개를 돌려 키스를 졸랐다. 혀를 얽고 타액까지 빨아들였다.

히라가 부드럽게 몸을 밀어올리기 시작하자, 머리끝에서 발끝까지 찌릿찌릿했다.

처음 경험하는 체위여서 서로의 움직임이 맞지 않았다. 히라가 서툴게 안쪽을 찔러올린다. 느끼는 곳을 미묘하게 비껴가자 그 안타까움이 욕망을 더욱 세게 부채질했다.

"……아, 아, 조금 더…… 히라…… 더."

쾌감이 언덕길을 굴러내려가는 눈덩이처럼 불어나고 방울방울 흐르는 쿠퍼액이 몸이 이어진 부분까지 흘러내려 흠뻑 적신다. 서서히 서로의 움직임이 맞아들기 시작했다. 히라의 몸에 밀착된 피부가 땀으로 축축하게 달라붙고, 주위를 감싼 공기도 더

워진다.

거울에는 음란하게 다리를 벌린 채 흔들리는 자신의 모습이 비친다.

참을 수 없을 정도로 부끄럽고, 참을 수 없을 정도로 기분이 좋다.

"……읏, 응, 아, 아, 갈 것 같아, 이제, 가…… 읏."

히라가 키요이의 무릎 뒤로 손을 넣어 다리를 더 넓게 벌렸다.

서로 이어진 부분이 또렷하게 보였고, 키요이는 거부하듯 고개를 저었다.

사정하기 직전인 키요이를 히라가 뚫어질 듯 바라본다.

"시, 싫어, 보지 마, 보지…… 하아, 앗."

온몸의 피가 성기로 몰려드는 감각이 스치고 선단에서 하얀 액체가 튀어 흩어졌다. 그대로 굳은 채 덜덜 떠는 키요이를 히라가 꽉 끌어안았다.

"……키요이, 좋아해. 정말 좋아해……"

히라의 얼굴은 열에 들떠 새빨간데다 머리부터 물을 끼얹은 것처럼 온몸이 흠뻑 젖어 있다. 히라는 키요이가 사정하는 동안에도, 끝난 뒤에도 허리 짓을 멈추지 않는다.

"잠, 잠시…… 읏, 멈춰…… 아, 아앗."

도망가려고 앞으로 엎드리자 히라가 한 팔로 키요이의 몸을 잡아끌었다.

"미안, 얼마 안 남았어."

"시, 시, 싫어, 더는…… 읏, 히라…… 읏."

신경이 달궈지고 끊어질 것 같다고 느낀 순간, 키요이의 뱃속 깊은 곳에 뜨거운 것이 차오르기 시작했다. 안쪽에서 히라의 성기가 움찔움찔 맥동한다. 깊숙한 곳에서 히라가 사정하고 있다.

쾌감은 이미 컵 가장자리까지 아슬아슬하게 찼는데도 더 흘러들어온다. 계속 흘러들더니, 키요이의 눈물이 되어 흘러나왔다. 키요이는 깜짝 놀랐다. 하나도 슬프지 않은데 왜 눈물이 나지. 동물적인 결합이 정체 모를 행복감을 주었다.

"미안, 키요이, 미안, 미안."

정신을 차리자마자 당황한 히라가 훌쩍훌쩍 우는 키요이에게 사과한다. 바보, 이제 와서 사과라니, 늦었어. 이미 엉망진창이다. 눈물이 잔뜩 번진 눈으로 키요이는 거울에 비친 히라를 바라보았다.

"……키스."

"응?"

"……키스, 해."

고개를 돌려 히라에게 얼굴을 가까이 댔다. 땀에 젖은 입술이 머뭇머뭇 닿는다.

"……짜."

"미안."

"……더."

키요이는 볼품없이 입술을 내밀었다. 눈물이 멈추지 않는다. 이유를 알 수 없다. 그저 떨어지고 싶지 않을 뿐이다. 더없을 정도로 몸을 이었지만 더, 더, 더 이어지고 싶다.

"……마크."

"응?"

"키스마크, 만들어줘."

히라가 눈을 크게 떴다.

"괜찮아?"

"괜찮아."

배우이다보니 평소에는 절대 흔적을 남기지 못하게 하고, 히라도 하지 않는다.

"어디에?"

"아무데나, 많이."

히라가 키요이의 목에 입술을 가져다댔다. 강하게 빨아들이는 감각에 오싹해진다. 온몸에 희열이 퍼진다. 더 해달라고 하자 히라가 반대편 목덜미를 빤다. 붉은 각인. 소유의 증거. 다른 남자는 죽어도 할 수 없는 것. 히라만이 할 수 있다. 히라만이.

"……키요이, 좋아해."

히라가 감격에 겨운 듯이 키요이를 끌어안는다. 어깨에 얼굴을 묻은 채 꼼짝도 하지 않는다.

"……이제 난, 죽어도 좋아."

뭉개져서 일그러진 목소리로 하는 히라의 고백에, 키요이는 바보냐 하고 대답해주었다.

히라가 죽어버리면 곤란하다. 곤란하고, 곤란하고, 또 곤란해져서 아마 자신도 망가질 것이다.

커튼 너머 날이 어렴풋이 밝아오기 시작할 때까지 키요이는 잠들지 않고 깨어 있었다. 몇 번이고 계속된 행위에 몸은 젖은 솜처럼 무거웠지만, 마음은 아직 부족하다고 외치고 있었다.

히라는 평소에도 말이 없는 편이고, 키요이 역시 말이 많지 않아서 서로 말없이 키스를 나누거나, 손을 잡거나, 다리를 뒤얽거나, 교대로 팔베개를 해주거나, 팔꿈치와 무릎을 맞댔다가 떼었다가 다시 맞대거나 했다.

뒹굴뒹굴. 느긋하게. 좋아하는 상대와 더없이 행복한 시간을 보내고 있는데 바닥에 벗어던진 키요이의 옷 속에서 휴대폰이 울렸다. 시끄러워. 방해하지 마. 무시했다. 하지만 전화벨이 끈질기게 울렸다.

"키요이, 전화야."

"됐어. 이 시간에."

"이 시간이니까 받는 게 좋겠어. 누가 죽었는지도 모르잖아."

"갑자기 불길한 소리 하지 마."

하지만 비상식적인 시간에 걸려온 전화니까 비상식적인 이유가 있을 거라고 생각을 고쳤다. 바닥으로 손을 뻗어 재킷 주머니에서 휴대폰을 꺼내 부재중 전화를 확인했다. 사장이었다.

"미안, 잠깐 전화 걸고 올게."

이 시간에 전화하는 건 처음 있는 일이다. 사장에게 전화를 거는 김에 목을 축일 겸 주방으로 물을 가지러 갔다. 사장은 바로 전화를 받았다.

"여보세요, 저예요. 전화하셨죠?"

"일찍부터 미안해. 수상한 애, 혹시 거기 있어?"

"네? 네."

키요이의 대답에 다행이라며 사장이 커다랗게 한숨을 쉬었다.

"조금 전에 수상한 애 부모님이 전화를 하셨어. 아들이 병원에서 사라졌다고."

"아, 큰일났다."

히라가 탈주자 신분이라는 걸 완전히 잊고 있었다.

"그냥 큰일 정도가 아니야. 간호사가 밤중에 확인차 병실에 들어갔는데 보이지 않아서 부모님에게 연락한 모양이고, 그애 휴대폰이 병실에 있어서 나호씨를 통해 키요이 번호를 아는 나한테까지 연락이 온 거야. 낮에 그런 일도 있었다보니 까딱하면 경찰에 또 신고할 뻔했어."

"죄송해요. 바로 부모님이랑 병원에 연락하라고 할게요."

"아, 잠깐 기다려. 전화한 김에 말하는데, 어젯밤 우에다씨가 이번에 들어갈 연극 오디션에 키요이도 참가해줄 수 있는지 전화로 물어왔어. 스케줄 없으면 꼭 와달래."

예전부터 키요이가 늘 함께 일하길 바라던, 그러나 계속 차이기만 했던 연극 연출가다.

"많이 기쁘긴 한데, 갑자기 왜요?"

"이번 사건으로 화제가 될 거라 생각했겠지. 어제 사건이 이미 매스컴에 돌고 있어서, 아마 친한 기자들에게 전해들었을 거야. 오늘 아침 스포츠신문이니 버라이어티 방송에도 크게 나올 테니까, 그전에 침을 발라놓으려는 거겠지."

실력으로 인정받은 게 아니라 낙담되지만, 그런 이유로밖에 흥미를 끌지 못하는 건 자신의 실력이 부족한 탓이다. 지금은 그렇다고 인정하지만, 나중에는 여봐란듯이 꼭 울상 짓게 해주리라 결심했다.

"그럼, 수상한 애에게는 잘 전달해줘."

전화를 끊자 달콤한 여운은 보기 좋게 날아가버렸다. 전투 모드로 침실로 돌아가자, 히라는 어제 키요이가 벽에 내던져버린 오리대장을 손에 들고 있었다.

"대장이 왜 침실에 있어?"

오리대장을 두 손바닥에 올려놓고 히라가 고개를 갸웃하며 물었다.

"인형한테 말 걸지 마. 기분 나빠."

히라가 오리대장을 손에 든 채 고개를 돌렸다.

"키요이, 대장이 왜 침실에 있어?"

"……그건."

히라가 보고 싶어서, 너무 보고 싶어서 키요이가 자기도 모르게 히라 대신 욕실에서 가져온 것이다. 하지만 절대 대신할 수 없다고 느낀 순간 성질이 나서 벽에 내던져버렸다, 라고는 입이 찢어져도 말할 수 없다.

"몰라."

키요이는 뚱하게 대답하고 고개를 돌렸다.

히라는 가만히 오리대장을 바라보더니 한숨을 길게 내쉬었다.

"내가 없는 동안 키요이를 지켜준 거니."

오리대장에게 중얼거리고 있다. 이 녀석은 정말. 키요이는 소름이 돋았지만, 묘하게 유대감이 넘치는 히라와 오리대장을 보자 아니야, 아니야, 그 인형은 전혀 도움이 되지 않았어 하고 화를 내고 싶었다.

"그런데 사장님은 무슨 일로 전화하신 거야?"

그제야 용건을 떠올렸다.

"네가 병실에서 사라진 걸 알고 너희 부모님이 걱정하신대. 병실에 휴대폰도 두고 왔어? 믿을 수가 없네. 지갑보다 중요한 거잖아. 너 정말 현대인 맞아?"

"잃어버려도 별로 곤란할 게 없으니까."

현대 문물의 편리에 기대고 거기에 과도하게 의존하는 현대인의 입장에서, 딱 잘라 말하는 히라가 묘하게 멋져 보였다. 손에 오리대장을 들고 있는 게 유감스러울 따름이었다.

어쨌든 부모님에게 연락하라고 히라에게 휴대폰을 건네주었다. 히라가 통화하는 사이 키요이는 욕조에 물을 받았다. 욕조 가장자리에 걸터앉아 물이 차기를 기다리는데 히라가 욕실 안을 들여다보았다. 손에는 아직 오리대장이 들려 있다.

"그래서, 뭐라시는데?"

"많이 혼났어. 바로 여기로 데리러 오시겠대."

서로 손을 잡고 도망쳐서 최고로 기분좋은 일을 잔뜩 하고 난 다음날 상대의 부모님과 얼굴을 마주하기는 민망하다. 도망갈까 생각했지만, 히라가 오지 말라고 말렸다기에 안심했다.

"엄마가 퇴원 수속하러 병원에 갔으니까, 나도 일단 돌아갈게."

"돌아가도 바로 퇴원할 거잖아."

"걱정 끼쳤으니까 와서 똑바로 사과하라고 하셔서."

"아, 그렇네. 그래도 샤워는 하고 가."

어젯밤부터 흘린 땀과 다른 것들로 몸이 끈적거렸다.

"머리 감겨줄게."

"아니, 괜찮아."

"오른손 못 쓰잖아."

히라 손에서 오리 인형을 빼앗았다. 히라가 깜짝 놀란다. 그대로 던져버릴까 생각했지만, 히라가 몹시 아끼는 인형 같아서 그만두었다. 그 대신 자욱하게 김이 피어오르는 물위에 살짝 띄워주었다. 오리가 한들한들 흔들린다.

히라가 고맙다고 말했다.

"오리대장은 계속 더러운 물위를 흘러다녔는데, 여기 놓아줘서 기뻐할 거야."

뭐냐 그건. 의미를 알 수 없다. 기분 나빠.

"그래도 이젠 어쩔 수 없지."

"응?"

아무것도 아니라고 대답하며 히라의 목에 팔을 감았다. 가만히 눈빛으로 말하자, 히라가 머뭇머뭇 허리를 끌어안는다. 눈이 전한 말을 잘 알아들어줘서 키요이는 만족스럽게 키스했다.

"……키요이, 많이 좋아해."

"응, 나도."

몇 번이나 입을 맞췄다. 그래, 이젠 어쩔 수 없어. 이런 기분 나쁜 남자에게 빠진 건 자신이고, 좋아하고, 좋아해서, 이젠 전부 다 어쩔 수 없어.

에필로그

시타라가 벌인 사건은 다음날 곧바로 톱뉴스로 다뤄졌다.

인기 여배우와 국민 아이돌의 열애설에서 시작되어 여배우의 광신적 팬이 밀회 상대를 납치 감금한 사건은, 연예인의 사생활을 과도하게 파헤치는 주간지의 폭로 기사와 비대해진 SNS의 폐해 문제까지 포괄하며 일반인들도 관심을 갖는 사회문제로서 연일 크게 보도되었다.

우습게도, 범죄로까지 발전한 이 일에 대한 반동으로 키요이나 안나를 향한 공격은 완전히 멈췄다. 싱글 남녀의 연애는 자연스러운 일이고 흠을 잡는 것이 이상하다는 지극히 타당한 쪽으로 여론이 겨우 방향을 바꾼 것이다.

그러나 히라는 계속 마음을 졸였다. 자신이 아무 도움도 되지 못했다는 사실이 마음에 걸려서, 키요이를 괴롭혔던 TV 프로그램 진행자나 동조하며 웃음거리로 삼았던 아나운서나 개그맨 등을 상상 속 가상의 라이플로 닥치는 대로 쏘아 벌집으로 만들어주었다. 악의적인 기사를 썼던 기자의 이름도 가슴속 데스 노트에 적어두었다. 평생 잊지 않을 것이다.

키요이는 이제 남은 건 안나의 복귀 문제뿐이라고 말했다. 일이 이렇게까지 커지자, 양쪽 회사도 깔끔하게 안나와 키리야의 교제를 인정하는 것으로 의견 일치를 보았다.

당초에는 전례대로 안나와 키리야가 함께 혹은 따로 기자회견을 열까 의견이 오갔지만, 말은 받아들이는 사람에 따라 얼마든지 비틀리고 굴절되기 마련이라 기자회견은 열지 않기로 했다. 그중에는 대답하기 곤란한 질문을 하는 기자도 있을 것이다. 그렇다고 질문을 금지해버리면 그것도 그것대로 반발을 살 것이다.

말을 덧붙이니까 오해가 생긴다. 그래서 차라리 말없이 단순하게 사실만 보여주기로 결정하고, 글 없이 사진만 내보내기로 했다. 매체는 여성들에게 인기가 많은 패션 잡지로 결정됐고, 사진작가와 스타일리스트 등 스태프도 최고로만 모았다.

"안나와 키리야 사진을 노구치씨가 찍겠대?"

저녁을 먹기 위해 자리에 앉자 키요이가 물었다.

"부담스러운 일이라 노구치씨는 썩 내켜하지 않는 것 같았어.

그런데 나도 어시스턴트로 들어가게 됐어."

"응? 수석 어시스턴트가 있잖아."

"이번에는 나뿐인 것 같아."

고다의 스케줄이 비어 있었지만, 노구치는 히라에게만 어시스턴트로 들어오라고 지시했다. 노구치가 이유를 말해주지 않자 고다는 히라에게 "너는 역시 비밀의 아이"라고 비아냥거렸다.

"……흐음, 너만 들어가는구나."

키요이의 미간이 미묘하게 좁아졌다.

"노구치씨가 널 많이 아끼네."

키요이가 의미심장한 눈빛으로 히라를 흘깃 본다. 히라도 노구치가 자신을 확실히 마음에 들어하는 것 같다고 느끼지만, 그렇다고 수긍하기는 우쭐대는 것 같아 꺼려졌다. 일개 학생의 입장에서는 고마운 일이지만, 이유를 알 수 없어서 마음이 불편하다. 말없고 음침했던 어린 시절을 지나오며 히라는 선생이나 선배 등의 연장자에게 귀여움받는 타입이 아니란 걸 스스로 깨달았다.

"너를 노리는 건 아니겠지?"

"노려?"

"게이일 가능성은 없어?"

히라는 입을 떡 벌렸다. 너무 당치도 않아서 어떻게 반응해야 할지 몰라 허둥거리자, 키요이도 역시 그건 아니겠지? 하며 다시 말을 물렀다. 그러면서도 하지만 만약이라는 게 있으니 조심하라고 덧붙였다.

"조심하라니?"

"밤에 둘만 있지 말고."

"여자도 아닌데."

헛웃음이 나왔다. 그래도 여전히 무서운 얼굴로 조심하라는 키요이의 말에 히라는 고개를 끄덕였다. 아무리 바보 같은 말이라도, 키요이가 하는 말이라면 절대적이다.

"그런데 키요이는 무슨 일 있었어?"

히라가 아무렇지 않은 척하며 물어보자, 키요이의 표정이 바로 바뀌었다.

솔직히 말하자면, 히라는 계속 물어볼 타이밍을 보고 있었다.

오늘 잠시 나갔다 들어온 키요이는 기분이 좋아 보였다. 키요이는 평소 늘 차갑지만, 뭔가 좋은 일이 생기면 표정은 그대로여도 작은 행동들에서 차이가 난다.

예를 들면, 저녁식사를 준비하는 히라에게 오늘 메뉴는 뭐냐고 묻는다거나(평소의 키요이는 메뉴를 궁금해하지 않는다), 젓가락과 컵을 식탁에 놓아주거나(평소의 키요이는 도와주지 않는다), 식탁에 먼저 앉아서 기다리거나(평소의 키요이는 부를 때까지 소파에서 뒹굴뒹굴한다) 하는 등 평소와는 조금 다르다. 뭔가 좋은 일이 있었던 것 같지만, 적극적으로 흥미를 보이며 물어보면 뾰로통해지기 때문에 아무렇지 않은 척 물어봐야 한다.

"별로, 아무 일도 없어."

키요이는 무뚝뚝하게 대답했다. 그런다고 스스로 잘못 짚었나 생각하며 다른 이야기로 돌려버리면 안 된다. 역시나 키요이는 밥을 먹고, 차를 마시고, 후유 하고 숨을 한 번 돌린 뒤에 입을 열었다.

"내년에 우에다씨 연극에 출연하게 됐다는 것 정도."

됐다— 히라는 속으로 쾌재를 부르며 만세를 했다. 키요이의 입꼬리가 미묘하게 올라가 있다. 기쁨과 자부심이 미묘하게 섞인, 상당히 기분좋을 때 짓는 표정이다.

"우에다씨면, 키요이가 좋아하는 연출가지?"

"응, 요전에 우에다씨가 회사로 연락해서 제안했고, 오늘 오디션 보고 왔어."

그 사람 연극에 키요이가 지금까지 몇 번이나 도전했던 것을 알고 있다. 결과가 좋지 않았지만, 드디어 해낸 것이다. 역시 키요이다. 아니, 그 연출가에게 드디어 보는 눈이 생긴 것이다. 조금 늦은 감이 있지만, 아예 알아보지 못한 것보다는 훨씬 좋다.

"오디션에 부른 건, 이번 소동으로 화제를 끌 수 있을 거라 생각해서겠지만."

그 말에 분노가 솟구쳤다. 얼마나 무례한 연출가인가. 가슴속 데스 노트에 추가로 이름을 적었지만, 키요이는 자주 있는 일이라며 태연한 태도를 보였다.

"아무리 훌륭한 배우를 모아도, 아무리 훌륭한 작품을 만들어도 흥행 성적이 좋지 않으면 다음 작품 기회는 없어. 연극은 원래부터 수지 맞추기가 어려운 콘텐츠라서 화제성 있는 캐스팅은 흔한 일이야. 오히려 화제성 우선인 연극이 더 많을 정도로."

업계 사정은 잘 모르지만, 키요이에게 알맞은 대우라고는 생각할 수 없었다.

"그렇다고 해서 전적으로 납득한 건 아니고, 당연히 화도 났어. 하지만 처음부터 내게 연기력은 기대하고 있지 않다는 걸 알고 있는 편이 좋을지도 몰라. 그래선지 오늘은 평소와 다른 마음으로 오디션을 볼 수 있었어."

오디션이 끝난 뒤 우에다가 꽤 적극적으로 나왔다고 한다. 키요이의 연기가 이미지에 딱 맞는다며, 이건 규칙 위반이지만 이미 키요이로 정했으니까 꼭 스케줄을 빼두라며 귀엣말로 신신당부했다고.

"굉장해. 역시 키요이야. 정말 대단해."

크게 감동할수록 마음을 표현할 어휘는 왜 하나도 생각이 안 나는 걸까.

"굉장한 배우는 가끔 역할이 하늘에서 내려온다고 하잖아. 빙의랄까, 영감이랄까, 정말로 대단해. 일반인인 나는 그런 건 상상도 되지 않아."

그러자 키요이는 뭐라 표현할 수 없는 묘한 표정을 지었다.

"정말 이상한 사람은 대부분 자신을 평범하다고 생각하더라."

"응?"

"평범한 사람이 벗어나려고 애쓰는 한계를 너는 일상적으로 조금씩 조금씩 벗어나잖아."

히라가 무슨 뜻인지 알 수 없어 고개를 갸웃하자, 키요이는 아무것도 없는 벽을 바라보았다.

"안나한테 들었을 때부터 계속 생각했어. 어떻게 하면 나 자신에서 해방될 수 있을까. 그건 무리일지도 모른다고 생각했어. 그래도 지금은 왠지 벗어나는 방법을 알게 된 것 같아. 오늘은 깜짝 놀랄 정도로 기분이 좋았어. 뭔가에 취한 것 같았고, 그런 기분은 처음이었어."

키요이가 한 말의 의미를 잘 알 수 없었다. 하지만 무리해서 이해하려고 하지 않는다. 천재인데다 지고한 왕은 이해할 수 없는 게 당연하다. 그래서 눈에 보이는 키요이를 그저 마냥 바라보았다. 낮의 흥분을 되살리는 듯 키요이의 눈가가 어렴풋이 붉어졌다.

"아마도, 네 덕분일 거야."

그렇게 말하면서도 키요이는 히라를 보지 않는다. 자신의 내면을 바라보고 있다.

"눈물에 콧물에 코피로 얼굴이 엉망진창이 됐었잖아. 그런 꼴사나운 모습을 다른 사람들에게 보였어. 그 생각을 하면 이제 아무것도 부끄럽지 않고 무섭지도 않아."

"어, 그때, 그 일?"

키요이는 정신을 차린 듯 히라를 바라보았다.

"너는 기절해 있었으니까 몰랐겠지만."

"……아, 응, 뭐."

히라는 애매하게 고개를 끄덕이면서 그때의 사건을 떠올려보았다.

키요이는 알아채지 못한 것 같지만 그때 히라에게는 실낱같이 미미하게 의식이 있었다. 얇은 수막에 가로막힌 듯이 키요이의 목소리가 멀리서 들려왔었다. 들어본 적 없는 일그러진 목소리였다. 울고 있다는 건 알았지만 믿기지는 않았다. 그때 키요이가 울면서 자신의 이름을 부르고 있었던 것이다. 히라, 히라, 히라 하고 몇 번이나.

일어나.

그 부름에 히라는 생각했었다. 키요이가 불렀으니까, 어떤 상황이든 대답해야 한다고. 끝없이 바닥으로 끌려내려가는 의식을, 키요이의 목소리가 끌어당겼다.

얼마 남지 않은 힘을 짜내 간신히 눈을 떴었다.

눈물과 콧물로 흠뻑 젖은 키요이의 얼굴이 눈에 들어왔다.

아름답지 않았다.

하지만 죽을 만큼 아름다웠다.

그 순간의 키요이를 찍어두고 싶었다. 그 바람은 이룰 수 없었고, 바로 시야가 암전되며 닫혔다. 한순간이었다. 그래서 더욱 강렬하게 망막에 새겨진 키요이의 우는 얼굴.

키요이와 지내는 시간이 길어질수록, 그를 잃어버리는 일에 대한 공포가 커졌다. 지금도 무섭다. 하지만 그때의 키요이를 가슴에 몰래 품고 있으면 키요이를 잃은 후에도 살아갈 수 있을 것 같다. 그것은 나만의 키요이다.

"뭐에 홀려 있는 거야?"

정신을 차려보니, 키요이가 눈썹을 찌푸리고 있었다.

"아무것도 아니야."

자신이 알고 있다는 것을 키요이는 알고 싶지 않을 것이다.

하지만 키요이의 표정은 점점 사나워졌다.

"……너 혹시 그때 깨어 있었던 거 아니지?"

자기도 모르게 눈을 깜박여버려 긍정하는 셈이 되었다.

키요이의 얼굴이 점점 붉게 물든다. 귀. 목덜미. 굉장하다. 사람은 손끝까지 붉어질 수 있다. 무의식적으로 옆의 의자에 두었던 카메라를 들었다.

"찍지 마! 이 멍청이!"

키요이가 자리에서 일어나 도망치듯 침실로 향했다. 서둘러 뒤따라간다.

"키요이, 기다려."

"카메라 가져오지 마."

"미안, 안 찍을게."

"시끄러워! 저리 가라고!"

히라의 코끝에서 침실 문이 닫혀버렸다.

그날 밤부터 이틀 동안 키요이는 히라가 무슨 말을 해도 받아주지 않았다.

안나와 키리야의 사진 촬영은 엄중한 경계 속에 이루어졌다.

촬영 장소는 뜻밖에도 나호의 집으로 정해졌다. 안나가 가장 힘들었던 시기에 머물 곳이 되어준데다 가정적인 분위기로 안나를 지탱해주었던 공간. 여기라면 안나도 편하게 촬영할 수 있을 것 같다고 키요이의 소속사 사장이 아이디어를 냈다.

갑작스러운 제안이었지만 나호는 흔쾌히 허락해주었다. 원래부터 사람을 잘 챙기고 봉사 정신이 흘러넘치는 사람이다. 촬영 당일에는 스태프들에게 직접 만든 간식과 음료까지 제공해줘서, 이런 사람이 아니면 정치인의 아내 역할 같은 건 할 수 없겠지 하고 납득했다.

촬영은 아침 일찍부터 시작되었다. 헤어스타일도 옷도 자연스럽게, 평소 모습과 비슷하게 스타일링 되었고, 조명도 최소한만 사용하기로 했다. 거의 자연광으로, 휴일을 보내는 평범한 연인들의 일상 스냅사진 콘셉트로 진행됐다.

오래됐지만 잘 관리된 전통가옥. 세월의 향수가 가득한 주방에서 아침식사를 준비하는 안나와 키리야. 마주보고 식사하는 두 사람. 처음에는 긴장한 듯했지만, 식사를 마친 두 사람이 나란히 서서 설거지하는 설정의 컷을 찍을 즈음에는 보기 좋게 웃는 부드러운 얼굴이었다.

"키리야, 엉덩이도 제대로 닦아."

물소리에 섞인 안나의 말에 키리야가 엉덩이? 하고 안나의 허리 부분을 쳐다보았다.

"접시 엉덩이 말이야. 어딜 보는 거야?"

"접시에 엉덩이가 있어?"

"있지. 이십팔 년이나 살아놓고 그걸 모르다니 믿을 수가 없네, 정말."

어디에나 있을 것 같은 젊은 연인들의 대화에 주위에 있던 스태프들이 눈을 가늘게 떴다. 달그락달그락 접시 부딪치는 소리, 수도꼭지에서 쏟아지는 물소리. 분명 평소에도 이런 느낌일 것이다. 두 사람 다 스크린이나 TV 화면에서는 결코 보여주지 않던 편안한 표정을 짓고 있었다.

오후가 되어 스태프들도 휴식 시간을 가졌다. 스태프 몇몇은 역 앞 패밀리레스토랑으로 갔고, 히라는 노구치와 주택가 골목에 있는 소바집에 갔다.

"휴식 끝나면, 너도 찍어볼래?"

노구치가 소바를 후루룩후루룩 먹으면서 지나가는 말처럼 히라에게 물었다.

"뭘 말인가요?"

"당연히 안나와 키리야지."

또 평소처럼 농담을 하는구나 싶어 히라는 그러죠, 뭐 하고 적당히 대답했다.

"농담 아닌데. 안나와 키리야 소속사에 허락도 받았어. 너도 찍게 해주는 조건으로 이번 일 받은 거야. 최종 컷으로 쓸지는 모르겠지만."

무슨 일인가 싶어 당황했다. 양쪽 회사에 승낙까지 받고 그 조건으로 일을 받았다는 건 예삿일이 아니다. 전부터 유달리 잘해준다고 느꼈지만, 이건 스승과 제자 사이를 넘어서는 일이다. 설마 하고 눈을 크게 떴다.

"……역시 게이?"

"뭐?"

"노구치씨, 설마 저를 노리시는 건가요?"

굳은 얼굴로 던진 진지한 물음에, 바보냐고 반문하며 노구치가 테이블 아래서 히라를 발로 찼고, 그러자 히라는 안심이 되었다. 노구치가 가방에서 뭔가를 꺼냈다. 앨범이다. 상당히 오래돼 보이는 것. 히라는 그가 건넨 앨범을 받아들고 왠지 모르게 긴장한 채 페이지를 넘겼다.

"……아."

맥이 빠졌다. 히라가 잘 아는 것이었다.

도시의 풍경 사진. 사람만 휑하니 사라진 사진. 염주처럼 죽 늘어진 차 안에는 운전자가 없다. 길가의 유모차 안에는 아기가 없다. 유모차를 미는 사람도 없다. 지나치게 우쭐대다가 신에게 벌을 받아 인간만이 사라져버린 세계.

히라의 사진이다. 하지만 자신의 기억에 없는 사진이었다. 교묘한 레플리카•인가? 아니, 다르다. 분명히 자신의 것보다 완성도가 높다. 이 사진은 혹시?

"비슷하지?"

시선을 들자, 노구치와 눈이 마주쳤다.

"내가 훨씬 잘 찍었지만."

히라는 소리 내어 웃었다. 역시 노구치의 사진이구나. 날짜가 적혀 있다. 십 년도 더 전이라는 건, 노구치가 지금의 히라와 비슷한 나이일 때 찍은 것이다.

"젊을 때 나도 기무라이헤이사진상을 노렸었어."

노구치의 갑작스러운 고백에 히라는 눈만 계속 깜박거렸다.

"너처럼."

• 원작자가 원작과 똑같이 직접 만든 사본.

"아니요, 저, 저는 상은 별로……"

상황이 이렇게 만들어서, 어쩌다보니 프로 사진작가를 목표로 하게 되어버렸지만, 실제로는 각오한 것이 아니었다. 심지어 그런 큰 상은.

"뭐, 나는 못 받아서, 지금 이 꼴이지만."

노구치가 히라의 말을 자르고 말을 이었다.

"꼴이라고 할 것까지는 없다고 생각합니다."

노구치는 뭐, 그렇지 하고 소바를 후루룩 먹었다.

"사진 공모전에서 네 사진을 봤을 때, 내 옛날 사진이 유출됐나 싶어서 당황했어. 바로 다르다는 걸 알았지만. 나보다 많이 서툴렀거든. 나는 그런 유치한 촬영은 하지 않았어. 뭐야, 이 서툰 녀석은, 내 흉내를 내다니 젠장, 처음엔 화가 치밀어서 견딜 수 없었어."

노구치가 분노를 날려버리려는 듯 더 힘차게 소바를 후루룩거려서 국물이 히라에게까지 튀었다.

"그랬는데 환갑이 넘은 심사위원장이 학생답지 않다고 하길래, '그래 맞아, 이건 형편없어, 쓰레기야' 하고 동조하면서 1차 심사에서 떨어뜨려버렸지. 꼴좋다 하고."

히라는 입을 떡 벌렸다.

"전에 했던 말과 완전히 다르잖아요."

"그런 꼴사나운 이야기를 할 수 있겠냐?"

꼴사나운 일이었다고 자각했다고 생각할 수 없을 정도로 노구치는 당당했다.

"그래도 바로 반성했어. 이미 늦긴 했지만. 그래서 O대에서 사진 강의 요청이 왔을 때 거기서 네 이름을 발견하고 그때 빚도 갚을 겸 조금 가르쳐주자고 생각했지. 그게 아니라면 학생들을 가르치는 귀찮은 일을 내가 맡을 리가."

"그…… 가르침 받은 기억이 없는데요."

"그래, 그날은 일이 바빴어. 그래서 모두에게 사진을 보내라고 했지. 사실은 네 거만 받으면 됐는데 역시 그럴 순 없어서, 죽을 만큼 귀찮았지만 아마추어 애송이들의 수많은 사진을 억지로 살펴보고 코멘트를 해줬어. 그런데 가장 중요한 네가 안 보냈잖아."

"그 말은, 전에 어시스턴트 제안을 하시면서 착한 사람인 척했던 말이 거짓말이었다는 거네요."

"지금 그런 이야기를 하는 게 아니잖아."

"죄송합니다. 하지만 너무 갭이 커서요."

"너, 진심과 명분이란 말 알지?"

"네."

"그런 거였어."

뭔가 대단한 듯 말해서, 사과하지 않던 그날의 노구치를 떠올렸다.

"그래서 어쩔 수 없이 O대 동아리장에게 전화해서 널 오게 만든 거야. 처음 만났을 때 너는 상당히 기분 나빴어. 행동도 엄청 수상하고, 사람 눈도 보지 않고, 이런 녀석이 나와 비슷한 사진을 찍은 건가 싶어서 더 화가 나기 시작했고."

거기서 노구치는 숨을 들이마셨다.

"어떻게 해서든 옆에 두고 싶어졌어."

히라는 미간을 좁혔다. 한순간에 이야기가 딴 곳으로 튄 느낌이었다.

"죄송한데, 무슨 뜻인지 모르겠습니다."

"인간이란 모두 자기 자신이 애틋한 법이야."

"……으음."

"어른이 되면, 어리석고 실패만 했던 젊은 날의 자신마저 사랑스러워져."

현재진행형으로 실패만 하고 어리석은 나날을 보내는 히라에게는 미지의 감각이다.

"꿈이 깨어지고 나서 십오 년. 오랜 시간이 지났는데, 젊은 시절의 자신과 비슷한 사진을 찍으며 기무라이헤이사진상을 노리는 놈이 나타났어. 이거 뭔 로망 같지 않아?"

"잘 모르겠는데요."

"뭐 그렇지. 로망을 이루려면 어느 정도 숙성 기간이 꼭 필요하니까. '그러고 보니 노구치씨는 젊은 시절에 이런 사진을 찍었었지' 하면서 누군가 기억해내는 거야. 그러면서 내가 옛날에 찍은 사진이 새롭게 조명받고, '십오 년도 전에 이미 이런 사진을 찍었어?' 하고 모두가 깜짝 놀라지. 그리고 과거 심사위원의 무능함이 드러나고 동시에 모두가 내 사진의 가치를 재발견하게 되는 거야. 로망의 표본이잖아."

"아아."

"그러니까 수상 인터뷰를 할 때는, 내 덕분이라고 말해줘."

"네에?"

"'지금의 제가 있는 건 모두 스승인 노구치 히로미씨 덕분입니다'라고 말하는 거야. '노구치씨가 눈여겨봐주지 않았다면 지금의 저는 없습니다, 모두 노구치씨 덕분입니다.'"

웃는 얼굴로 못박듯이 하는 말에 히라는 또다시 뚱해졌다. 그 마음을 모르는 것도 아니지만, 멋대로 향수 운운하며 남의 인생에 숟가락 얹는 것도 민폐다.

"그렇게 뚱해 있지 말고."

"말할게요. 그래도 다른 사람의 경사스러운 무대에 숟가락 얹진 말아주세요."

그러자 노구치는 엥? 하는 얼굴을 했다.

"학생 상대로 무슨 말도 안 되는 소리를 하는 거냐고 묻는 게 아니고?"

"네?"

"상 같은 건 생각도 않는다고 말했으면서, 경사스러운 무대에 선 널 상상하고 있잖아."

순간 머릿속이 텅 비었다.

"…………아…………"

그 말을 이해한 순간 얼굴이 온통 뜨겁게 달아올랐다.

노구치가 그런 히라를 싱글거리며 바라본다.

"아니, 저는, 그게."

"네 경우엔 먼저 자기 욕망을 인정하는 것부터 시작해야 할 거야."

정말로 무리라고 생각했다면 뚱해지지도 않았을 것이고, 재미있는 농담이라고 흘려버릴 수도 있었을 것이다. 그런데 진지하게 생각해버렸다. 자존감을 낮추는 것으로 자신을 지키면서 사실은 마음속 어딘가 근거도 없는 자신감을 가진 또다른 자아를 들켜버렸다.

짓궂은 유도질문에 당해버린 기분이다. 하지만 사진 공모전 1차 심사에서 떨어졌을 때도 예상외로 무척 침울했었다. '나는 떨어졌는데 그 녀석은 붙었다니, 그 녀석 사진이 내 사진보다 나은가?' 생각하며 동기를 질투했었다. 그것도 '이런 마음' 때문이었을 것이다.

"……노구치씨, 너무해요."

히라는 거의 울고 싶은 심정으로 노구치를 바라보았다.

"극복해. 부끄러운 일을 겪지 않고 어른이 된 녀석은 없어."

머리에서 김이 날 것 같은 히라를 보며 노구치가 갑자기 눈을 가늘게 떴다.

"잘 보살펴주는 스승을 만난 것에 감사하라고."

놀리는 듯한 웃는 얼굴 아래에 희미한 씁쓸함이 배어 있어 어디까지가 농담이고 어디까지가 진심인지 알 수 없었다. 그래도 노구치가 진심으로 자신을 이끌어주려 한다는 것만은 알 수 있었다. 그래서 지금은 순순히 고마운 마음이 들었다.

"……앞으로 잘 부탁드립니다."

히라가 고개를 숙이자, 노구치는 잘해보자며 고개를 끄덕였다. 이 사람이 자신의 스승이고, 앞으로 이 사람 밑에서 많은 것을 배워갈 거라고, 처음으로 제대로 자각했다.

점심식사 후, 나호의 집으로 돌아오자 키요이가 와 있었다.

"키요이, 여긴 어떻게 왔어?"

"안나가 긴장할지도 모르니까 가서 얼굴 잠깐 비추라고 사장님이 부탁했거든."

키요이가 직접 간식으로 사온 아이스크림을 가리켜 보였다.

"히라, 느긋하게 떠들 시간 없어. 네 카메라 준비해."

"네 카메라라고?"

고개를 갸웃하는 키요이를 향해 노구치가 생긋 웃었다.

"어쩌면 오늘 이 녀석 프로 데뷔할지도 몰라."

"와, 네가 찍는 거야?"

키요이가 이례적으로 눈을 크게 떴다. 굉장하다며 축하해주었지만, 이후 언뜻 얼굴이 굳은 것처럼 보였다. 신경이 쓰였지만, 노구치가 재촉하는 바람에 장비를 놓아둔 거실로 내쫓겼다. 키요이도 따라왔다.

"조명은 어떡할 거냐? 오늘 날씨라면…… 아, 뭐, 어쨌든 좋을 대로 찍어봐."

가방에서 카메라를 꺼내려는데 노구치가 말을 하다 입을 다물었다. 개인 카메라를 챙겨오라는 말을 미리 듣긴 했지만, 그 이유를 이제야 이해했다.

하지만 이해와 행동이 반드시 일치하는 건 아니다.

엄청난 기회를 앞두고도 히라는 마음의 바늘이 전혀 움직이지 않는다.

"어이, 그렇게 긴장하지 마. 찍더라도 잡지에 반드시 실린다는 보장은 없으니까. 이번 컷은 안나와 키리야에게 더 중요한 장면이라, 아무래도 안 실릴 확률이 98퍼센트야. 일단 네가 나를 뛰어넘는 사진을 찍을 수 있을 리가 없어. 그러니까 안심하고 깨져보라고. 경험하는 게 우선이니까."

일부러 농담을 섞어가며 긴장을 풀어주려는 노구치의 마음을 알 수 있었다.

"아니요, 그런 문제가 아니……라고 생각합니다."

"그럼 뭐야. 말해봐."

"그건……"

평소라면 무릎을 꿇고서라도 얻고 싶을 기회를 눈앞에 두고 바보 같은 말을 하려고 한다. 모처럼 맺은 사제 관계마저 망쳐버릴지 모른다. 하지만 히라에게 이것은 결코 양보할 수 없는 영혼의 계약에 가깝다.

"히라, 시간 없어. 빨리 말해."

"인물 사진은, 한 사람 외에는 찍고 싶지 않습니다."

노구치는 영문을 모르겠다는 듯 눈썹을 찌푸렸다.

"죄, 죄송해요. 그런, 그, 그렇습니다."

네 경우엔 먼저 자기 욕망을 인정하는 것부터 시작해야 할 거야.

그렇다. 분명 그런 것이다. 그러면 이제 각오해야지.

"지금 제가 찍고 싶은 인물은 키요이 소뿐입니다."

노구치가 입을 떡 벌렸고, 키요이의 입은 '바' 모양으로 벌어졌다. 바보라고 말하고 싶을 것이다.

"……죄송합니다."

히라는 깊게 고개를 숙였다. 자신 같은 인간을 아껴주고, 크나큰 기회를 준 노구치의 체면을 무너뜨렸다. 최악이다. 그래도 마음이 전혀 동하지 않는다. 스스로도 어떻게 할 수가 없다.

어른이 되면, 어리석고 실패만 했던 젊은 날의 자신마저 사랑스러워져.

정말일까. 이렇게 융통성 없고 바보 같기만 하고 무례한 내 모습도?

"……정말 너는……"

노구치가 질렸다는 듯 중얼거려서, 히라는 머뭇머뭇 고개를 들었다. 틀림없이 화가 났을 거라고 생각했지만, 그는 묘한 얼굴을 하고 있었다. 곧 웃음이 터질 것 같은, 필사적으로 참고 있는 얼굴.

"웃기지 마!"

큰 소리를 낸 것은 키요이였다.

"잠깐만 실례할게요. 이 녀석이랑 얘기 좀 하게 해주세요."

키요이는 노구치를 힘차게 밀어 방 밖으로 내보냈다.

"어이어이, 잠깐만, 키요이?"

"잠깐이면 돼요."

키요이가 미닫이문을 닫고 작은 목소리로 따져 물었다.

"넌 얼마나 바보인 거냐. 이게 얼마나 좋은 기회인지 몰라?"

"아, 아, 알아. 그래도 안 돼. 지금은 키요이 말고는 찍을 수 없어."

키요이는 더이상 찌푸릴 수 없을 만큼 미간을 찌푸렸다.

"왜? 너는 찍고 싶은 게 없다며. 노구치씨한테 그렇게 말했던 거 아냐? 그러니 나도 딱히 찍고 싶은 게 아니었잖아."

그 말에 흐지부지됐던 별거의 이유를 떠올리고 말았다.

"……찌, 찍고 싶어. 사실은, 키요이를 엄청 찍고 싶어."

히라가 나직이 중얼거렸다. 처음 만난 순간부터, 키요이는 히라의 모든 것을 가져가버렸다. 히라가 찍고 싶은 건 키요이뿐이다. 키요이밖에 없다. 그러나 그렇다고 말할 수 없다. 그 말은 히라에게 아득히 높이 솟은 벽이었다.

"……처음엔, 보는 것만으로 만족했어."

조용히 중얼거렸다. 그랬다, 보는 것만으로도 만족했는데, 연인이 되면서 자기도 모르게 점점 더 그 이상을 바라게 되었다. 주제도 모르고 커져가는 욕망이 두려웠다. 닿아선 안 될 별을 잡아 그 빛을 죽이게 될까봐 두려웠다.

"그, 그리고 노구치씨가 물어본 건 '프로로서 찍고 싶은 것'이었고, 나는 프로 사진작가들 사이에서 키요이를 누구보다 아름답게 찍을 자신 같은 건 없어. 기술도 없고."

누구보다도 아름답고 높디높은 왕을 더럽히는 짓은 할 수 없다. 힘겹게 설명을 이어가는 사이, 키요이의 표정이 귀신처럼 무서워졌다.

"이……! 나님 녀석!"

키요이가 힘껏 정강이를 차자, 히라는 절로 비명이 터졌다.

"그게 무슨 이기적인 이유야? 내가 그때 어떤 마음이었는 줄 알아?"

"몰라. 나는 감히 키요이의 마음을 헤아리거나―"

"헤아려!"

"응?"

키요이가 분노, 억울함, 답답함, 모든 것이 섞인 눈으로 노려보자, 히라는 몸이 굳었다.

모른다. 모른다. 밤하늘의 별의 기분을 길바닥의 돌멩이가 헤아릴 수 있을 리 없다. 하지만 헤아려야 하는 걸지도 모르겠다고 처음으로 생각했다. 키요이가 이렇게나 감정을 드러내는 건 정말 드문 일이다. 키요이가 그렇게 하라고 한다면, 나는 노력해야 한다.

강제로 변태 과정을 받아들이는 벌레가 된 것처럼, 나 자신을 지키고 있던 껍질에 쩍쩍 금이 가고 있다. 아프다. 무섭다. 그래도, 이제 번데기 시절은 끝났다는 것을 알게 된다.

"……키요이, 미안해."

키요이를 끌어안으려던 순간이었다.

"좋은 분위기에 미안한데 말이지."

깜짝 놀라 바라보자, 살짝 열린 미닫이문 틈으로 노구치가 들여다보고 있었다. 정신을 차리고 키요이와 떨어지자 노구치가 히죽히죽 웃으며 들어왔다.

"이야, 그렇구나. 두 사람 그런 관계였군요. 사랑의 폭풍 한가운데에 있는데 방해해서 미안합니다만, 슬슬 촬영 시작해도 좋지 않을까 하는데 말입니다."

히라는 키요이를 숨기듯이 그 앞에 서서 고개를 숙였다.

"죄, 죄송합니다. 바로 준비하겠습니다."

서둘러 방을 나서려는데, 노구치가 히라를 불러 세웠다.

"네가 찍는 거야. 카메라 가져가."

"음, 그, 그래도 저는 좀전에도 말했다시피."

"아, 정말 싫다. 그런 바보 같은 부분까지는 나랑 닮지 않아도 좋았을 텐데."

"네?"

"비슷하게 고집을 부리다 기회를 날려버린 바보가 네 눈앞에 있다고."

"노구치씨도 그러셨어요?"

노구치가 찌푸린 얼굴로 한숨을 쉬었다.

"스승과 제자가 나란히 바보와 고집 믹스주스네. 그래도 결정적으로 다른 게 있지. 나한테는 나 같은 스승이 없었지만, 너한테는 내가 있다는 거. 너는 정말로 행운아야."

노구치는 간단히 대답하고서 키요이를 마주보았다.

"좋아, 그럼 그런 거니까 키요이도 준비해."

"저요?"

"너희가 사랑의 폭풍을 일으키는 동안 이쪽에서도 이런저런 변동 사항이 있었어. 갑작스럽긴 하지만 안나 커플의 친구로 키요이까지 넣어서 스리 숏으로 찍기로 했거든. 그러면 양다리 의혹도 완전히 사라지겠지. 히라가 원하던 바도 이룰 수 있고. 빨리 준비해."

너무 갑작스러운 상황에 창백해진 히라를 흘깃 보더니 키요이는 알겠다고 고개를 끄덕였다.

"역시, 멘탈이 강하네."

히죽대며 웃는 노구치에게, 키요이가 엄지손가락을 치켜올리며 대답했다. 그 광경에 히라는 식은땀이 흘렀다. 안 돼. 이건 신들의 전쟁이야. 나 같은 건 들어가면 안 돼. 하지만 노구치는 서두르라고 재촉하고는 무정하게도 현장으로 돌아가버렸다. 초조감이 최고조로 올라갔다.

"키, 키, 키요이. 갑자기 이런 건 무리야."

"왜? 고등학교 때부터 내 사진 찍었잖아."

"그, 그건 사적인 스냅사진이니까."

"사적이든 일이든, 나는 나야."

알고 있다. 그것이 키요이다. 주위 상황에 흔들리지 않는다.

"그, 그래도, 그래도."

히라는 말문이 막히고 식은땀이 더 흘렀다.

"시끄러워. 나한테 이러쿵저러쿵하지 마."

키요이가 정면에서 노려보아서, 한심하고 약한 소리가 목안에서 얼어붙었다.

"너, 내 말 거역하는 거야?"

설마. 설마. 고개를 크게 저었다.

"남자친구라면서, 나를 누구보다도 예쁘게 찍을 수 있다고 말도 못하는 거야?"

키요이가 턱을 가볍게 올리고 기분좋지 않은 듯 노려본다.

아, 너무, 너무 아름다워.

길게 찢어진 서늘한 눈가, 긴 속눈썹, 얇고 보기 좋은 입술.

키요이가 히라의 셔츠 깃을 움켜쥐자 떠밀리는 듯한 괴로움이 인다.

"……찍, ……찍을게."

한계까지 떠밀린 끝에, 안쪽에서부터 새어나오는 것처럼 말이 떨어졌다.

"……찍을 거야. 내가 키요이를, 찍을 거야."

떨리는 목소리로 선언하자 키요이가 만족한 듯 고개를 끄덕였다.

"노구치씨보다 예쁘게 찍지 않으면 용서하지 않을 거야."

냉정한 시선을 던지고 키요이는 등을 돌렸다. 히라는 등줄기가 곧게 뻗은 뒷모습을 배웅하고, 무너질 듯 후들거리는 다리를 필사적으로 지탱했다. 지금 바로 무릎을 꿇고, 키요이가 밟고 지나간 바닥에 입을 맞추고 싶다.

그러나 지금 자신에게 사명이 떨어졌고, 그것은 지금 바로 수행해야 한다.

고립무원. 절체절명. 그래도 왕의 명령은 절대적이다.

아름다운 키요이를, 내가, 누구보다 아름답게 찍을 거야.

오랫동안 허리에 차고만 있었던 검을 휘두를 때가 찾아왔다. 도망치는 것은 허락되지 않는다. 떨면서, 조용히, 용기를 내어 가방에서 카메라를 꺼냈다.

많은 스태프에게 둘러싸인 가운데, 카메라를 든 손이 떨리고 있다. 모두가 노구치의 비밀의 제자에 대한 소문을 들었는지, 실력을 확인해보려고 호기심과 약간의 짓궂음이 역력한 눈으로 바라보고 있다. 긴장으로 두근두근 심장이 터질 것만 같다. 시선 끝에는 안나와 키리야, 그리고 키요이가 있다.

조금 전까지는 촬영하는 노구치를 옆에서 지켜보았다. 스태프들도 안나 커플도, 노구치 자신도 긴장한 기색이 없었다. 여유 있다고 생각했다. 하지만 히라는 자신이 찍는 입장이 된 순간, 모델들에게서 풍겨나오는 압도적인 존재감에 눌려 뭉개질 것 같았다.

모르고 있었다. 프로 사진작가는 이런 압박감 속에서 찍는 것인가. 게다가 그 압박감을 결코 내색하지 않고 모델의 기분을 돋워주는 말을 계속한다. 경이롭다.

"히라."

노구치가 뒤에서 나지막이 부른다. 자신이 모두를 기다리게 하고 있다.

"……그럼, 찍겠습니다."

떨리는 목소리로 촬영 시작을 알리자, 안나와 키리야가 괜찮겠어? 하는 표정을 지었다. 최악의 스타트다. 모델을 긴장시켜서 어쩌려는 거냐. 딱딱하게 굳은 채 카메라를 들었다.

순간, 눈이 빨려들어가듯 파인더 중심에 키요이가 들어왔다.

키요이는 불안해 보이는 두 사람과는 대조적으로 아주 자연스럽게 다른 쪽을 보고 있다.

아, 키요이다.

봄날 교실에서, 여름 햇살이 비쳐들어오는 복도에서, 석양에 물든 방과후 교실에서, 언제나, 언제나 몰래 훔쳐보았던 키요이. 저 아름다운 옆얼굴에 지금까지 나는 얼마나 많은 구원을 받아왔는가.

키요이를 앞에 두면 이렇게 간단하게도 열일곱 살 그때로 돌아간다.

지금은 연인이 되어 입을 맞추고, 사랑을 나누기도 한다.

하지만 아무리 닿고 만져도 결코 줄어들지 않는 거리가 있다.

침범할 수 없는 뭔가에 목덜미를 잡혀 굴복당하는 기쁨에 전율이 흐른다.

파인더를 들여다보는 사이 히라의 가슴이 격렬하게 고동치기 시작했다.

조금 전까지의 긴장감과는 다른 유의 고양감에 집어삼켜지는 듯하다.

첫번째 셔터 소리와 함께, 키요이의 세계로 날아들어갔다.

안나와 키리야의 화보가 나온다는 예고가 나가자마자 엄청난 반향이 일었다. 잡지 예약 판매분이 매진되어, 발매 전부터 중쇄가 결정되었다. 양쪽 회사에 취재가 쇄도했지만, 사진을 봐달라는 코멘트만 내놨기 때문에 사람들의 기대는 좋든 나쁘든 높아졌다.

"그렇게 부채질하는 건 그만하면 좋겠어. 부담돼서 식욕이 없어."

그렇게 말하면서 노구치는 잔에 위스키를 주르륵 따랐다. 수고하셨습니다 하고 인사하고 돌아가려는 히라에게 노구치가 출판사에서 미리 보내준 잡지를 건네주었다. 출간 전이니까 밖에서 보지 말라고 못을 박아서, 고개를 끄덕이고 작업실을 나섰다.

빨리 잡지를 보고 싶어서 서둘러 집에 돌아오자, 키요이도 이미 돌아와 있었다.

"식사도 샤워도 나중에 하자. 일단 이게 먼저야."

키요이의 손에도 출간 전 잡지가 들려 있었다. 회사에서 받았을 것이다.

"네가 올 때까지 안 보고 참고 있었어."

"고마워. 나도 처음 봐."

평소라면 어시스턴트에게 시키는 데이터 정리를 이번에는 노구치 혼자서 했다. 소파에 나란히 앉아 각자 무릎 위에 잡지를 올려놓고, 긴장감과 기대감을 안고 페이지를 넘겼다.

"……우와."

페이지를 펼친 순간, 꽃 두 송이가 피어 있는 듯한 착각이 일었다.

창문으로 비쳐드는 자연광 속에서 안나와 키리야가 등을 보인 채 설거지를 한다. 설마 뒷모습부터 시작할 거라곤 생각하지 못했는데, 수줍은 듯 나란히 선 뒷모습에서 두 사람을 연결하는 평온한 애정이 전해진다. 연예계에서도 인기 톱클래스로 꼽히는 아이돌과 여배우라는 화려함은 없다. 소박하고, 수수하고, 길가에 핀 들꽃처럼 자연스러운 모습이었다.

소파에서 TV를 보는 키리야 옆에서 요리책을 읽는 안나. 그 자세 그대로 얕은잠에 빠진 두 사람. 키리야의 커다란 손이 안나의 머리를 감싸듯 놓여 있다. 부드러운 그늘 안에서 두 사람이 평소에 어떤 시간을 보내는지 손에 잡힐 듯하다.

"……굉장해. 좋은데?"

키요이가 툭 내뱉었다. 예전 게릴라 호우 속에서 보여줬던 강렬함은 사라지고, 평범한 연인들 그 자체였다. 좋아하는 사람과 보내는 시간이 행복한, 연예인이 아닌 어디에나 있는 보통의 연인들. 노구치의 사진은 그 분위기를 스며드는 물방울처럼 보여주고 있었다.

다음 페이지를 넘기자, 심장이 크게 뛰었다.

정원이 내다보이는 툇마루에 안나와 키리야와 키요이가 앉아 이야기하고 있다.

"이거 네 사진이지?"

"으, 응. 그런데 왜 이게."

노구치에게 아무 말도 듣지 못해서 쓸 수 있는 게 없었나보다 생각했다.

히라의 파인더 안에서 키요이가 두 사람과 이야기하며 웃고 있었다. 히라가 경애해 마지않는 그 지고한 왕이 아니다. 밝고, 느긋하고, 충만하다.

RAW 상태에는 손대지 않고 자연광을 살리는 범위에서 최소한의 리터치만 해뒀었다. 그래도 실제로 인쇄되면 이렇게 나온다는 걸 처음 알게 됐다. 긴장을 완전히 푼 느긋한 자세의 키요이를 언제 찍었던 걸까.

"내가 이런 얼굴을 했었나?"

키요이가 잡지에 시선을 고정한 채 중얼거렸다.

"지금까지 이런 느낌으로 찍힌 적은 없었던 것 같은데."

당혹스러운 듯한, 쑥스러운 듯한 말투였다.

사진을 보던 히라의 눈에서 또르르 눈물이 떨어졌다. 스스로 놀랐다. 뭐지, 이건. 왜 눈물이 나지. 키요이가 놀라 바라본다.

"왜 갑자기 우는데?"

"모, 모르겠어. 그래도, 고, 고마워."

자연스럽게 고맙다는 말이 나왔다. 키요이가 의아한 표정을 짓는다. 하지만 분명하게, 제대로, 말을 만들어 꺼낼 수가 없다. 항상 있는 일이지만, 뭘 어쩔 수 없을 정도로 안타까운 마음이 북받쳤다.

왜, 이 마음을 말로 전할 수 없는 걸까.

어릴 때부터 말이 서툴렀다. 사람은 무서운 대상이었다. 그러면서 점점 더 피하게 되었고 유일하게 도망칠 수 있는 사진 속에서 사람을 지워왔다.

그런 자신이 이런 사진을 찍을 수 있으리라곤 전혀 생각지도 못했다.

고마워, 고마워. 히라는 감사 인사만 되풀이했다.

그 말마저도 더듬어서 제대로 전하지 못했다.

꼴사나운 자신을 키요이가 보고 있다.

"……나도 고마워."

키요이가 말하며 히라의 어깨에 머리를 기댄다.

셔츠 너머로 서서히 전해지는 체온을 느끼며 히라는 눈을 감았다.

미지근한 바닷물에 잠겨 흔들리는 듯한 기분이다.

행복 한가운데에 있으면서도 그 행복이 언제 끝날까 하고 왠지 궁지에 몰린 듯했던 평소의 감각과는 다르다. 아무것도 무섭지 않다. 편안하게 키요이와 붙어 있을 수 있다. 처음으로 맛보는 듯한 평온함에 잠겨 영원히 눈을 감고 있고 싶어진다.

하지만 이런 시간은 지금뿐일 것이다.

이 시간이 지나면 다시 혼란스러운 내일이 닥쳐오겠지. 싫고 무섭지만, 그래도 받아들이고 앞으로 나아가야 한다. 히라는 그런 생각을 하는 자신이 너무 이상했다. 앞으로 나아가야 한다니, 이게 정말인가. 믿을 수가 없다.

"키요이, 고마워."

다시 한번 중얼거렸다.

키요이는 가만히 몸을 붙인 채 응 하며 살짝 고개를 끄덕였다.

이상할 정도로 조용하고, 달콤하고, 희망으로 가득한 밤이었다.

작가 후기

갑작스럽지만, 역시 기분 나쁜 공이 좋습니다.

전작을 출간한 것이 2014년 12월이니 딱 이 년 만이네요. 이어지는 이야기는 시간을 끌지 말고 일정하게 이어서 내야 한다는 정석을 크게 어겨버려 죄송합니다.

그러고 보니 지금까지 속편을 써본 적이 별로 없습니다. 단순하게 말하자면, 두 사람이 이어진 후보다 이어지기 전의 과정에 더 흥미가 있어서랄까요. 맺어질 때까지 다양한 갈등을 만들고 거기에 긴 시간을 들이는 편이라 우여곡절 끝에 맺어진 두 사람의 사랑을 믿고 싶어서랄까요. 그다음 편에서 다시 어긋나게 만들고 싶지 않은 이유도 있고, 어쩌면 저에게는 고집스럽게 연애 관계를 유지하는 동안 파란을 일으키는 재주가 없어서라는 가설도 있습니다. ……슬픈 결론이 되어버렸네요.

여러 가지 이유를 늘어놓았는데, 그럼 왜 『아름다운 그』는 다음 편을 쓸 수 있었는지 생각해보았습니다. 히라와 키요이의 경우 맺어진 것은 겉으로 드러나는 형태이고, 사실 서로의 내면을 전혀 이해하지 못한다는, 연애에서는 절망적일 정도로 서로 맞물리지 않은 연인들이었기 때문이지 않나 생각합니다.

히라와 키요이를 비교하면, 아직도 키요이가 상대를 이해해주는 입장입니다. 자신은 히라를 이해할 수 없다는 것을 이해하는, 역시 절망적인 이해 방법입니다만.

상대를 완전히 이해하지 못한 채 연애 감정은 어디까지 깊어질 수 있을까요. 그렇게 잘 맞물리지 않는 미묘한 부분 등을 고민하면서, 또한 기분 나쁜 공을 너무 좋아하는 저 자신이 좋아하는 부분을 좇으며 썼습니다. 네, 저 자신이 가장 기분 나빴습니다.

그렇게 서로에 대한 이해가 부족한 두 사람이지만, 사실은 초등학생 때 방과후 교정에 흐르던 〈꿈속의 고향〉 멜로디를 싫어했다는 공통점이 이번 편 앞부분에서 밝혀졌습니다. 이야기 속에서는 직접 언급하지 않았지만, '사실 너희 두 사람에겐 공통점이 있었어'라고 독자들만이 아는 느낌의 서사입니다. 앞으로 어떤 계기로 그 사실을 알게 된다면, 분명 키요이는 기분 나빠하겠지요.

일러스트는 전작에 이어 이번에도 가사이 리카코씨가 그려주셨습니다! 섬세하고 아름다운 키요이를 보면, 『아름다운 그』라는 타이틀에도 굉장한 설득력이 생기는 느낌입니다. 입도 벙긋할 수 없을 정도의 압도적인 아름다운 그림으로 든든하게 이야기의 뿌리를 지탱해주십니다. 정말로 깊이 감사하고 있습니다.

그리고 독자 여러분, 전작이 나오고 이 년이나 지났지만, 속편 발매 공지 후 기대하고 있다는 목소리를 한가득 전해주셔서 정말 기뻤습니다. 고맙습니다. 속도는 느리지만, 연애도 인생도 앞으로 나아가고 있는 두 사람을 기대해주시길 바랍니다.

그럼, 또 다음 책에서도 뵐 수 있길 바랍니다.

2016년 11월

나기라 유

옮긴이 **메이**

일본 수림외어전문학교 일한통번역학과를 졸업하고 히토쓰바시대학교 대학원 언어사회연구학과를 수료했다. 일본 문화 전반에 관심을 가지고, 흥미로운 소설들을 탐독, 번역하고 있다.

얄미운 그
아름다운 그 2

초판 인쇄 2023년 9월 5일
초판 발행 2023년 9월 15일

지은이 나기라 유
옮긴이 메이
펴낸이 김소영
펴낸곳 포레
출판등록 1993년 10월 22일 제2003-000045호
주소 10881 경기도 파주시 회동길 210
전자우편 foret@munhak.com
전화 031) 955-1927(마케팅) 031) 955-1904(편집)

ISBN 978-89-546-9482-7 04830
978-89-546-9480-3 (세트)

잘못된 책은 구입하신 서점에서 교환해드립니다.
기타 교환 문의 031) 955-2661, 3580